徘徊在自由与救赎之间的魔鬼英雄
——《失乐园》中的人、魔、神

王红玫 著

浙江省教育厅社科项目研究成果
项目名称：智慧的苹果——论《失乐园》中的原罪主题
项目编号：Y201533353

知识产权出版社
全国百佳图书出版单位
——北京——

图书在版编目（CIP）数据

徘徊在自由与救赎之间的魔鬼英雄：《失乐园》中的人、魔、神／王红玫著．—北京：知识产权出版社，2020.11
ISBN 978-7-5130-6927-4

Ⅰ.①徘… Ⅱ.①王… Ⅲ.①叙事诗—诗歌研究—英国—近代 Ⅳ.①I561.072

中国版本图书馆CIP数据核字（2020）第081743号

责任编辑：刘 江　　　　责任校对：潘凤越
文字编辑：李 硕　　　　责任印制：孙婷婷

徘徊在自由与救赎之间的魔鬼英雄
——《失乐园》中的人、魔、神
王红玫　著

出版发行：	知识产权出版社 有限责任公司	网　址：	http://www.ipph.cn
社　址：	北京市海淀区气象路50号院	邮　编：	100081
责编电话：	010-82000860转8344	责编邮箱：	liujiang@cnipr.com
发行电话：	010-82000860转8101/8102	发行传真：	010-82000893/82005070/82000270
印　刷：	北京建宏印刷有限公司	经　销：	各大网上书店、新华书店及相关专业书店
开　本：	880mm×1230mm　1/32	印　张：	8.75
版　次：	2020年11月第1版	印　次：	2020年11月第1次印刷
字　数：	202千字	定　价：	56.00元
ISBN 978-7-5130-6927-4			

出版权专有　侵权必究
如有印装质量问题，本社负责调换。

前　　言

德国神学家、启蒙运动先驱之一，莱玛鲁斯（Hermann S. Reimarus，1694~1768）曾说："他（弥尔顿）前无古人，后无门徒。"[1] 这句话道出了弥尔顿思想的独特性和创造性，但并不意味着弥尔顿的思想是凭空而来的。他恰恰是吸收了欧洲语言、文学和神学的整个传统，并把它们浓缩进了自己的作品中。因此，只有当我们认识到弥尔顿对欧洲史诗和神学传统的继承和借用，我们才可以理解《失乐园》是一部具有怎样的超越性和创造性的伟大作品。只有当我们把他的思想放在神学传统的范畴内，特别是他受益颇多的后改革宗神学的语境内，我们才可以理解弥尔顿的神学思想和成就。因此，本书将《失乐园》的解读置于17世纪后宗教改革及新教神学的背景之下，剖析弥尔顿对自由、救赎、原罪、归正等核心神学问题的阐释。本书包括以下主要内容。

绪论部分主要包括国外（欧美国家）对《失乐园》研究的三个阶段的情况和《失乐园》在国内的定位与研究情况；出现在《失乐园》中的各种神学流派及其教义中对自由、救赎等概念的解释；弥尔顿的《论天主教义》中关于自由、救赎等核心问题的神学观。

第一章讨论弥尔顿在《失乐园》中，通过撒旦、彼列和亚

---

[1] H. S. Reimarus. The Goal of Jesus and His Disciples [M]. Boston：Brill Archive, 1970：32.

必迭为首的众多反叛天使之口,向世人呈现出何谓"魔鬼神学",包括魔鬼神学的源头、魔鬼神学的核心思想、魔鬼神学的本质、魔鬼神学对自由的解释,以及弥尔顿对魔鬼神学的反驳;弥尔顿在诗歌开头的两个部分描述魔鬼神学的真正用意以及这部分内容在整个诗歌中的作用。

第二章讨论《失乐园》中,弥尔顿神学思想中的普救论对阿民念或者亚目拉督派神学的普救理论的批判和发扬。阿民念和亚目拉督派神学都继承了改革宗正统(Reformed Orthodoxy)[1]神学对"宿命"概念的区分,在《失乐园》中,弥尔顿摒弃了改革宗正统神学对"注定"的拣选和"注定"的遗弃的严格区分,将拣选认定为一种普遍行为,而遗弃被看作人故意拒绝上帝的恩典的暂时行为。这首诗重构了宿命论神学,超越了后改革宗"命定论"的整个概念框架。

第三章讨论《失乐园》中,弥尔顿对"上帝的自由"这一概念的定义与多种神学传统的关系。在强调上帝的创造行动的绝对自由上,他与阿民念神学分道扬镳,而更接近改革宗正统神学;在描述三位一体中的圣父与圣子的关系时,他采用的是阿民念神学的观点,强调的是"圣父生圣子"的自由的偶然性和随意性,这与改革宗正统神学和阿民念神学都有根本上的区别。弥尔顿在《失乐园》中还明确了,"上帝的任意的自由"是所有造物的自由的基础与前提。

第四章讨论弥尔顿通过亚当和夏娃之口,解释了上帝赋予

---

[1] "Reformed Orthodoxy" 在中文中的译名有:更正教(萧江祥著,《基督教思想史》);改革宗正统(伯克富著,随真译,《系统神学》);东正教改革派;改革宗(奥尔森著,吴瑞成、徐成德译,《基督教神学思想史》)等。

人的理性在自由选择时的重要作用，人的堕落与背弃是自由的本性使然，也是人的非理性的天性使然，人自由地选择了堕落是自我的释放，也是自我的囚禁，以及人为何需要上帝的恩典。但从人的自由的本质来看，人的自由是可变的，人的自由使得人能够选择不自由，因此就否定了自由本身，从而陷入堕落。

第五章讨论《失乐园》中弥尔顿的归正观。弥尔顿认为原罪的本质在于人自由的天性对上帝意志的违逆；强调恩典的必要性，认为恩典是所有善的开端、延续和成就，并指出没有人与恩典的合作，就"没有人能想到、愿意或实践任何善的事物"，但同时，他又强调"恩典的施与"并非不可抗拒；强调上帝的主权统管着一切，人只能在上帝的知识之光的照亮下才能认识自己，并认识自己的罪，因此，个人及群体的生命都必须接受上帝的管治，要以基督为中心，不断地检讨自己的神学观是否符合《圣经》，这就是不断归正的精神。

目 录

绪论 ……………………………………………………………… 1
  第一节　国内外对《失乐园》研究 ……………………………… 3
    一、欧美弥尔顿研究的发展趋势 ……………………………… 3
    二、国内研究现状分析 ………………………………………… 15
  第二节　《失乐园》中的神学观念 ……………………………… 18
    一、奥古斯丁神学中的自由观 ………………………………… 20
    二、加尔文宗神学观 …………………………………………… 22
    三、改革宗正统神学观 ………………………………………… 25
    四、阿民念神学 ………………………………………………… 30
  第三节　弥尔顿的《论天主教义》 ……………………………… 35
  小结 ………………………………………………………………… 39

第一章　《失乐园》中的魔鬼——加尔文神学家的化身 …… 43
  第一节　异教徒撒旦的形象是魔鬼神学的鼻祖 ………………… 46
  第二节　魔鬼神学里的上帝是天国的暴君 ……………………… 52
  第三节　魔鬼神学中的宿命论与弥尔顿的神义论 ……………… 60
  第四节　显形的魔鬼是上帝的反面参照物 ……………………… 67
  小结 ………………………………………………………………… 71

第二章　《失乐园》中的宿命——自由主导的预定恩典 …… 73
  第一节　普遍拣选是完全恩典的不同程度的呈现 ……………… 76
  第二节　遗弃是人对上帝的恩典拒绝的结果 …………………… 86
  第三节　注定的自由是对绝对宿命论的全然否定 ……………… 93

小结 ……………………………………………………… 98
第三章　《失乐园》中上帝的自由——人的自由的基础与
　　　　 前提 …………………………………………………… 101
　第一节　创世是上帝自由的偶然行为 ………………… 103
　第二节　耶稣的诞生与奉献是上帝意志的偶然行为 … 116
　第三节　造物的自由是上帝绝对自由的流溢 ………… 126
　小结 ……………………………………………………… 130
第四章　人的自由——正教与异端的焦点之争 ………… 131
　第一节　必然性是真正自由的绊脚石 ………………… 133
　第二节　非必然性是中立的自由的必要条件 ………… 139
　第三节　自由的随意性是神义论的完美体现 ………… 147
　第四节　人的堕落是人的自由和自主的选择 ………… 152
　第五节　被奴役的自由是一切"暴政"的根源 ……… 164
　小结 ……………………………………………………… 176
第五章　归正——自由对先在恩典的选择 ……………… 179
　第一节　普遍的先在恩典是恢复和维持自由的依靠 … 184
　第二节　亚当和夏娃的归正是上帝的恩典与人的
　　　　　自由共同作用的结果 ………………………… 199
　第三节　持续归正是恩典支撑下亚当和夏娃实践
　　　　　自由的表现 …………………………………… 205
　小结 ……………………………………………………… 210
结论 ………………………………………………………… 213
参考文献 …………………………………………………… 221
后记 ………………………………………………………… 261

绪 论

在西方，对于约翰·弥尔顿（John Milton, 1608~1674）的研究绝对称得上是一门显学，仅《新剑桥英国文学书目词典》，弥尔顿名下所列书目就多达几千种；国外近40年来发表的关于弥尔顿的研究成果就有6000多种。与欧美国家相比，中国的弥尔顿研究非常有限，且改革开放后才有所增加。中外对于弥尔顿的研究，多聚焦于他的三部史诗，即《失乐园》（Paradise Lost）、《复乐园》（Paradise Regained）和《斗士参孙》（Samson Agonistes），其中对于《失乐园》的研究多于其他两部作品。

第一节　国内外对《失乐园》研究

一、欧美弥尔顿研究的发展趋势

欧美国家对弥尔顿《失乐园》的研究，大体可以分为四个阶段。

第一阶段为17~18世纪。弥尔顿生前几乎没有人对他的诗史进行过评述。弥尔顿逝世后，尤其是在17世纪最后25年，他的诗歌再次面世并开始引起评论家的注意。但也许由于政治复辟，或由于时代无法鉴别弥尔顿的价值，读者和评论者都非常有限，少有的评论仅仅将视点聚焦在《失乐园》上，评论者们将之视为英国史诗传统的主要代表，却对其中的神学思想只字不提。约瑟夫·艾迪生（Joseph Addison,

1672~1719）❶、塞缪尔·约翰逊（Samuel Johnson，1709~1784）等评论家异口同声的赞扬，使"崇高"成为弥尔顿诗歌的代名词。❷ 18世纪对弥尔顿的鉴赏大体上是赞美的，但也有少许批评的声音。伏尔泰（Voltaire，1694~1778）、威廉·布莱克（William Blake，1757~1827）都认为《失乐园》的伟大不在于塑造了犯罪后虔诚忏悔并回归上帝的亚当，而在于塑造了一个全新的英雄撒旦。弥尔顿因革命失败而站到同样失败的撒旦的立场上，"成为魔鬼的同党而不自知"。❸ 这一观点影响深远，后来逐步成为"撒旦派"的主要论调。

第二阶段为19世纪至20世纪前叶。19世纪，宗教气氛渐渐淡薄，对《失乐园》的评论继续倾向于弥尔顿的诗歌技巧而忽视其哲学和神学思想，认为诗艺才是弥尔顿诗歌中最重要的。其诗歌风格、高超的诗艺和崇高的艺术形式成为评论家关注的焦点，如哈兹里特、济慈、麦考利、柯尔律治、阿诺德等。❹ 20世纪早期，尤其是30年代以前，评论界延续了19世纪后30年的争议，即关于其诗歌形式与内容之间的争议。评论界分裂成两大阵营。第一阵营旨在拯救弥尔顿的

---

❶ 约瑟夫·艾迪生，英国散文家、诗人、剧作家、政治家，牧师兰斯洛特·艾迪生的长子，《旁观者》（*Spectator*）杂志的创始人。

❷ John Milton. De doctrina christiana [C]//The Works of John Milton. 18 vols. New York：Columbia University Press, 1993：1-2.

❸ 关于弥尔顿是魔鬼同党的说法，请参见：John Milton. De doctrina christiana [C]//The Works of John Milton. 18 vols. New York：Columbia University Press, 1993：14；沈弘. 新中国60年弥尔顿《失乐园》研究的回顾与展望 [J]. 山东外语教学, 2013（6）：73-78；唐梅秀. 布莱克对弥尔顿的误读 [J]. 天津外国语学院学报, 2005（6）：11.

❹ 吴玲英. 论弥尔顿"诱惑观"的悖论性 [J]. 中南大学学报（社会科学版），2012（2）：158-164.

思想，美国学者如埃德温·格温罗（Edwin Almiron Greenlaw, 1874~1931）❶ 和 J. H. 汉福德（James Holly Hanford, 1882~1969）❷ 从非神学的角度重新阐释了他的思想，并将他与文艺复兴代表尤其是埃德蒙·斯宾塞（Edmund Spenser, 1552~1599）联系起来，试图从弥尔顿身上找到文艺复兴人文思想的延续。❸ 与此同时，欧洲大陆的学者对弥尔顿的评价也出现了新动向。在他们眼中，弥尔顿是一位理性的哲人，而不是神学家。❹

第三阶段为 20 世纪 20~90 年代末。这一时期弥尔顿的作品遭遇到有史以来最严重的挑战。多位评论家对他的作品展开了强烈的抨击，涉及整个英语世界的多个研究领域。这些"反弥派"批判弥尔顿的诗歌感情与思想脱节，指责他抛弃了英文原有的优美，并对后来的诗歌创作产生了恶劣影响。❺ 如埃兹拉·庞德（Ezra Pound, 1885~1972）和 T. S.

---

❶ 埃德温·格温罗，文艺复兴研究学者和教育家，曾任纽约布鲁克林阿德菲学院（Adelphi College）英语系主任，是北卡罗来纳大学比较文学系创始人。他一生著作等身，学术著作主要是对中世纪浪漫史、莎士比亚和弥尔顿的研究，包括《英国文学教学大纲》《英国文艺复兴文学概论》《乔叟选集》《熟悉的书信》《英美文学的国家观念》《文学与生活》等。

❷ 汉福德，凯斯西储大学英语文学教授，著有《弥尔顿手册》《约翰·弥尔顿的诗》《田园悲歌与弥尔顿的〈利西达斯〉》《英国人约翰·弥尔顿》等。

❸ Albert Schinz, Edwin Greenlaw. The Province of Literary History [J]. Modern Language Journal, 1931（2）：163; James Holly Hanford. A Milton Handbook [M]. New York: Appleton, 1961：35.

❹ 吴玲英. 论弥尔顿"诱惑观"的悖论性 [J]. 中南大学学报（社会科学版），2012（2）：158-164.

❺ 裘小龙. 论《失乐园》和撒旦的形象 [J]. 外国文学研究，1984（1）：27-33.

徘徊在自由与救赎之间的魔鬼英雄

艾略特（Thomas Stearns Eliot, 1888~1965）等。❶ "挺弥派"的代表有蒂利亚德（Eustace M. W. Tillyard, 1889~1962）❷、伍德豪斯（A. S. P. Woodhouse, 1895~1964）、布什（Douglas Bush, 1896~1983）等人。这些学者在弥尔顿思想中找到了新教和文艺复兴的融合，并和约翰·格里尔逊（John Grierson, 1898~1972）、C. S. 刘易斯（Clive Staples Lewis, 1898~1963）等人一起强调了弥尔顿诗歌中道德和伦理的时代作用，将他视为伟大而和蔼、友善而随和的人，一位基督人文主义者。❸

20世纪七八十年代之后，文化趋于多元化，文学理论亦层出不穷，国外评论者运用各种批评方法，如女性主义、历史主义、心理分析、新批评、叙事学、读者反应等理论对弥尔顿的英雄诗歌三部曲展开了全方位的研究，如费什（Stanley Eugene Fish, 1938~）的读者反应分析，唐纳德·F. 布查德（Donald F. Bouchard, 1938~2014）的结构主义评论，克里斯托弗·希尔（Christopher Hill, 1912~2003）的马克思主义解

---

❶ T. H. Sammons. A Note on the Milton Criticism of Ezra Pound and T. S. Eliot [J]. Paideuma, 1988（1）：87-97.

❷ 蒂利亚德，英国古典文学学者，其因对伊丽莎白女王时代的文学（尤其是莎士比亚）以及关于弥尔顿的研究而闻名，提出"伊丽莎白女王时期的文学作品并不代表'两次新教战争之间的短暂人文主义'，而是代表了英格兰的神学纽带，它们使中世纪建立起来的世界秩序观得以延续至今"。主要著作包括《伊丽莎白女王时代的世界图景：莎士比亚、邓恩和弥尔顿时代的秩序观念研究》《莎士比亚的历史剧》《莎士比亚的问题剧》《弥尔顿研究》《英国文艺复兴时期，事实还是虚构?》《形而上学和弥尔顿》《科马斯和弥尔顿的短诗》等。

❸ John Milton. De doctrina christiana [C]//The Works of John Milton. 18 vols. New York: Columbia University Press, 1993: 9.

读，桑德拉·吉尔伯特（Sandra M. Gilbert,1936~）的女性主义批评，威廉姆·克里根（William Kerrigan,1943~）的弗洛伊德心理研究，拉普珀特（Herman Rapaport,1947~）的后结构主义阅读，琼·韦伯（Joan Webber）和詹姆斯·德里斯科尔（James P. Driscoll,1920~2014）的荣格式分析，麦科利（Diane K. McColley,1934~2018）的生态取向，萨默斯（Claude J. Summers,1944~）的同性恋主题探索，拉詹（Balachandra Rajan,1920~2009）的后殖民主义阐释，郝克斯比（Blair Hoxby,1966~）的自由市场经济观点，赫尔曼（Peter C. Herman,1943~）的后现代主义处理等。由于引入了新的理论，这些研究为弥尔顿研究开拓了更多的视角，使得西方当代的弥尔顿研究异常热烈。

第四阶段为21世纪前20年。21世纪以来，西方对弥尔顿及《失乐园》的研究热情不减。2014~2019年可以说是西方弥尔顿研究的一个小高潮，研究成果占近20年各类研究成果总数的约40%。[1] 其中大部分主要集中在文学领域，但越来越多地呈现出向其他领域辐射的趋势和跨学科的特点，如将《失乐园》置于语言学、宗教学、哲学、历史学、心理学、社会学以及信息学等学科背景下进行研究。这些研究使用新研究方法、新技术，为弥尔顿及其《失乐园》的研究提供了新思路，打开了新视野，开拓了新领域。

就文学领域的研究而言，传统的研究主题依然是讨论的

---

[1] 根据 WOS-SSCI 数据库、Scopus 文摘引文数据库和 PQDT 国外博硕士学位论文数据库的统计，近20年来，与弥尔顿及其《失乐园》相关的各类研究成果数量约为400篇，2014~2019年的成果数量为160多篇。

重心,如对撒旦形象的研究。21世纪以来,学者们除了继续讨论撒旦的正面或负面形象❶之外,也关注撒旦在异域的旅行,如朱莉·西谢夫斯基(Julie Cyzewski,1978~)认为在《失乐园》中,撒旦的形象是贪婪的欧洲殖民者,是对虔诚的殖民者的本土威胁。19世纪,弥尔顿和他的主要作品能在印度被翻译成好几种语言,是因为一项著名的殖民计划,即建立"一个可以在我们和我们所统治的数百万人之间进行解释的阶级;那一类人,在血统和肤色上是印度人,在品味、观点、道德和智力上却是英国人"❷。在对《失乐园》中时空观的研究中,莫拉·布雷迪(Maura Brady)认为,《失乐园》中浮现出来的空间,并不总是体验的一部分,不是物理世界中绝对的、自然化的空间。《失乐园》表现了现代空间的突现特征,也表现了空间的持续存在对空间的破坏;❸约翰·吉利斯(John Gillies)探讨了弥尔顿在《失乐园》中建造空间的意象方式,在哲学和宇宙史诗的背景下分析了17

---

❶ 关于撒旦形象的研究,请参见:Calloway K. Beyond parody:Satan as Aeneas in "Paradise Lost" [J]. Milton Quarterly, 2005 (2):82-92; Ittzes G. Satan's journey through darkness:"Paradise Lost" 9.53-86 (Milton) [J]. Milton Quarterly, 2007 (1):12-21; Yim S-K. "With Monarchical Pride":Mutabilitie and Satan [J]. Journal of Medieval and Early Modern English Studies, 2012 (1):21-39; Butler G F. Satan and Briareos in Vida's "Christiad" and Milton's "Paradise Lost" (Marco Girolamo Vida) [J]. Anq-a Quarterly Journal of Short Articles Notes and Reviews, 2007 (2):11-16; Chaplin G. Beyond Sacrifice:Milton and the Atonement [J]. Pmla-Publications of the Modern Language Association of America, 2010 (2):354-369.

❷ Cyzewski J. Heroic Demons in Paradise Lost and Michael Madhusudan Datta's Meghanadavadha kavya:The Reception of Milton's Satan in Colonial India [J]. Milton Quarterly, 2014, 48 (4):207-224.

❸ Brady M. Space and the persistence of place in "Paradise Lost" [J]. Milton Quarterly, 2007, 41 (3):167-182.

世纪中期诗人的想象空间与真实空间的关系。[1] 简·奥利弗（Jan Oliver）对比德国文学家克洛普斯托克《弥赛亚》和《失乐园》中的"空间"和"神圣存在"两个概念，指出克洛普斯托克不仅模仿而且是超越弥尔顿的空间美学。[2]

《失乐园》在语言学领域的研究，主要表现为研究者将《失乐园》作为语料，或与其他语料对比，或直接分析《失乐园》的诗歌性质，以寻找语言的规律。如凯利[3]以《失乐园》为语料，测试了大量双音节英语单词的重音模式是否随着单词的出现而变化。结果发现，以两个辅音开头的单音节词比以一个辅音开头的单词在弥尔顿诗歌中的重音位置出现的频率更高。这些研究表明，音节的重音以及单词的重音都受到始发音以及音调结构的影响。布鲁斯·海斯（Bruce Hayes，1955～）等学者[4]以莎士比亚的十四行诗和《失乐园》的语料库为研究对象，提出了一种基于最大熵模型（maxent）语法的度量标准新方法。

21世纪以来，学界对《失乐园》的神学研究呈下降趋势，这其中既有传统的对神学教义的探讨，如迈尔斯（Benjamin Myers，1978～）[5]认为《失乐园》重建了17世纪极具

---

[1] Gillies J. Space and place in "Paradise Lost" (John Milton) [J]. Elh, 2007, 74 (1): 27-57.

[2] Jost-Fritz J O. Aesthetics of the Holy. Functions of Space in Milton and Klopstock [J]. Oxford German Studies, 2018, 47 (4): 417-438.

[3] Kelly M H. Word onset patterns and lexical stress in English [J]. Journal of Memory and Language, 2004, 50 (3): 231-244.

[4] Hayes B, Wilson C, Shisko A. Maxent Grammars for The Metrics of Shakespeare And Milton [J]. Language, 2012, 88 (4): 691-731.

[5] Myers B. Predestination and freedom in Milton's "Paradise Lost" [J]. Scottish Journal of Theology, 2006, 59 (1): 64-80.

创造性的宿命论的教义，这首诗超越了后宗教改革争论的框架，强调了选择恩典的自由和普遍性，以及人类自由在救赎中的永恒决定性作用，在呈现其独特的宿命观的同时，也向施莱尔马赫和巴斯等后来的思想家提出了具有影响力和独特的现代构想。也有从宗教视角探讨文本影响的研究，如哈姆林（Hannibal Hamlin, 1965~）❶探讨了宗教改革后英译《圣经》在文学和文化方面的影响。哈姆林认为《圣经》语言和思想的巨大影响已经得到充分的研究，但翻译过程的具体影响仍未被认识。哈姆林通过考证莎士比亚和罗伯特·威尔逊戏剧中的典喻和文字游戏、罗伯特·格林和约翰·利利的散文、亨利·康斯特布尔和约翰·戴维斯的诗歌以及弥尔顿的《失乐园》，证明了对始于16世纪30年代的关于如何翻译希腊文"爱"与"慈善"的争论，当时观众和读者非但不感到陌生，而且已经非常熟知。

在心理学领域的研究中，约翰·斯坦纳（John Steiner, 1934~）和蒂凡尼·曹（Tiffany Tsao）的研究值得注目，约翰·斯坦纳❷通过分析《失乐园》中的对话，从心理学的角度阐释了弥尔顿和精神分析学家的共同观点，即弥尔顿描绘的人和神之间的区别在于上帝的完美和全能与人的不完美形成对比。认识到这种差异会在自我和理想之间打开一个痛苦的缺口，导致人试图通过全能来连接它。在心理学上，成人

---

❶ Hamlin H. How Far Is Love From Charity？： The Literary Influence of Reformation Bible Translation [J]. Reformation, 2020, 25 (1)： 69-91.

❷ Steiner J. The ideal and the real in Klein and Milton： some observations on reading Paradise Lost [J]. Psychoanal Q, 2013 (4)： 897-923.

和儿童之间，在病人和分析者之间也会出现类似的差距。蒂凡尼❶结合宗教和生物学的角度揭示了石黑一雄（Kazuo Ishiguro）的小说《别让我走》（*Never Let Me Go*）与弥尔顿的《失乐园》之间的联系——人们可能会将宗教和生物技术的某些特性误认为优点，即认为宗教有能力为其追随者提供一种目的感，让人们相信进行生物技术研究的目的是善意。从哲学角度出发对《失乐园》进行的研究，大部分是就《失乐园》中的哲学命题进行作品分析❷，如约书亚·豪尔（Joshua M. Hall）❸认为弥尔顿是基于彼得·拉莫斯的逻辑方法，并通过解释《失乐园》来为弥尔顿的反叛性辩护。将信息科学应用于《失乐园》文本分析是现代技术发展的产物，是新的研究领域。辛西娅·惠塞尔（Cynthia Whissell，1945～）❹证明了《失乐园》是有意义地按照声音模式进行的。他从《失乐园》中选取 36 个片段，按照愉悦、愉悦、主动、讨厌、

---

❶ Tsao T. The Tyranny of Purpose: Religion and Biotechnology in Ishiguro's Never Let Me Go [J]. Literature and Theology, 2012 (2): 214-232.

❷ 请参见: Urban D V. Milton's Socratic Rationalism: The Conversations of Adam and Eve in Paradise Lost [J]. Milton Quarterly, 2019, 53 (4): 203-207; Sherry B. Milton, Materialism, and the Sound of Paradise Lost [J]. Essays in Criticism, 2010 (3): 220-241; Rawson C. War and the Epic Mania in England and France: Milton, Boileau, Prior and English Mock-Heroic (1) [J]. Review of English Studies, 2013, 64 (265): 433-453; Sunwoo J. Discourse on the Dangers of Rampant Individualism in Paradise Lost [J]. Journal of Medieval and Early Modern English Studies, 2015 (1): 93 – 107; Held J R. Eve's "paradise within" in Paradise Lost: A Stoic Mind, a Love Sonnet, and a Good Conscience [J]. Studies in Philology, 2017 (1): 171-196.

❸ Hall J M. A Darkly Bright Republic: Milton's Poetic Logic [J]. South African Journal of Philosophy, 2018, 37 (2): 158-170.

❹ Whissell C. Sound And Emotion In Milton's Paradise Lost [J]. Percept Mot Skills, 2011, 113 (1): 257-267.

不愉快、悲伤、被动和轻柔声音的使用比例进行评分与选集诗歌的代表性样本相比，发现《失乐园》包含更多主动的、令人讨厌的和不愉快的声音，而较少愉悦的、被动的、柔和的和悲伤的声音。克莱尔·布莱利[1]（Claire Brierley）通过使用现代英式英语演讲语料库，分析了弥尔顿和当代英语元音发音的差异，发现两个样本中元音子集和短语中断的关联，进而验证了弥尔顿在《失乐园》中随意使用复合元音，放慢了诗歌的节奏，从而产生了节奏上的衔接，这不仅是弥尔顿的诗歌特点，也是以英语为母语的一般人都习惯使用的措辞方式。

综上所述，西方对弥尔顿及《失乐园》的研究仍然在文学世界占有相当重要的位置，《弥尔顿季刊》（*Milton Quarterly*）、《弥尔顿研究》（*Milton Studies*）、《文艺复兴季刊》（*Renaissance Quarterly*）、《十七世纪》（*Seventeenth Century*）、《文学与神学》（*Literature And Theology*）等杂志，仍然是弥尔顿及其作品的研究重镇。来自英语世界特别是欧美国家的

---

[1] Brierley C, Atwell E. Holy Smoke: Vocalic Precursors of Phrase Breaks In Milton's Paradise Lost [J]. Literary and Linguistic Computing, 2010, 25 (2): 137-151.

学者,仍然是研究的主力军。在众多研究者中,罗素·希利尔❶(Russell M. Hillier),韩国学者金海妍❷(Kim Hae

---

❶ 罗素·希利尔的研究请参见:Hillier R M. Doped Malice in John Milton's Paradise Lost [J]. Notes and Queries, 2012, 59 (2): 176 - 178; Hillier R M. Adam's Error (Paradise Lost 11. 315 - 33) [J]. Explicator, 2012, 70 (2): 128-132; Hillier R M. "So Shall the World Goe on": A Providentialist Reading of Books Eleven and Twelve of Paradise Lost [J]. English Studies, 2011, 92 (6): 607-633; Hillier R M. Milton's Dantean Miniatures: Inflections of Dante's Inferno and Purgatorio Within the Cosmos of Paradise Lost [J]. Notes and Queries, 2009, 56 (2): 215-219; Hillier R M. Spatial Allegory and Creation Old and New in Milton's Hexaemeral Narrative [J]. Studies in English Literature 1500 - 1900, 2009, 49 (1): 121-143; Hillier R M. The Good Communicated: Milton's Drama of The Fall and The Law of Charity [J]. Modern Language Review, 2008, 103: 1-21; Hillier R M. To Say It with Flowers: Milton's "Immortal Amarant" Reconsidered ("Paradise Lost", Ⅲ. 349 - 361) [J]. Notes and Queries, 2007, 54 (4): 404 - 408; Hillier R M. Two Patristic Sources for John Milton's Description of The Sun ("Paradise Lost", Ⅲ. 591-595) [J]. Notes and Queries, 2006, 53 (2): 185-187.

❷ 金海妍的研究请参见:Kim H Y. John Martin's Illustration of Paradise Lost and Satan [J]. Journal of English Studies in Korea, 2018, 35: 5-28; Kim H Y. Creative Memory in Book 11 and 12 of Paradise Lost [J]. The New Korean Journal of English Language & Literature, 2015, 57 (1): 109-131; Kim H Y. The "Non-Language" of Satan and Christabel: Milton's Paradise Lost and Coleridge's "Christabel" [J]. Journal of English Studies in Korea, 2015, 28: 5-28; Kim H Y. "Self-Begotten" Satan and Broken Images in The Waste Land: T. S. Eliot's The Waste Land and Milton's Paradise Lost [J]. The Journal of English Language and Literature, 2012, 58 (3): 475-490; Kim H Y. Subtlety as Evil and Milton's Enemies [J]. Journal of Medieval and Early Modern English Studies, 2008, 18 (2): 325-344.

Yeon)、李钟宇❶（Lee Jong-Woo）和大卫·厄本❷（David V. Urban）是近年来最重要的行业专家，他们的研究获得了学界的广泛关注和认可。值得注意的是，近年来许多来自英语世界之外的研究者越来越多地登上国际学术舞台，其中包括来自克罗地亚、伊朗、博茨瓦纳、保加利亚、日本、韩国、南非等国家的学者，特别值得一提的是，中国学者的研

---

❶ 李钟宇的研究请参见：Lee J-W. Teaching Milton's Sonnet on Blindness [J]. The Journal of Teaching English Literature, 2016, 20 (2): 129-163; Lee J-W. "Through Pangs to Felicity": Milton's Early Elegies and Death [J]. Journal of Medieval and Early Modern English Studies, 2011, 21 (2): 207-241; Lee J-W. High Justice in Milton's Paradise Lost [J]. Journal of Medieval and Early Modern English Studies, 2010, 20 (2): 293-321; Lee J-W. Andrew Marvell and Poetic Imagination [J]. Journal of Medieval and Early Modern English Studies, 2008, 18 (1): 95-150; Lee J-W. Milton's Ecological Discourse and Its Historical Vision: A Reading of Milton's Paradise Lost [J]. The Journal of English Language and Literature, 2006, 52 (4): 807-833; Lee J-W. "Nature hath done her part": Milton's Restoration of Imagination and Adam's Formation of Self-identity [J]. Journal of Medieval and Early Modern English Studies, 2004, 14 (2): 339-359.

❷ 大卫·厄本的研究请参见：Urban D V. Milton's Socratic Rationalism: The Conversations of Adam and Eve in Paradise Lost [J]. Milton Quarterly, 2019, 53 (4): 203-207; Urban D V. Allusion To 1 Timothy 5: 17 In John Milton's Paradise Lost 9.332 [J]. Notes and Queries, 2016, 63 (1): 59; Urban D V. A Variorum Commentary on the Poems of John Milton. vol 5, Paradise Lost [J]. Notes and Queries, 2015, 62 (3): 478-479; Urban D V. John Milton, Paradox, and the Atonement: Heresy, Orthodoxy, and the Son's Whole-Life Obedience [J]. Studies in Philology, 2015, 112 (4): 817-836; Urban D V. A Variorum Commentary on the Poems of John Milton, vol 5, pt 4, Paradise Lost [J]. Review of English Studies, 2012, 63 (262): 851-853; Urban D V. The Lady of Christ's College, Himself A "Lady Wise And Pure": Parabolic Self-Reference in John Milton's Sonnet Ix, Labriola A C, editor, Milton Studies Xlvii, 2008: 1-23.

究开始引起世界的关注。❶ 由此可见，随着新世纪的来临，对 400 年前的文坛巨匠弥尔顿及其《失乐园》的研究不但没有随文化科技的进步而减少，相反它的影响正在向世界范围蔓延。越来越多的非欧美国家的读者开始经由学者的译介和研究关注弥尔顿和他的作品。研究中心逐渐由欧美向世界各地特别是第三世界扩散，研究领域的边界由文学深入到各个领域，现代科技为弥尔顿及其《失乐园》的研究带来了新契机和新成果。可以预见，未来对弥尔顿及其作品的研究中，传统的文学研究依然是主流，但运用计算机辅助技术和语料库的跨语言、跨民族、跨学科的研究趋势会不断加强。

二、国内研究现状分析

中国对弥尔顿的研究始于晚清，主要是在华传教士译介弥尔顿的作品。在中国，弥尔顿其名也许不陌生，但是，由于弥尔顿的创作涉及神学、政治、婚姻等广泛主题，其作品深深扎根于基督教文化，同时又深受多种文学传统之影响，加之史诗艺术形式崇高、语言独特难懂，因而在中国，弥尔顿的英雄诗歌三部曲从出版到现在，对其诗歌的文本研究和诗史的深入分析都还处于起步阶段。以前由于政治视角的限制，人们往往认为反叛即是革命，造反派即是英雄，于是片面地甚至错误地将撒旦理解为其史诗英雄，研究往往强调作品的斗争精神、反叛性或革命性。因此，之前中国的弥尔顿

---

❶ 中国学者郝田虎的研究请参见：Hao T. Scientific Prometheanism and the Boundaries of Knowledge: Whither Goes AI? [J]. European Review, 2018 (2): 330-343; Hao T. John Milton's Idea of Kingship and Its Comparison with Confucianism [J]. Comparative Literature Studies, 2017 (1): 161-176.

研究难以与他国相提并论。根据河南师范大学 1979 年编写的《外国文学论文索引》的统计，1924~1958 年，国内研究弥尔顿的著作、论文共 17 种，集中在弥尔顿的革命精神以及诗歌所反映的战斗性；1958~1978 年，国内对弥尔顿的研究几乎停滞。改革开放以后，弥尔顿被忽略的十四行诗、悼亡诗以及婚姻、政论等方面的散文开始引起注意，但大多是译介，如王佐良、刘饴君、李霞、刘彦等人的文章。其间，殷宝书的译本《弥尔顿诗选》《弥尔顿诗集》和蒂利亚德的《弥尔顿评论集》，对中国读者更加了解弥尔顿起了很大作用。特别值得一提的是，朱维之经过 22 年努力，终于在 1984 年推出了"三部曲"的全译本。1990 年，商务印书馆出版了由陆佩弦选编的《密尔顿诗歌全集详注（上下册）》（*A Student's Edition of Milton*）。2004 年，金发燊重译的《失乐园》《复乐园》《斗士参孙》《弥尔顿十四行诗集》也与读者见面。

关于 21 世纪以来国内弥尔顿及其《失乐园》的研究，沈弘教授和学者高兵进行过非常详尽的总结和分析，特别是沈弘教授的《新中国 60 年弥尔顿〈失乐园〉研究的回顾与展望》[1] 不仅总结了 1837~2010 年我国弥尔顿研究的曲折发展历程，而且对其中有代表性的研究成果做出了尽可能客观的分析和评论。同时，还对这一研究今后的发展方向提出了建设性看法。高兵的《近 5 年国内语言文学领域下弥尔顿研

---

[1] 沈弘. 新中国 60 年弥尔顿《失乐园》研究的回顾与展望[J]. 山东外语教学, 2013 (6): 73-78.

究述评》❶梳理总结了语言文学领域 2012~2016 年的近 160 篇论文，勾勒出这一时期语言文学领域弥尔顿研究的轮廓。

中国的弥尔顿研究滞后，也许主要源于以下两个因素。其一，他的诗歌语言特征。其实，即使对于那些英语为母语的读者，弥尔顿的作品也远比其他作家难读难懂，尤其是其作品中不胜枚举的《圣经》典故、希腊典故、史诗传统和"弥尔顿宏伟体"。正如弥尔顿自己所说，其作品的读者只有"少数"，他精心挑选后镶嵌在作品中的"那些最丰富的衣袍"也只有"最深沉的灵魂和最明智的头脑才会渴望"。❷其二，弥尔顿作品的性质、特别是其中的基督教文化背景，可能是缺乏基督教教义基本知识背景的中国读者难以解读和欣赏其作品的关键原因。在中国，由于弥尔顿杰出的诗艺赋予了撒旦卓越的生命，也由于中国传统认为革命者就是英雄，于是读者倾向于将撒旦与革命和反叛精神相等同，如梁一三、丁亚一等人的研究所呈现的那样。❸中国学者对弥尔顿的学术性研究不多，但都为中国的弥尔顿研究提供了难得的参考，如王佐良、杨周翰、肖明翰、张隆溪、叶杨等人的研究成果。朱维之、梁工、刘建军等在进行《圣经》影响研究时，简论了弥尔顿对《圣经》的借鉴，其中朱维之的研究尤其能给予读者以灵感和启示。他不同意撒旦是《失乐园》中

---

❶ 高冰，张尚莲. 近 5 年国内语言文学领域下弥尔顿研究述评 [J]. 河北北方学院学报（社会科学版），2018（4）：36-39.

❷ 关于弥尔顿诗歌宏伟风格的论述，请参见：Christopher Ricks. Milton's Grand Style [M]. Oxford：Clarendon，1963.

❸ 关于撒旦反叛精神的研究，请参见：梁一三. 弥尔顿和他的《失乐园》[M]. 北京：北京出版社，1987；丁亚一. 约翰·弥尔顿简论 [M]. 开封：河南大学出版社，1990.

的革命主人翁，认为评论家们之所以如此严重误读史诗，是因为弥尔顿将革命事业失败后的不灭雄心表露在《失乐园》中。[1] 肖明翰的《英国文学传统之形成：中世纪英语文学研究》和沈弘的《弥尔顿的撒旦与英国文学传统》从撒旦的人物塑造角度，分析了《失乐园》对《创世纪》的借鉴及《创世纪》对弥尔顿再创作的影响。[2] 然而，中国学者的研究，大多以中文译本为主要研究文本的来源，而目前弥尔顿诗史的中文译本在意义及文化符号的诠释、弥尔顿神学思想的传达、对《圣经》的再现等方面都与原著存在差异，以至于对读者的理解与接受造成困难和误导。因此，以英文研究资料为蓝本对弥尔顿诗史的研究已成为一个非常重要的课题。

第二节 《失乐园》中的神学观念

在讨论《失乐园》中的"自由"与"救赎"这两个神学的核心观念之前，很有必要简要追溯一下17世纪之前各个神学流派对"自由"一词的定义和解释，以发现弥尔顿对"自由"这一神学观念的认识和对先前"自由"观念的改造。谈到西方神学家对"自由"的界定，首先应该提及的便

---

[1] 朱维之. 弥尔顿和《复乐园》的战斗性 [J]. 南开大学学报（人文科学），1956（1）：12-15.
[2] 请参见：肖明翰. 英国文学传统之形成：中世纪英语文学研究（上、下册）[M]. 北京：社会科学文献出版社，2009；沈弘. 弥尔顿的撒旦与英国文学传统 [M]. 北京：北京大学出版社，2010.

是圣奥古斯丁（St. Augustine of Hippo，354~430），因为他不仅是神学领域讨论"自由"这一概念的发轫者，也是当时集各派神学家观念之大成者，为西方神学自其以降广泛地讨论"自由"奠定了坚实的基础。13~14世纪，基督教神学被三大思想流派掌控，分别是托马斯·阿奎那派、司各脱派和奥卡姆派。这三位伟大的神学家，各自从形而上学和认识论的角度，各有侧重地对人与上帝之间的"自由"关系提出了多种假定性的推演。他们对"自由"的界定，比之前的哲学家如苏格拉底、柏拉图的定义更为系统和准确。16世纪，路德宗的改革要解决的核心问题就是自由与救赎的关系。之后，加尔文宗神学提出"神赐自由预定说"（the freedom in predestination）。后宗教改革时期，改革宗正统神学把自由救世论和自由代理说结合起来。加尔文之后，经院神学革新派特别强调自由神赐论，尤其推崇宿命论，并对堕落后的人的自由予以了严格的限定。阿民念派反对加尔文宗的观点，他们强调人对自由选择的能力，并据此重新定义了救恩/恩典（Grace）。17世纪，奥古斯丁最具影响力的门徒之一安塞尔，试图修正奥古斯丁的观点，提出一种方法来调和人与上帝的"自由"之争。17世纪对自由等上述神学核心概念进行解释和界定的神学家，还应该包括约翰·弥尔顿。他不仅吸收了奥古斯丁、加尔文、阿民念以及改革宗正统神学的观念，并在先辈神学家的理论基础上，发展出自己独特的神学观，在《论天主教义》（*De Doctrina Christina*）（以下简称《教义》）一书中，他对三位一体、自由、救赎、罪与惩罚、死亡等概念都做了详细的解释，并写下了《失乐园》《复乐园》《斗士参孙》等作品，以中世纪独特的讽喻批评（allegorical criticism）的方式，为自己的教义做出了注解。

一、奥古斯丁神学中的自由观

奥古斯丁是第一位系统阐释"自由"神学观的神学家。奥古斯丁的解说源于和柏拉纠❶（Pelagius，约354~420）的争论。柏拉纠认为人生而有自由意志，上帝造人之初就在人性中植入了服从性，因此，意志的服从性源自人的本性。奥古斯丁系统地驳斥了柏拉纠的自由观。他根据《创世纪》关于人类堕落的记述，反驳说上帝创造亚当和夏娃之初就赋予了他们理性和自由意志，他们的自由不仅仅表现为他们无犯罪之能力（unable to sin），更重要的是，他们既有能力犯罪（able to sin）也有能力不犯罪（able not to sin），也就是说，罪是他们自由选择的结果。上帝除了赋予人自然天性之外，还给了他们"不灭的灵魂"（immortality）❷ 与正直（integrity）的本性，这两者可以确保他们远离死亡（death）和邪欲（concupiscence），因此人自始祖亚当起，就具有了一种神性（holiness），这使得他们可以保有一种自由性，可以自由地选择善（good）与恶（evil）。通过遵从上帝，吃永生树上的果子，他们最终会达到一种至高的灵魂境界，将变得无比完美。

奥古斯丁不仅重视人初始时的幸福（happiness）状态，

---

❶ 柏拉纠，又译佩拉吉乌斯，是与奥古斯丁同时代的英国（又说爱尔兰）神学家，主张自由意志和禁欲主义，否认奥古斯丁的原罪说。他被奥古斯丁为代表的正教指控"否认上帝对人的救赎中的事工"。他对自由意志的解释被称为柏拉纠主义。418年，迦太基议会宣布柏拉纠及其追随者为异端，柏拉纠遂遭到驱逐和迫害，后定居埃及。主要著作有《论自然》和《捍卫自由意志》。

❷ "immortality"指生命之不减性，包括人死后灵魂仍存在；但与基督教所说的永生不同（《新约·约翰福音》17：3）。

还特别强调人堕落的悲剧性及其后果。当亚当和夏娃出于自由意志选择了吃掉禁果,他们就因此失去了上帝赋予的超能力(亦指灵魂不灭和正直),但仍保有自由选择的能力这一自然天性。

奥古斯丁将人的自由选择的能力视为上帝的恩典,因此,完成救赎有两个必要的条件:首先是上帝的恩典,其次是人的意志。一方面,所有生而有罪(这里指原罪)的人,除非在上帝的引导下,否则没有能力(not be able)接受上帝的救赎之言。那些拒绝接受上帝救赎之言的人,必会因此受责,他们必须为自己的自由选择承担后果。❶ 另一方面,上帝赋予某些人意志力,所以,尽管这些人最终通过自己的意志力获得了救赎,人的这种能力应该完全归于上帝的恩典。另外,尽管人是经由自身意志力而获得救赎,但因为意志力是上帝赋予的,所以救赎也应该归功于上帝的恩典。❷

虽然安瑟伦(Saint Anselm of Canterbury,1033~1109)❸ 是奥古斯丁最忠实的门徒,但在自由观上,他否定了奥古斯丁的"人有能力选择犯罪或者不犯罪"的说法。安瑟伦认为,自由应该定义为选择善的能力或保持意志的真性(recti-

---

❶ Anselm. Truth, Free, and Evil: three Philosophical Dialogue [M]. trans. J. Hoppkins and H. Richardson. New York: Harper & Row, 1967: 3-7.

❷ Anselm. Truth, Free, and Evil: three Philosophical Dialogue [M]. trans. J. Hoppkins and H. Richardson. New York: Harper & Row, 1967: 7.

❸ 安瑟伦,罗马天主教经院哲学家、神学家,唯实论的主要代表。26岁进入木笃修会,先后任法国柏克隐修院副院长、院长,英国坎特伯雷大主教。大主教任内因主教续任权与英王争执,两次遭驱逐。他认为信仰高于理性,是理性的基础,提出了关于天主存在的本体论论证,即天主是最完美者,而不存在者不是最完美者,故天主必然存在,为天主和教会高于一切作了哲学性的神学论证,故有"最后的教父"和"经院神学之父"之称。

tude of will）的能力，因为"没有什么比正直的意志更自由了"。真正的自由应该是"意志不犯罪或者不服务于罪的能力"（ability not to sin and not to serve sin）。也就是说，自由与服从是密不可分的（indistinguishable from obedience）。❶ 显然，意志选择不犯罪的能力比它保持正直的能力更具有自由性。这就意味着，亚当有保持正直意志的能力，但也有厌弃正直意志的能力。因此，他开始忤逆行为时，"只是自由地选择了屈从夏娃的劝说。虽然他的选择是出于自由意志，但他的行为表明，他并不是一个真正自由的人"。❷

托马斯·阿奎那（Thomas Aquinas，约 1225~1274）认为，上帝只会按照自己的本性来使用意志。神性包含于选择的自由之中。上帝的意志不仅延伸到了他的行为，还延伸到他的方式中。所以，人应当把上帝的意志作为自己的意志，把它当作一种不确定的、偶发的潜能，让它引导我们的灵魂向善。阿奎那比先前的神学家更有创见地将人与上帝的意志合二为一，但他主张人的自由完全依赖上帝意志的自由性。

二、加尔文宗神学观

神学家约翰·加尔文（John Calvin，1509~1564）❸ 的思想被认为对之后的新教神学的形成有决定性的影响。加尔文

---

❶ Anselm. De Libertate Arbitrii [J]. Opera omnia, 1992：201-226.
❷ Armand A. Maurer. Medieval Philosophy [M]. New York：Random House, 1962：57.
❸ 约翰·加尔文（法语：Jean Chauvin，德语：Johannes Calvin），又译喀尔文、克尔文、卡尔文等，法国、瑞士著名的律师、牧师、宗教改革神学家，是新教的重要派别——改革宗的创始人，著有《基督教要义》《精神病学》等。

借鉴了官能心理学的理论,认为人的灵魂是由智力和意志组成的。像马丁·路德(Martin Luther,1483~1546)一样,加尔文强调原罪的致恶作用。他认为"一个人的一切,从智慧到意志"都是"完全缺乏善的"。"智力一直沉浸在黑暗中,意志被堕落的私欲奴役而不能使人拥有正义的欲望"。因为灵魂的任何一部分都不能免于罪,所以人的本性是有罪的。因此,人是不可能为善的,既然意志与罪"被铁链紧紧捆锁在一起",那么意志在哪个层面上才能被描述为是"自由的"呢?[1]

加尔文赞同中世纪时期对自由的三种区分方法:第一,从人的基本需求上区分;第二,从罪的角度区分;第三,从痛苦的角度区分。第一种自由是人的自然本性,它不会消失,而另外两种因人的原罪已然消失了。因此,加尔文认为,只有从人的基本需求衍生出的自由才会使人堕落。一个人拥有自由意志不是因为他有能力在善与恶之间自由地选择,而是因为他能够出于自愿而不是被强迫地做出选择。换句话说,堕落的自由就是:一个人不是出于强迫而是自愿地成为罪的奴仆。只有重生能使人的意志获得自由,因为贪欲会牢牢控制着意志,使它不能向善,于善不可企及。事实上,加尔文极其强调意志被奴役、被束缚的被动性,他甚至建议从神学话语体系中剔除"自由意志"一词。像路德一样,加尔文为了适应他的救世神学,主张只有剥夺了人的最后一丝自信,上帝对恩典的所有权才能够被完全拥护,人才

---

[1] John Calvin. Institutes of the Christian Religion [M]. trans. Henry Beveridge. Grand Rapids: Eerdmans, 1989: 27.

能接受"耶和华"提供给我们所缺少的。当意志被其自身的恶束缚的，上帝就会"转化"人的意志，他的恩典会在人们的心里激起对正义的热爱、渴望和追求，由此转化、训练、引导我们内心的正义。因此，堕落的、被奴役的意志会借着上帝的恩典和力量得到解放。

此外，加尔文还坚称，上帝的恩典是永久有效的。上帝对受惠者施以恩典时，不会给他们选择接受还是拒绝的自由，并且上帝的恩典能够产生预期的效果。加尔文认为，这并不意味着人的意志是被动的，是被上帝的恩典限制或强迫的，"我们/意志自愿向善"，"因为恩典给我们指明了新的方向"。❶因此，转换包含在不可抗拒的恩典之中，是由人的自由意志生发出的一种对恩典的自愿回应。转换后，基督徒的整个生活也就都具有了神性。加尔文随后抛出的宿命论神学观与之前的意志奴役观是息息相关的。秉承恩典至上的原则，加尔文坚称人们得到拯救完全是由于上帝的仁慈。加尔文派宿命论的实质就是上帝拯救谁，全凭随意，而且完全无条件的。也就是说，上帝的恩典是白白给人们的，无须任何代价和偿还。因为人处于堕落和被奴役的状态时是无法报答上帝的恩典的，所以人不用也无力偿还恩典。因为上帝保有永恒的仁慈，因此上帝"不用考虑自身之外的任何因素"❷；他不用考量人是否信仰上帝或者是否有优于他人之处，他决定拯救谁全凭自己的喜好。然而，加尔文一方面说人得以拯

---

❶ John Calvin. Institutes of the Christian Religion [M]. trans. Henry Beveridge. Grand Rapids: Eerdmans, 1989: 27.

❷ John Calvin. Institutes of the Christian Religion [M]. trans. Henry Beveridge. Grand Rapids: Eerdmans, 1989: 36.

救是上帝自由选择的结果，另一方面又说一些人是"注定的……受永恒的诅咒"。❶ 这两者似乎有些自相矛盾。对此，加尔文这样解释上帝意志的自由性："如果上帝的仁慈是随心所欲的，拯救谁全凭喜好，那么让另一些人堕落也无凭可循，完全出自他的意志"。❷ 加尔文的神学，描绘了一个永恒不灭的上帝的自由，为人的选择划定了范围，在之后的150年里，加尔文神学对欧洲和英国的神学思想产生了深远的影响。

三、改革宗正统神学观

16世纪末至17世纪初，英格兰和欧洲新教神学发生了戏剧性的变化。改革宗正统神学或称经院哲学取代了加尔文宗神学，成为新教神学的主导思想。改革宗神学家和经院派哲学家不再一味追求革新原有的神学观念，而是试图重新建构新神学。16世纪到17世纪晚期，是改革宗的扩张时期。在这一时期，在欧洲各国，特别是在英格兰，都形成了一种改革传统。宗教改革虽然在各国表现形式不同，改革的内容各有侧重，但欧洲所有的宗教改革都无一例外地涉及忏悔的问题。早期的神学改革比较关注劝诫、教牧关怀以及个人信仰，但新教的日益制度化使新教神学慢慢发展成为一门正式的学科，并且逐渐成为一门可以在大学里教授和研究的学问。17世纪初，哲学和逻辑学在大学课程中日益占据主导地

---

❶ John Calvin. Institutes of the Christian Religion [M]. trans. Henry Beveridge. Grand Rapids: Eerdmans, 1989: 36.

❷ John Calvin. Institutes of the Christian Religion [M]. trans. Henry Beveridge. Grand Rapids: Eerdmans, 1989: 36.

位，这也导致神学研究的方法更系统化，更具思辨性，而人文主义在语言学、词典编纂和文本分析方面取得的长足进步使得《圣经》的文本更精确，更具学术性。于是，"劝告式""推论式"的改革宗神学逐渐让位给更学术化、更辩证的新教神学。再者，罗马天主教会内部反对改革的论战愈演愈烈，矛盾重重，新教神学家及其作家（如弥尔顿）却趁此机会将新教神学更加精炼化和系统化，他们通过深入研究早期基督教领袖的著作和中世纪的传统，把中世纪晚期的经院哲学概念化，试图证明新教教义的普遍性。改革宗和后改革宗思想之间，形式上的差异多于实质上的差异。后改革宗神学虽然在形式上看似对前人的神学改动颇多，但实质内容没有多大变化。后改革宗神学本身也经常被后人改造，后来的思想家，如康德、黑格尔的理论就源自中世纪宗教改革时期的新教神学。他们把新教神学中关于理性与意志自由论的学说加以改造，以适应知识分子对不断变化的社会环境和宗教环境的诉求。改革宗重视人的堕落问题，他们将人堕落前的完美自由的状态与犯罪后的腐败被奴役的状态相比较。改革宗作家反对"随意的自由"的说法，认为意志不会在两种可能性之间随意选择，不仅如此，它还有积极地选择善的能力。改革宗神学家认为，亚当和夏娃堕落前的自由并不隐含于任意选择犯罪或不犯罪的能力之中，因为既然意志中向善与趋恶的能力相同，那么意志在堕落前可能就已经选择了恶；善与恶之间随意的自由性是上帝造物的缺陷，是罪的源头。改革宗承认，人类堕落前的意志是"指向上帝和善"

的，而且除了善，它没有任何其他"偏见或倾向"。❶ 但是尽管人堕落前的意志是完美的，它也会由于"人自身"的原因"屈从于变化"，"向恶靠近"。❷ 因此，改革宗作家认为不是因为亚当吃了禁果，成了有罪的人，而是在他吃之前，他已经是一个"有罪的人了"，"在违背上帝的律令之前，他的意志必定已经倾向于恶。"❸ 这种自主向恶，与其说是人在实践自由不如说是人对自由的放弃。亚当吃了禁果那一刻，他便放弃了真正的自由。由于滥用自由，亚当"让自己蒙受了罪"，"使心灵失明，陷入可怕的黑暗、虚荣和错乱的判断。""因为从亚当的原罪派生出堕落，所以人再也不能向善，反而有趋恶的倾向，更容易犯罪，于是人从此失去了自由。"❹ 因此，反对上帝，向罪屈服就成了人的意志的特征。因为意志成了罪的奴隶，那些被恩典转化的人不能把向善归功于自己的自由意志，他们只是自由地执行了上帝赋予他们的信念和悔改，是上帝把他们从黑暗拯救了出来。上帝启迪人的心智，赋予它向善的品质，并帮它摆脱了邪恶欲望的奴役。改革宗坚信，上帝的拯救是恩典，更是奇迹，它让被恶完全扼杀了的自由意志得到重生。

虽然改革宗神学不承认人的自由具有随意性和选择性，

---

❶ Gerardus Kuypers. Canones synodi Dordrechtanae in usum juventis academicae [M/CD]. Amsterdam: National Library of the Netherlands, 2017.

❷ Gerardus Kuypers. Canones synodi Dordrechtanae in usum juventis academicae [M/CD]. Amsterdam: National Library of the Netherlands, 2017.

❸ William Perkins. A Golden Chaine, or the Description of Theologie [M]. Cambridge: University of Cambridge, 1592: 273.

❹ Thomas Boston. Commentary on the Shorter Catechism [M]. Edmonton: Still Waters Revival Books, 1993: 85.

但承认上帝的自由具有偶发性和随意性。在这方面,改革宗神学显然是继承了司各脱派的思想。❶ 他们认为,上帝的选择可能不是自己的真实意愿,因为根据他的真实意愿,他有可能会选择不创造这个世界。甚至,上帝的意志的任意性最能证明他的完美,因为作为一个独立完美的存在,他不需要任何外界因素的介入。上帝的意志是随意的,因此有必要把上帝的意志的行为和神性联系起来。改革宗的绝对审判观特别强调上帝的自由。他们认为万事万物都由上帝的判决掌控。上帝的判决被形容为上帝意志的内在行为,上帝对自己的意志有绝对的确定性,并借此自由地决定哪些事项应当在何时发生。上帝的意旨是绝对自由的,它完全是上帝的内在行为,不依靠任何外界事物。上帝的判决是永恒的,对万事万物有效,无论过去、现在,还是未来。人不能反对或违背上帝的意志,因为如果上帝对万事都有妥善的安排却不能实现,那么他就不是完美的。虽然上帝的意志永恒有效,它并不总是万事万物的直接动因。上帝的意志只是恶的所为因,从来不是它的动力因。善与恶都是上帝的判决和意志带来的结果;动力因导致前者,而宽容导致后者。因此,不管上帝预定好要发生什么,上帝的判决和意志绝不是导致罪与恶的原因。在上帝的判决中,改革宗尤其关心拯救和惩罚的问题。像加尔文一样,改革宗神学家也将人分为两类——被拣选的和被拒绝的。有些人和天使注定要得永生,而其他人注定要死去。这种"双重预定论的目的在于彰显上帝的荣耀,

---

❶ Francis Turrenin. Institutes of Elenctic Theology [M]. Phillipsburge: P & R, 1992: 31.

要凸显上帝对那些被拣选的人的恩典,和对那些被拒绝的人的公正"。❶

此外,上帝的预先判定完全基于他绝对自由的意志,而不是预见了任何人的优点或缺点。事实上,改革宗正统神学认为,上帝的判决"没有他意志的因素",或者更确切地说,唯一的原因是"上帝的美意",或曰"上帝的旨意"。❷ 因此,上帝的判决对人而言是没有原因,没有条件,没有理性的。与路德宗和加尔文宗一样,改革宗神学也强调恩典的无条件性,任何人的任何特征都不能影响上帝的意志。从逻辑上讲,如果人的特征能左右上帝的决定,那么上帝的意志就是"可变的",要依赖他的造物,从而导致造物主必须依赖其造物、上帝要依赖于人、上帝的意志依赖万物等系列非常荒谬的结论。然而,改革宗内部对宿命论的看法原本也存在很大的分歧。支持堕落预定论的人认为,上帝创造人与允许人堕落的决定,在时间和逻辑上都先于拣选与惩罚的决定,因此,宿命论的对象是被创造出来的并已经堕落的人。相反,支持堕落前预定论的人认为,上帝创造人与允许人堕落的决定,在逻辑上是在拣选与惩罚的决定之后发生,所以宿命论的对象是可改造的、还未背叛上帝的人。因此,堕落前预定论一派的观点代表了改革宗神学中比较严苛的观点:上帝造人的目的就是为了非难和毁灭他们。

不过,后来这一派又转向强调上帝的自由。总的来说,

---

❶ William Ames. The Marrow of Theology [M]. trans. John D. Eusden. Grand Rapids: Baker, 1968: 173.

❷ William Ames. The Marrow of Theology [M]. trans. John D. Eusden. Grand Rapids: Baker, 1968: 179.

加尔文宗认为唯有拣选与预定的教义方能使人产生谦卑和感恩的心，并使人的信心有坚强的依据。值得注意的是，加尔文持有的预定论，意在强调上帝在拯救一事上有绝对的主权，为的是使人不致骄傲、不自以为了不起。因此，在《基督教教义》一书中，他把"预定观"放在"拯救论"中进行了讨论。后来的加尔文正统派却把"预定观"放在了"上帝论"中讨论，所以导致了对上帝形象的一些误解，会使人误以为上帝是绝对的、专制的、霸道的。以上帝的主权为中心的教义乃是改革宗神学的核心主张，改革宗神学所推崇的并不是"改革派"本身，更不是要推崇加尔文一人，他们的信念代表了对纯正的"道"和虔敬生活的追求。加尔文不是完人，他一生致力于参与教会改革，而非创立新教派，因此，长老会的目的并非是要把加尔文的主张确立为教义，而是将加尔文改革教会的理念确立为传统，吸取加尔文改革教会的实践经验，取其精华，去其糟粕，以上帝的话（《圣经》）为依据，不断地进行改革，力求使教会成为"持续革新的教会"。

四、阿民念神学

荷兰神学家雅各布斯·阿民念（Jacobus Arminius, 1560~1609）❶，为了反对改革宗的恩典观、预定论和自由观，重新修订了新教神学的教义，在英格兰和欧洲大陆引发了激烈的争论。阿民念成为加尔文的弟子西奥多·伯撒（Theodore Be-

---

❶ 其姓通用译法为"阿民念斯"，"阿民念"为特殊人名译法，又译亚米纽斯、亚米念、阿米念、阿明尼乌、阿米尼乌斯等。

za，1519~1605)❶的门徒。伯撒曾要求阿民念撰文驳斥一部抨击伯撒的堕落前预定论的著述，但阿民念没有反驳这部反加尔文主义的专著，而是借机表述了自己独到的恩典观和宿命论。这一举动把他卷入了改革宗尖锐的冲突之中。之后，阿民念被任命为莱顿神学院的教授，这引发了后宗教改革时代阿民念的追随者与改革宗神学家之间最为激烈、影响最深远的一场神学大辩论。为了应对这场在社会和政治领域都颇为激烈的冲突，1618~1619年，荷兰政府主持召开了多特会议；会议谴责了阿民念主义，完全肯定了改革宗神学宿命论、恩典观和自由观。然而，在荷兰神学界抑制阿民念神学的同时，阿民念主义在英国和欧洲大陆的影响力却与日俱增。

表面看来，阿民念神学似乎与改革宗神学的主张颇为相似，但实质上，它对自由和恩典的认识与改革宗大相径庭。阿民念继承了正教传统，将人类的历史划分为一系列不同的状态：纯真状态、败坏状态和公义复在状态。它认为在纯真状态时，人性的特点是心智清明，意志完善，具有神性但性情易变不定，有自发且自由逃离上帝的能力。因"自由地由至善逃向劣善"，人性从此失去了自由，进入人性败坏状态。在败坏状态下，人的自由意志不仅是"残缺的、薄弱的、不

---

❶ 伯撒（拉丁语：Theodorus Beza；法语：Théodore de Bèze or de Besze），又译泰奥多尔·贝扎或泰奥多尔·德贝兹，是一名在早期的宗教改革运动中扮演了重要角色的法国籍新教神学家与知识分子。他是反君权运动（Monarchomaques）的成员，反对绝对君主制。他也是加尔文的重要门徒和女婿，加尔文的衣钵传人。一生大部分时间生活在瑞士。伯撒在1565~1604年编辑和出版了希腊语新约，共有九版，有四版是独立的，其他版则是重印，1611年出版的英王钦定本主要依据伯撒1598年的版本。

坚定的，而且，它还被监禁，被摧毁了，人彻底失去了自由意志"❶。阿民念主义认定，人的意志由此完全被恶奴役了，心灵上完全没有能力向善："人……在叛教和罪的状态下，自己不能思考，意志也不能做任何真善的事情"。❷ 阿民念坚持认为，堕落状态下的智慧只是带来"黑暗"和"贫困"；而堕落的意志"热爱罪恶"，"厌恶真善"，于是人的整个灵魂被烙上了"绝对弱点"的标记。❸ 简而言之，堕落状态下的人，在罪和撒旦的控制下，沦为了恶的奴隶。因此，阿民念神学强调恩典的必要性：一个人必须竭尽全力去"更新和重构"他的认知、意愿或意志，才能达到认识、思考和校验真善的目的。在转化人的意志时，恩典应"温和地劝说"，"使人的意志逐渐趋从向善"。❹ 这样，人的意志就能从之前的牢笼中解放出来。因此，阿民念主义认为，恩典是所有善的开端、延续和成就。所以，如果没有这个前提，或者说没有恩典的启迪，以及个人后天的努力，没有人主观意愿上与恩典合作的愿望，人就不可能会想到、愿意或实践任何善的事物。至此，阿民念神学的理念已经与改革宗教义相去甚远。不过阿民念神学也承认，面对"恩典"人并非不可抗拒。尽管上帝的恩典是无条件的、普施的，但人的意志可以

---

❶ Jacobus Arminius. The Works of James Arminius (2) [M]. trans. James Nichols and William Nichols. Grand Rapids: Baker, 1986: 192.

❷ Jacobus Arminius. The Works of James Arminius (2) [M]. trans. James Nichols and William Nichols. Grand Rapids: Baker, 1986: 192.

❸ Jacobus Arminius. The Works of James Arminius (2) [M]. trans. James Nichols and William Nichols. Grand Rapids: Baker, 1986: 192.

❹ Jacobus Arminius. The Works of James Arminius (2) [M]. trans. James Nichols and William Nichols. Grand Rapids: Baker, 1986: 194.

拒绝上帝的恩典，并且通过邪恶冷酷的心抵制上帝的施与。

此外，改革宗认为，重生的恩典只给予那些被拣选的人，阿民念神学却断言，再生的恩典是赐予那些不顺从的人的。它认为，上帝的恩典是"足够的恩典"，但并不是"有效的恩典"。足够的恩典应该能使人的意志重生，但实际并不如此；它应该足以让人产生信仰，但事实上"并不总是能取得预期的效果"。那些获得救恩的人是"由衷地赞同恩典"——他们当然会赞同，因为他们"之前就受过恩典的激发、驱动、拉拢、协助"——但在这一刻，他们确实也承认他们有不赞同的能力。❶ 这一点是阿民念批判改革宗神学的核心观点。根据阿民念神学，堕落的意志仍可以自由地做出决定。恩典使它有权选择或拒绝上帝的救赎。恩典本身并不能保证任何特定的人必定能转化归正；它只是为人类提供了归正的可能，但最终是人自身的意志起决定性作用。阿民念神学中关于宿命论的概念与改革宗教义的基本理念是一致的，都强调人的自主选择的作用。继改革宗正统神学之后，阿民念神学认为宿命论是"在创世之前上帝就已经做出的永恒不变的判决"，判决的依据仅仅是根据"上帝的心情"。❷

阿民念神学还认为拣选在逻辑上恰好与遗弃相对：选择必然意味着排斥。在拣选时，上帝就已经"判定了那些非教徒或异教徒不得永生"，永远处于罪恶和惩罚之中。阿民念神学和改革宗神学对宿命论解释的差异，并不在于宿命论内

---

❶ Jacobus Arminius. The Works of James Arminius（2）[M]. trans. James Nichols and William Nichols. Grand Rapids：Baker，1986：722.

❷ Jacobus Arminius. The Works of James Arminius（2）[M]. trans. James Nichols and William Nichols. Grand Rapids：Baker，1986：722.

部的一些概念，而是在于对宿命论的认知基础和所指对象。与改革宗正统神学不同，阿民念神学的拣选和遗弃都是基于上帝预知，即上帝只愿意接受那些信奉上帝和悔改的人，"而把罪与惩罚留给另外的人"。上帝能预知所有回应恩典或拒绝恩典的人，因此，是上帝的预见决定了上帝接受还是拒绝信徒和非信徒。所以，阿民念神学是将宿命论建立在上帝对人的反应的预知之上的。而改革宗正统神学认为，人信靠上帝是因为他们事先已被拣选。阿民念神学认为拣选的对象是还未被创造出来的人，或者说是堕落之前的人，而不是信奉了上帝之后的人。上帝要拯救的信徒，指的是所有在未来选择信仰上帝的人，这些人是上帝早已预见到的信徒。这种宿命论观点说明阿民念神学更强调人的意志的重要性，更要凸显人的意志的自主性，肯定人的自由的决定性作用。然而，这恩典之约不能自动传达救赎，信仰上帝是最基本的条件。阿民念认为救赎的恩典有普遍性，但也有条件。正是这种强调恩典的普遍性的论调，引发改革宗极为激烈的反对，导致对普遍恩典的争论一直持续到 17 世纪末才结束。

与改革宗强调"特殊恩宠论"不同，阿民念神学所描述的恩典既普遍又特殊。这种救赎与定罪的二元论在阿民念的宿命论中表现得尤其明显。堕落前预定论中，上帝拥有判定特定个人的被拣选和被遗弃的权力，恩典是有选择性的；堕落后预定论中，上帝在造人之前就已经做出了选择，上帝的恩典不是选择的结果。阿民念神学的宿命论始于上帝对整个人类的仁爱：上帝预见到创造完美人类的计划将毁于人的堕落，于是授命基督救赎整个人类，这是上帝对所有人的爱。所有人都被选中来分享基督的救恩，但条件是他们必须信仰基督：上帝将拯救所有人，只要满足一个条件，只要他们相信……上帝会对所有人施与普遍救赎的恩典。

阿民念神学坚信上帝的良善与仁爱，同时强调人的完整性和自由。这导致在上帝的自由这一问题上，它的观点比改革宗显得更加有局限性。改革宗只是对上帝的公义和良善做了必要区分，而阿民念派要做的是试图证明上帝的最高属性是良善而不是公义。因此，约翰·卡梅隆（John Cameron, 1827~1910）❶断言，上帝施与仁慈甚至比行使正义更必要。因为上帝的良善，他不仅爱没有堕落的人，也"不能不爱"那些堕落但忏悔的人。因此，在阿民念神学中，上帝道德的必要性是普遍恩典的基石，即上帝的本性即是仁慈。阿民念关于神性的解释，明显与奥卡姆的"上帝的绝对权力"相对立，这实际上是阿民念神学为了整合恩典的普遍性与改革宗的宿命论，把上帝与人的关系中的任意性排除在外而做的说辞。

第三节 弥尔顿的《论天主教义》

1823年，约翰·弥尔顿的专著《教义》被发现，当时它与弥尔顿的其他论著混在一起，被看作"复杂混乱的手稿"。在这部专著中，弥尔顿高度采用了《圣经》神学的写作方法，力求"以《圣经》经文语录满溢我的页面，尽量不给自

---

❶ 约翰·卡梅隆是加拿大罗马天主教安蒂戈尼什教区的神父和主教。

我的话语留空间"。❶ 事实上，这部书引用《圣经》超过9000次，所以比起任何其他后改革宗的神学家，弥尔顿更像一个《圣经》学者。尽管在《教义》的版本和及其与弥尔顿其他文集的关系等方面还有很多问题，但是这部神学著作仍然为研究《失乐园》提供了一个非常重要的背景语境。《教义》坚决反对改革宗的终极判决观，认为上帝并没有最终裁定一切，"并且也不会以一种绝对的方式判决"。《教义》以上帝对人的自由的承诺为理论依据，否认了"绝对宿命论"；提出如果上帝的判决是绝对的，"我们（应该）完全抛弃人的所有的行动自由，抛弃所有不犯错的努力和希望"，因为上帝造人之初就允诺了人自由。❷ 根据《教义》，上帝"没有绝对判定一切"；❸ 如果他那样做了，或者将预知的需要在未来去实现，"上帝就是罪恶的始作俑者"。❹

关于宿命论，《教义》的重点放在了恩典的普遍性上。《教义》对宿命论的解释是，因为预见到人的堕落，上帝计划通过基督显示他对人无与伦比的怜悯，这仁慈在创世之前上帝就已施与了人。《教义》继承了阿民念神学的观念，也认为上帝通过耶稣预定了"那些将来信仰上帝的和继续信仰

---

❶ John Milton. Complete Prose Works of John Milton (6) [M]. New Haven: Yale University Press, 1953: 122.

❷ John Milton. Complete Prose Works of John Milton (6) [M]. New Haven: Yale University Press, 1953: 156.

❸ John Milton. Complete Prose Works of John Milton (6) [M]. New Haven: Yale University Press, 1953: 157.

❹ John Milton. Complete Prose Works of John Milton (6) [M]. New Haven: Yale University Press, 1953: 164.

上帝的人"。[1] 在这一点上,《教义》和阿民念神学的观点非常相似,二者都主张"上帝的判决不是针对特别的人,而是针对普通大众的"。[2] 彼得被拣选,不是因为他是彼得所以才注定被拣选,只因为他信仰上帝并坚持他的信仰。因此,"普遍拣选"适用于所有坚守信仰的人。但与阿民念神学不同的是,《教义》又说,上帝注定要拯救全人类,只要人信仰并永恒信仰上帝。

《教义》与改革宗神学、阿民念神学的宿命论最显著的区别在于,它否定"被上帝遗弃"这一观念。在《圣经》中,"宿命"一词指的是"由上帝一人选择"。"(上帝)没有做出遗弃的判决",遗弃"不是上帝的预定",因为上帝"想要拯救所有的人,不要任何人死去……在拯救所有人时,不会漏掉一个"。[3]

弥尔顿的《教义》否认绝对宿命论,反对堕落前预定论,认为预定的对象不是上帝创造出来的人,而是自甘堕落的人。上帝预见到了人的堕落,但绝不是上帝判定要哪个人堕落,因此,如果人自己的意志选择堕落,那么人的堕落就在所难免。尽管所有后改革宗神学家认为,假设人的始祖没有堕落,《教义》中"宿命论不是人堕落之前的决定性判决"这一结论是可以站住脚的,因此,上帝的判决从根本上

---

[1] John Milton. Complete Prose Works of John Milton (6) [M]. New Haven: Yale University Press, 1953: 166.
[2] John Milton. Complete Prose Works of John Milton (6) [M]. New Haven: Yale University Press, 1953: 168.
[3] John Milton. Complete Prose Works of John Milton (6) [M]. New Haven: Yale University Press, 1953: 176.

讲，取决于人的自由行为。《教义》在人的意志堕落的问题上所表述的神学思想，仍然接近改革宗正统神学。如《教义》宣称，原罪是"理性……陷入黑暗"，❶是公义的绝灭，是向善的自由的被毁，所以，人类终将屈服于罪恶。《教义》还具体地讲了意志死去的七种表现。另外，普遍救恩观也是弥尔顿神学的核心之一。他主张，上帝的恩典能将堕落的意志解救出来，使它能悔改并信靠上帝。上帝给了我们自由，可是一直以来，我们都无法真正地自由行事，直到那次堕落行为的发生。通过重生，上帝恢复人了判别正误的能力和自由意志，并且使它们比以前更完善。因此，重生使意志恢复到原有的自由状态。这里，《教义》也阐明普遍救恩和预定救恩的可抗拒性。为了能使所有人获得救恩，人的部分思想都受过启蒙，部分意志都曾被解放。即使在救赎中，人也总是不当使用自由意志，但如果我们有获拯救的愿望，上帝也会赋予我们获得救恩的能力。在弥尔顿的神学中，救赎不仅取决于上帝的恩典，也取决于人的意志决定如何回应上帝的救恩。因此，重生不再仅仅是上帝一人的工作。《教义》甚至断言，有些人"非常愿意接受救恩，有些人刚刚好感受到救恩，因此他们更合适上帝的国"。❷《教义》说，为什么有些人欢迎救恩，另一些抵制救恩，个中缘由应该从人性自身去寻求。这与改革宗正统神学和阿民念神学大相径庭。此外，《教义》除了坚持人的堕落外，还认为，上帝造人之时，

---

❶ John Milton. Complete Prose Works of John Milton（6）[M]. New Haven: Yale University Press, 1953: 176.

❷ John Milton. Complete Prose Works of John Milton（6）[M]. New Haven: Yale University Press, 1953: 174.

给所有人都植入了理性。依靠理性，他们可能会抵制邪恶的欲望，所以对于自己的本性的堕落，没有人可以抱怨别人。因此，对自由理念的承诺也是弥尔顿神学的支撑点之一。

《教义》所表达的神学虽不能说属于哪个特定的神学传统，但弥尔顿吸收了之前各种传统的概念，把它们糅合进自己独特的神学立场中。因此，解读《失乐园》需要以这些复杂的神学为背景。

小　　结

绪论简单地总结了国内外对《失乐园》这部神学性质的文学巨著的研究情况，介绍了出现在《失乐园》中的神学流派及其教义，并简单回顾了弥尔顿的《教义》中的核心神学思想。接下来的章节将具体探讨在这首长诗里，弥尔顿的主要神学观念是继承了哪些传统神学思想以及他又对哪些传统神学以讽喻的方式委婉地进行批驳，有哪些神学观念是弥尔顿独有的。

值得一提的是，国内有些对《失乐园》的研究似乎偏离了这部作品的本意，表面上，《失乐园》这首诗描述了这样一个故事：夏娃和亚当因受撒旦引诱，偷吃智慧树上的禁果，违背了上帝旨意，被逐出伊甸园。大天使撒旦骄傲自满，领导一部分天使和上帝作战（第五、六卷），于是被打到地狱里受难（第一、二卷）。这时，他已无力反攻天堂，于是想出间接报复的办法，企图毁灭上帝创造的人类。上帝知道撒旦的阴谋，但为了考验人类对他的信仰，便不阻挠撒旦。撒旦冲过混沌，潜入人世，来到亚当居住的乐园（第三、四卷）。上帝派遣天使拉斐尔告诉亚当面临的危险，同时把上帝创造世界和人类的经过告诉了他（第七、八卷）。但是亚当和夏娃意志不坚，还是接受了撒旦的引诱，偷吃了禁果（第九卷）。于是上帝决定惩罚他们（第十卷），命天使米迦勒把他们逐出伊甸园。在放逐之前，米迦勒把人类将要遭遇的灾难告诉了他们（第十一、十二卷）。但弥尔顿写这首诗的目的，并不仅仅在于通过亚当和夏娃的遭遇，"暗示英国的资产阶级革命由于道德堕落，骄奢淫逸而惨遭失败"❶；也并非要表达"在感情上对撒旦的同情"，"因为撒旦受上帝的惩罚，很像资产阶级受封建贵族的压迫"❷。弥尔顿在这首诗里并非仅仅要表达"对于封建贵族的放荡生活也给予尖锐的批判"❸，更不是要"塑造了十分雄伟的英雄撒旦的形象"❹。与其说《失乐园》在文学史上是一部雄浑壮阔的英雄史诗，不如说是弥尔顿为自己的神学著作《教义》所做的文学注解。在这部长诗中，弥尔顿深刻地讨论了自由、罪、惩罚、死亡、救赎等神学的核心理念，通过撒旦等人

---

❶ 于海军. 英国资产阶级革命一曲赞歌——评弥尔顿的《失乐园》[J]. 成都大学学报（教育科学版），2007，21（1）：122-128.

❷ 岳芬. 重塑的撒旦：浅析弥尔顿的《失乐园》[J]. 大众文艺，2012（10）：152.

❸ 于海军. 英国资产阶级革命一曲赞歌——评弥尔顿的《失乐园》[J]. 成都大学学报（教育科学版）.2007，21（1）：122-128.

❹ 李进超. 撒旦：丑恶的魔鬼与叛逆的英雄：从《圣经》到弥尔顿的《失乐园》[J]. 天津大学学报（社会科学版），2010，12（7）：379-383.

物，细致地描绘了弥尔顿理想的神学。因此，《失乐园》的解读必须与弥尔顿神学观念结合起来。让我们先来看一下弥尔顿神学中，最主要、最复杂的核心概念——自由是如何在《失乐园》中展现出来的。

第一章

《失乐园》中的魔鬼
——加尔文神学家的化身

第一章 《失乐园》中的魔鬼——加尔文神学家的化身

解读《失乐园》应该从哪里开始呢？应该从天堂还是从地狱呢？《失乐园》开场的第一幕场景在地狱，似乎从地狱开始阐述再合适不过。《失乐园》原本是试图"向世人昭示天道的公正"（1.26），却从一开始就偏向上帝一边，从一开始就迫切地想要表明上帝的公正。在这首诗的开头，上帝第一次出现并不是直接露面，而是通过布道的话语间接地出现在读者的视野中。读者通过布道人的讲述，了解上帝喜好。在第一卷、第二卷中，读者听到的这些"劝道"话，不是出自圣使徒和天使之口，而是出自撒旦和他的追随者之口，他们以一种隐喻式、劝道式的方式描述了上帝的性情喜好。这些人曾是上帝身边的人，他们讲出的话应该是可信的第一手资料。事实上，若想劝说"崇拜撒旦的人"去阅读《失乐园》这样一部"倒撒"的作品，恐怕只能仰仗这样的方式，仰仗撒旦本人了。弥尔顿故意安排撒旦作为第一个出场的角色，用意正在于此。

这首诗的第一卷与第二卷最重要的功能就是借他人之口描述上帝的形象。如果《失乐园》一开始就像《创世纪》一样讲述"创造"的故事，或者一开始就直奔主题，讲述人类堕落前的天堂，那么，上帝就会以人们熟悉的形象出现在读者的视线中，读者可能就不再想去追问上帝应该是什么样子的了。可是，《失乐园》的读者一开始听到的却是从堕落的天使口中讲述的上帝。这样，读者在没有任何背景和铺垫的情况下，就从魔鬼的口中见识到了一个完全颠覆的上帝形象。弥尔顿之所以不惜重墨用两卷的篇幅塑造了一个"魔鬼般的上帝"形象，原因有三：其一，《失乐园》中，读者听到的讲述，最初都是来自于被镇压的堕落天使，所以这个

"先入为主"的颠覆性的上帝的品格会引起读者的怀疑，读者可能会觉得有必要证实一下这个上帝形象的真伪，这为后面正义天使为上帝的辩护埋下了伏笔，为弥尔顿在后面的篇章里反驳魔鬼神学的教义树立了目标。其二，17世纪欧洲正处于宗教改革的末期。宗教改革的后果之一就是各种神学流派林立，各流派的神学家塑造出各种各样的上帝形象，读者面对《失乐园》里突然出现的上帝会一时摸不着头脑，不知道他应该属于何门何派，弥尔顿不惜重墨如此细致地描述这个上帝，为的正是让读者能一眼就看出他出自何处。其三，17世纪的英国神学领域，加尔文宗占据着主导地位，弥尔顿在第一卷、第二卷借由魔鬼和反叛天使之口，描绘出一个另类的上帝，也是剑有所指。

第一节　异教徒撒旦的形象是魔鬼神学的鼻祖

即使我们都知道不应该先入为主，但如果假定在阅读《失乐园》之前读者就认为不应该相信撒旦，我们大概都不会对此有异议，因为我们都知道撒旦有骗人的前科。但是，我们不应该相信撒旦，并不意味着他描述上帝的那些话是想当然的胡诌，是荒谬滑稽的玩笑，因为毕竟"撒旦并不是头蠢驴"❶。我们也没有必要因为宗教信仰的责任感，去承担威

---

❶ 关于撒旦是蠢驴的说法，请参见：S. Musgrove. Is the Devil an Ass？[J]. The Review of English Studies, 1945, 21（84）: 302-315.

第一章 《失乐园》中的魔鬼——加尔文神学家的化身

廉·燕卜荪（William Empson，1906~1984）[1] 所说的"竭尽全力抓捕撒旦的责任"[2]。因此，我们也就没有必要认为《失乐园》中撒旦的话不值得相信。实际上，撒旦描述的上帝形象，是解读《失乐园》神学的一个非常重要的基础。

卡尔·巴特（Karl Barth，1886~1968）[3] 在讨论《创世纪》中人堕落的故事时说，那蛇（撒旦）是世界上的第一个神学家，因为蛇说"是的，上帝说……"，它是在转述上帝的话，这本是神职人员的工作。卡尔·巴特认为魔鬼假借上帝的口吻散播邪恶的信条，这是所有"魔鬼神学"（satanic theology）的"源头"。[4] 这话虽说的戏谑，但并非全无道理。把撒旦看成魔鬼神学的创立人，是基督教的普遍传统。早在基督教早期的几个世纪里，撒旦就开始发挥着"重要的神学功能"了，"作为错误之子和谎言之父，他（撒旦）成为了异教徒的元首，名字常常被对手拿来做反面典型加以谴责"。[5] 殉道者游斯丁（Justin Martyr，100~165）[6] 和艾雷尼

---

[1] 威廉·燕卜荪，英国诗人、著名文学批评家，他是20世纪40年代以后研究中国现代派诗歌的一代宗师，曾任日本东京文理科大学英国文学教授、北京大学英国文学教授、英国广播公司中文编辑、英国谢菲尔德大学英国文学教授。

[2] William Empson. Milton's God [M]. London: Chatto & Windus, 1961: 74.

[3] 卡尔·巴特，瑞士籍新教神学家，新正统神学的代表人物之一。约翰·鲍登（John Bowden）描述他是一位时代先知、教授、政治家和神学领袖，主要著作有《罗马书注释》《教会教义学》《上帝的人性》等。

[4] Karl Barth. Church Dogmatics [M]. Edinburgh: T & T Clark, 1956: 77.

[5] Neil Forsyth. The Old Enemy: Satan and the Combat Myth [M]. Princeton: Princeton University Press, 1987: 310.

[6] 殉道者游斯丁，又名圣·贾斯廷，是早期基督教护教论者，被认为是2世纪主张理性理论的最重要的神学家，被罗马天主教、英国圣公会、东正教尊为圣徒。

厄斯（Irenaeus，约140~202）❶认为所有的异端邪说都应归咎于撒旦的影响，❷而德尔图良（Tertullianus，150~230）❸则认为对《圣经》的异端解释都要归咎于"魔鬼撒旦，那些使真理堕落的诡计都是他那里得来的"❹。如此一来，异教徒都被视为"叛教者"，是"伟大的叛教先驱"撒旦的门徒。❺奥古斯丁也认为，教会内的异端是魔鬼促成的;❻路德则认为散布异教的诱惑是撒旦工作的核心内容。❼这样，以奥古

---

❶ 艾雷尼厄斯，又译伊雷内、依雷内、伊里奈乌斯、爱任纽，法国神学家、教父、里昂主教。一生热爱《圣经》真理，一方面分析并谴责异端，一方面促进地方教会间的和谐。他肯定受造界的善，有名言"活着的人是天主的光荣"。因为他将亚细亚神学传统与西方神学传统结合起来，所以可以说是衔接教会使徒时代与后使徒时代的人。著有《使徒宣道论证》《反异端论》等。

❷ Justin Martyr. The first apology [C]//Fathers. New York: Cosimo, Inc., 2007: 180 - 192; Irenaeus. Against Heresies [C]//Fathers. New York: Cosimo, Inc., 1956: 62.

❸ 德尔图良（拉丁语：Quinto Septimio Florente Tertuliano）在英文中也被称为Tertullianus，另有中译specialty土良、特图里安，北非柏柏尔人。他是迦太基教会主教，是早期基督教著名的神学家和哲学家，因理论贡献被誉为拉丁西宗教父和神学鼻祖之一。德尔图良主要以写作思辨性的基督教神学与反对异端的著作为主。有人称德尔图良是"希腊最后一位护教士"，亦有人说他是"第一位拉丁教父"。他对于三位一体与基督的神人二性的阐明，为后来东方与西方两个教会的正统教义奠定了基础。

❹ Tertullian. Adversus Praxeam [M]. trans. Cornelia Bernadete Horn. Austin: University of Texas, 1992: 67.

❺ Neil Forsyth. The Satanic Epic [M]. Princeton: Princeton University Press, 2003: 45.

❻ [古罗马] 奥古斯丁. 上帝之城：驳异教徒 [M]. 吴飞, 译. 上海：上海三联书店, 2007: 453.

❼ 关于马丁·路德的这一观点的评论，请参见：Olderidge D. Protestant conceptions of the Devil in early Stuart England [J]. History, 2000, 85 (278): 232-246. 原文如下："For Luther, Satan's primary work in the world was to create illusions in the mind, printing in the heart a false opinion of Christ and against Christ. It was his ceaseless mission to tempt people into heresy by infecting their minds with superstitious thoughts."

第一章 《失乐园》中的魔鬼——加尔文神学家的化身

斯丁为代表的正统神学,就把撒旦定义为煽动叛教的教唆犯和异教徒。虽然反对正统神学的声音也持续不断,直到后宗教改革运动时期,尤其是英国的新教徒中,还有些人在反对奥古斯丁等人的说法,❶但撒旦在大部分时间里都是个"反派人物"。甚至到了18世纪,撒旦仍在被大部分英语文献形容为"叛教第一人"(the Arch-Heretic)。❷在17世纪记载驱魔术的文献中,也有撒旦的身影,那里撒旦被描写成一个狡诈的神学家、诡辩大师。魔鬼(撒旦)讲话时,"能引用许多希伯来语和希腊语的《旧约》和《新约》的经文,常常对经文无端指责,大加鞭挞,并常常用教父的话来支持自己的辩解"❸。但撒旦更多的是出现在17世纪的学术著作中,如大主教阿瑟(Archbishop Ussher,1581~1656)曾谈到"鬼辩术",这里的鬼指的就是撒旦;❹约翰·珰汉姆(John Downham,1571~1652)❺曾举例引证过"蛇"讲话的"含糊其辞法和诡辩法",用来证明撒旦是所有经院哲学诡辩术之父,这其实也从侧面证明了撒旦是第一个魔鬼神学家,是魔鬼神

---

❶ Michael P. Winship. Making Hereics: Militant Protestatism and Free Grace in Massachusetts, 1636 – 1641 [M]. Princeton: Princeton University Press, 2002: 106–107.

❷ John Taylor. A Narrative of Mr. Joseph Rawson's Case [M]. London: J. Waugh, 1742: 74.

❸ Philip C. Almond. Demonic Possession and Exorcism in Early Modern England: Contemporary Texts and Their Cultural Contexts [M]. Cambridge: Cambridge University Press, 2004: 1–42.

❹ James Ussher. A body of divinitie, or the summer and substance of Christian religion [M]. London: T. Downes and G. Badger, 1653: 130.

❺ 约翰·珰汉姆是一位英国牧师和新教神学家,加尔文神学的坚定支持者,在17世纪40年代,他因与威斯敏斯特议会关系密切而著名。

学的始作俑者。[1]

　　弥尔顿是同意正教神学的观点的。因为在《失乐园》中，撒旦同样是第一个出来描述上帝形象的人，所以他也是《失乐园》中的第一个神学家。不仅如此，在《失乐园》中，他还是第一个叛教的异教徒，是第一个用魔鬼神学亵渎上帝的人；他作为讲述人，是个"假装的巧匠，欺骗的能手"，是"在道貌岸然的外表下，弄虚作假的祖师爷"（4.121-122）。当撒旦谈及上帝时，虽然刻意采用了大量的政治词汇，但他仍会不由自主地经常用到后改教派神学的语言套路。所以不应当把撒旦仅作为一个政治演说家，而应该把他看成一个神学家。事实上，如果把撒旦的演说按照时间先后排一排序，就会发现，他最早的演说在语气和内容上都明显带有神学色彩。如他谈到了上帝"判决"（5.774）、天使的自由（5.787-792），还谈到万物内在的"自由"应该与不同的"次序与等级"相一致（5.792-793）。当上帝的仆人亚必迭（Abdiel）指出上帝通过神子创造了天使时，看看狡辩的撒旦像不像个狡诈的经院派神学家：

> 照你这么说，我们都是被造的？
> 而且是副手的产品，是父传于子的
> 作品？这说法真是新鲜、奇闻！
> 我们倒要学习这闻所未闻的

---

[1] John Downham. The Summe of Sacred Divinitie First Briefly and Methodically Propounded and then more Largely and Cleerly Handled and Explained [M]. London: Peter Parker, 1630: 235.

第一章 《失乐园》中的魔鬼——加尔文神学家的化身

高论是从哪儿来的……

——5.853-856❶

这里撒旦使用的假设立论,是后改革宗神学家的惯用手法。在后改革宗神学家那里,这种方式通常标志着推导出真理,也经常会导出新奇的谬论。用约翰·卡梅隆的话说,"这种遗风……是神圣庄严的;也是新奇的、可憎的、邪恶的"❷。具有讽刺意味的是,撒旦说对未经证实的"新教义"要小心提防,他自己却成了第一个革新传统神学的人,第一个否认"神圣"的传统教义的异教徒。

解读《失乐园》中的神学思想,必须注意由撒旦和他的追随者提出的"异端教义"。在《失乐园》的前两卷里,弥尔顿清晰地勾勒出堕落天使们对上帝的关注度,他们对上帝表现出一种异乎寻常的痴迷,似乎无时无刻不在谈论神学,谈论上帝。需要指出的是,这个"撒旦式的"神学实际上就是变形的加尔文神学,至少表面上看起来和加尔文主义很像。在加尔文式的魔鬼神学中,上帝是一个专制的暴君,上帝的绝对权力破坏了他的至善和他造物的自由。魔鬼神学里的上帝,是撒旦邪恶意识的投射,因此,几乎与魔鬼撒旦无二。在前两卷中,弥尔顿系统地描述了魔鬼神学,也为从《失乐园》第三卷开始出现的弥尔顿理想中的正义的上帝形象提供了参照。

---

❶ [英] 弥尔顿. 失乐园 [M]. 朱维之,译. 上海:上海译文出版社,1984:210.

❷ John Cameron. An Exanimation of Those Plausible Appearances which Seem most to Commend the Romish Church and to Prejudice the Reformed [M]. Oxford: Oxford Press, 1626:58.

第二节　魔鬼神学里的上帝是天国的暴君

在《失乐园》的前两卷中，堕落天使们反复说上帝虽然无所不能，但随意滥用权力，毫无约束，简直和暴政下的恶魔无异。这种神学观，也是模仿了加尔文神学，呈现出一种类加尔文式的魔鬼神学。它否定万物的自由，认为上帝的绝对主权破坏了他的至善，换言之，他们否定上帝的完美和至善。

在第一卷中，撒旦在与旁白的对话中道出了他的质疑——他质疑万物的自由和上帝的善。撒旦用了诸如此类的字眼来描述上帝，如"君主"（monarchy）（1.42）、"绝对权力"（almighty power）（1.44）、"永恒的判决"（eternal justice）（1.70）、"无所不能"（omnipotent）（1.49）等。这些字眼虽然也出现在第三卷以后的诗歌里，但这些字眼出现在叙述的伊始，并且撒旦在他的描述中不断片面强调这些字眼，而且完全没有提到与这些字眼相应的词语，如上帝的"恩典"（grace）（3.142）、"爱"（love）（3.267）、"仁慈"（goodness）（12.469），这其实是弥尔顿有意为之的。他把这些表达负面形象的词安排在史诗的开始，是为揭示撒旦蓄意破坏上帝的美好做的一个铺垫。

翻开《失乐园》，从堕落天使路西法一开始说话，出现在读者视野中的上帝就是一个无所不能的暴君形象。为了打破地狱的"可怕的沉默"（1.83），撒旦不得不认可了上帝的最高权威。上帝是"强大的胜利者"（1.95），是"征服者"（1.323），他那"可怕的武器"（1.94）战胜了谋反的人。魔王别西卜（Beelzebub）也称上帝为"征服我们的人"（1.143），说他"无所不能"（1.273）。但堕落天使们承认上帝的权力，只是为了显示上帝的暴政，破坏上帝的美好形象，并非真心顺服。撒旦说，上帝是"强大的胜利者"，"把他惹毛了"，他会"让他的敌人痛不欲生"，最后会毁灭他们（1.95-96）。在撒旦口中，地狱被描述为一个"地牢"（2.317），上帝在那里"严密拘禁"他的敌人（2.321）。他充满了"报复的怒火"（1.148），他之所以愿意让敌人继续存在，不灭之而后快，只为了迫使反叛的人承受更大的痛苦，从而满足自己复仇的欲望：

> 可是他，我们的征服者，（现在，
> 我只能相信他的全能，否则，
> 他不可能击破我们这样的大军，）
> 他使我们还留有这样的精力，
> 大概是要使我们更能忍受痛苦，
> 吃足苦头，承受他那报复的怒火……
> ——l. 143-148❶

这里，上帝被描述成了一位"施展淫威的暴君"（2.64），

---

❶ [英]弥尔顿.失乐园[M].朱维之，译.上海：上海译文出版社，1984：10.

从体验"镇压和征服敌人"(1.123)的快感中得到满足。之后,恶魔彼列(Belial)也站出来,模仿加尔文救恩神学的口吻,声称上帝"克制自己的愤怒",不"让他的敌人随心所愿的死去",就是为了"留着慢慢加以无尽的刑罚"(2.158-159)。❶

威廉·燕卜荪曾猛烈地抨击堕落天使们口中这个以折磨臣民为乐的不折不扣的暴君。❷《失乐园》的地狱却"没有配备折磨",❸读者听到各种复仇施虐,都是出自堕落天使之口,却没有在《失乐园》中亲眼所见。与以往对地狱的描写相比,《失乐园》中的地狱有的只是沉默和荒芜,是"弥尔顿的独一无二的地狱"。❹如果我们把弥尔顿的地狱与但丁的或者英国文艺复兴时期悲剧里的地狱比较一下,就会发现,《失乐园》里上帝"残暴"的程度简直微不足道。路西法在弥尔顿的地狱里,只不过承受着重重的恐惧、黑暗和沉默,在但丁的地狱里却生不如死。但丁笔下的地狱是一个漏斗形的陷阱,分九层,罪恶越重所处的层次越深,刑罚也越严酷。酷刑从幽暗的第二层开始施行。贪得无厌的教皇、主教和教士抱着重物,互相冲撞,彼此斗骂,永不止息。"施暴"的国君马其顿王亚历山大等人,在"沸腾的血水里"蒸煮;

---

❶ 类似的观点,改革宗正统神学家斯塔威力也曾提出过相似的看法,请参见:Keither W. F. Stavely. Satan and Arminianism in "Paradise Lost" [J]. Milton Studies, 1989 (25) 125–139.

❷ William Empson. Milton's God [M]. London: Chatto & Windus, 1961: 135.

❸ Michael Wilding. Milton's Paradise Lost [M]. Sydney: Sydney University Press, 1969: 40.

❹ Matthew Steggle. Paradise Lost and the Acoustics of Hell [J]. Early Modern Literary Studies, 2001 (7): 1–17.

第一章 《失乐园》中的魔鬼——加尔文神学家的化身

买卖圣职者倒栽在石洞里,腿露在外面受着堆火的烧烤,疼得不停地颤抖(《地狱》第19篇);心黑手毒的贪官污吏个个都在滚沸的沥青湖里翻煮,被沥青染成了黑鬼,倘若受不住痛苦想露出头来喘气,岸上的魔鬼旋即操起铁耙子将他们压下去,翻个个儿再煮(《地狱》第21~22篇);伪君子穿着金光夺目的铅制的彩衣,不停奔走,压得气喘吁吁也不能停步;离间者在这里遭受最残酷的尸裂,被魔鬼用刀割裂,个个残肢断臂,鲜血淋漓,肠子流出挂在两腿之间,心、肺、胃全部翻露在外(《地狱》第28篇);各种叛徒被冻结在一个叫科西多的冰湖中,只露出脑袋,永世不得脱身。最大的叛徒是路西法,即撒旦,他有三张不同颜色的脸,三张嘴各咬着一个叛徒:出卖耶稣的犹大、谋杀恺撒的柏吕笃和卡西何(《地狱》第29~30篇)。但丁笔下的地狱让人不寒而栗,如同托马斯·基德(Thomas Kyd, 1558~1594)❶的地狱一样。在托马斯·基德的《西班牙悲剧》(*The Spanish Tragedy*)里,地狱里充满各种难以想象、难以承受的折磨:

在地狱的深渊,
血腥的复仇女上帝三姐妹挥动着钢鞭,
可怜的伊克西翁推动永不停止的车轮:
放高利贷的嘴里灌满滚烫的黄金,
荡妇被丑陋的蛇群肆意地拥抱,

---

❶ 托马斯·基德,英国剧作家。他的情节剧《西班牙悲剧》(1594)复兴了复仇悲剧——一种经典的以谋杀和复仇为主题的戏剧形式,在当时的社会中有很大影响。

徘徊在自由与救赎之间的魔鬼英雄

>   杀人犯在无尽头的凌迟中呻吟，
>   作伪证的在沸腾的铅水中翻滚，
>   所有有罪的都承受着难以承受的折磨。❶

  如果但丁的地狱和基德的地狱里的这些残酷的折磨都是上帝施加的，完全可以说他是个暴君，因为他给每个人都设计并量身定做了特定的酷刑，完全适合每一个受罚的人所犯的罪。改革宗正统神学家以西结·霍普金斯（Ezekiel Hopkins，1634~1690）❷写道："在地狱里，上帝使用各种酷刑的刑具"❸；而艾萨克·安布罗斯（Isaac Ambrose，1604~1663）❹说，"地狱里的折磨……可怕的难以想象"❺。相比之下，《失乐园》中地狱只是沉默的空白一片，堕落天使们不仅可以自由建造宫殿、召集议会，甚至还可以作曲奏乐。在弥尔顿的地狱里，独独缺乏酷刑。此外，撒旦还坦言，与其说他所居的地狱是上帝创造的，还不如说是由自己的"心"生出来的。

>   来欢迎你的新主人吧！他带来
>   一颗永不会因地因时而改变的心，

---

 ❶ Thomas Kyd. The Spanish Tragedy [M]. London：Methuen，1959：64.
 ❷ 以西结·霍普金斯，是爱尔兰圣公会的神父，1681~1690年在德里任主教，著有《十诫博览》等。
 ❸ Ezekiel Hopkins. The Works of the Right Reverend and Learned Ezekiel Hopkins [M]. London：Jonathan Robinson，1701：406.
 ❹ 艾萨克·安布罗斯，又译为撒·安布罗斯、安保斯、安布罗瑟、安波罗，曾经是布列斯顿的牧师，他写了一本很有名的著作《仰望耶稣》，另著有《基督徒战士》等。
 ❺ Isaac Ambrose. The Complete Works of that Eminent Minister of God's Word to Turn to God [M]. London：Gale Ecco，1701：284.

第一章 《失乐园》中的魔鬼——加尔文神学家的化身

> 这心是它自己的住家，在它里面
> 能把天堂变地狱，地狱变天堂。
> ——1.253-255❶

这段话表明，地狱对于撒旦而言，不仅仅是承受上帝惩罚之处，更是自我囚禁和苦修之地："我的逃避只有地狱一条路；我自己就是地狱"（4.75）。正如怀尔丁的评论所说，"那个报复和折磨人的上帝是恶魔们用他们的话语'创造'出来的"。❷ 而事实是，地狱为堕落的天使提供了安身和庇佑之所。

堕落天使"创造"出的这个上帝，是加尔文神学里那个上帝的魔鬼化翻版。这个上帝是"在天上掌握虐政"（1.124）的上帝，他冷酷、无所不能、随意使用绝对权力，是"高贵的专制者"，拥有绝对"势力"，"稳坐那里"（2.359-360），不可动摇。别西卜口中的上帝，不仅专制到可以决定战争胜负，更重要的是，他可以"全凭自己的意志玩弄别人的命运"❸。在此之前，别西卜还说过上帝的敌人"只配严加幽闭、鞭挞和残酷的刑罚"（2.334）。在他看来上帝镇压叛军天使，不是出于道义的目的，而是出于随意的喜好。他是独一无二的君主，把他的意志强加于那些毫无反抗力的人。改革宗正统神学承认上帝的绝对权力（arbitrary power），在这样的"绝对权力

---

❶ ［英］弥尔顿.失乐园［M］.朱维之，译.上海：上海译文出版社，1984：14.

❷ Michael Wilding. Milton's Paradise Lost ［M］. Sydney：Sydney University Press, 1969：40.

❸ 这种说法常见于一些后改教派神学家的文献，请参见：Johannes Wollebius. Compendium Theologiae Christianae：In Reformed Dogmatics ［M］. trans. John W. Beardslee. Oxford：Oxford University Press, 1965：3.

面前，人别无选择，只有屈服"❶。这样的观念虽然与之前专制神学❷认为上帝是"暴君"有所不同，阿民念神学却说这样一个专制"暴君"正是改革宗神学里的上帝。因为上帝预定所有事情的唯一依据是他的一时喜好，在道义上具有随意性，所以改革宗神学里上帝的绝对主权观念一直备受诟病。改革宗正统神学家否认他们赞颂上帝的任意性，别西卜描述的上帝形象却完全符合17世纪反加尔文主义者对加尔文神学中上帝的描述。在反加尔文主义者口中，加尔文的上帝滥用绝对意志和绝对权力，是造成无可逃避的"暴政"的根本原因。

接着撒旦又提出，上帝应该对天使的堕落负直接责任，因为上帝"隐藏"了他的实力，"引诱我们逞雄一试，致使我们遭受沉沦"（1.641-642）。撒旦的话实际上是在指责上帝对人的预定。斯蒂芬·法伦（Stephen Fallon）曾指出，"撒旦和他的追随者所用的'绝对预定'（absolute predestination）的概念，来自于加尔文神学教义里关于地狱的部分解释。撒旦和天使们据此指责上帝对他们的选择，暗示上帝系统地操纵了这一场拣选。因为不管是此时的魔鬼还是上帝，都像是加尔文宗神学里面的上帝一样，他们本质上都是罪恶的始作俑者"❸。因此，堕落天使口中的上帝，既是罪的因又是罪的判官；他对意志有绝对主权，绝对控制着造物，引人犯罪，

---

❶ G. C. Berkouwer. Divine Election [M]. trans. Hugo Bekker. Grand Rapids: Eerdmans, 1960: 53.

❷ 专制神学观认为上帝行事不讲公义，全凭一时喜好，随心所欲，反复无常。

❸ Stephen M. Fallon. Paradise Lost in Intellectual History: A Companion to Milton [M]. Oxford: Blackwell, 2001: 333.

第一章 《失乐园》中的魔鬼——加尔文神学家的化身

然后惩罚罪人。更准确地说，这个上帝的形象是对加尔文神学中的上帝的妖魔化仿拟。

别西卜进一步推测，上帝不处死堕落天使可能不仅是为了让他们"吃足苦头"，也为了让上帝的敌人：

> 服更大的苦役，
> 把我们当作俘虏，当作奴隶，
> 在地狱猛火的中心来干苦活，
> 在幽暗的深渊中为他奔走。
>
> ——1.149-152❶

一些评论家居然能在弥尔顿的《教义》中，找到一些蛛丝马迹来支持别西卜的推测——邪恶天使有时也会被上帝派去"执行上帝的判决"。❷ 这些评论家举出的这个事例确实值得反思，究竟天意为何？别西卜口中展现的上帝是典型的邪恶上帝形象。他将上帝描绘成一位冷漠的君主，说地狱也是上帝的"帝国"。罪恶告诉她儿子和她儿子的父亲撒旦说，他们"注定"要做上帝的"苦役"（drudges），他们的存在只是为了"执行他发怒时的命令，却说是义愤命令你们做的事呢！"（2.732-733）。她的这番话同样使用了典型的改革宗正统神学家的口吻。对罪恶来说，上帝的愤怒只不过意味着专制王权的滥用，上帝却把它"说成是义愤"。此外，这

---

❶ [英] 弥尔顿.《失乐园》[M]. 朱维之，译. 上海：上海译文出版社，1984：10.

❷ John Milton. Complete Prose Works of John Milton [M]. New Haven: Yale University Press, 1953: 348.

里的罪恶用了"execute"❶一词,这是个双关语,暗示了上帝意志的邪恶本质:被上帝打入地狱里的罪人,在"正义"(Justice)眼里都是阴险凶恶的人,却也都是上帝的臣民,是他钦定的刽子手,替他去执行他"愤怒"的判决。

《失乐园》中的这些言辞勾勒出的魔鬼神学正是根据加尔文神学建构起来的。这个魔鬼神学里面的上帝掌控着"善与恶",是天国的暴君。简而言之,出现在《失乐园》第一卷、第二卷中的魔鬼们口中的上帝,显然是一个魔鬼一般邪恶的上帝。

第三节 魔鬼神学中的宿命论与弥尔顿的神义论

通过堕落天使们在"万魔会"❷上的发言,弥尔顿对魔鬼神学做了进一步的描述。

鬼王摩洛(Moloch)属于悲观派。用彼列的话说就是"摩洛很绝望"。摩洛说"我们既然被注定要受无尽的苦

---

❶ 这两行诗的原文是"to execute/What are his wrath. which he calls Justice",这里,execute有两重含义:执行命令和处以极刑。execute的名词形式executor,意思是刽子手,所以在这行诗里,罪恶使用了双关语的修辞,用以指责上帝的意志。

❷ 《失乐园》中撒旦领导的堕落天使被打入地狱之后,建造了"万魔殿",成立了议会,商讨与上帝对抗的策略。这个议会的名字叫Pandemonium,这个词英文中有魔窟、乌烟瘴气、混乱的意思。弥尔顿为魔鬼的议会取名"万魔会",是使用了仿拟的修辞手法,为的是与"万神殿"里面的"万神会"形成对照,具有讽刺的效果。

难，/那就怎么做都一样"（2.160-161）。摩洛用了"注定"（decree）一词，实际上是表明了一种宿命，是对不管"怎么做"，结果"都是一样"的哀叹。值得一提的是，"注定"（decree）这个词是标准的改革宗正统神学里常用的词。❶ 所以，摩洛所说的预定论，或者宿命论，是借用了改革宗正统神学的观念，指有些人注定被上帝拣选得到救赎，而有些人注定被遗弃。"上帝根据判决拒绝拯救某些人脱离永恒的毁灭和痛苦。"❷ 彼列虽然不赞同意摩洛的话，但他并不会反驳摩洛的宿命论，只是不同意他所说的绝望的原因。彼列自己无疑也是宿命论者，他说：

> 因为这是命中注定无可避免的，
> 也是胜利者的意志……
> ——2.197-199❸

改革宗正统神学家坚称他们的预定论并不是宿命论，但

---

❶ 关于"decree"一词的讨论和引文，请参见：Karl Barth. Church Dogmatics [M]. Edinburgh：T & T Clark, 1956：519-522. 另外，该神学术语曾多次出现在一些忏悔文章里（Schaff 3：497），爱尔兰宗教文献里（Scliaff 3：528），荷列比乌的《系统神学》(The Systematic Theologies) 一书中，弥尔顿的《论天主教义》中。大多数改革宗正教派的文献涉及宿命的命题时，大多使用该词。需要特别指出的是，该词也出现在《威斯敏斯特信条》(Westminster Confession of Faith) 中，请参见：Westminster Assembly. The Westminster Confession of Faith [M]. Loschberg：Jazzybee Verlag, 1994：368. 另外，"decree"一词，在英文中有注定、命定的意思，而在神学术语中，指上帝的元旨（Decree of God）。

❷ William Perkins. A Golden Chaine, or the Description of Theologie [M]. Cambridge：University of Cambridge, 1592：391.

❸ [英] 弥尔顿. 失乐园 [M]. 朱维之，译. 上海：上海译文出版社，1984：51.

阿民念神学家一贯指责改革宗正统神学的"宿命论"是其神学的"刚性"(iron)的必要、"绝对必要"(absolute necessity)和"致命的必要"(fatal necessity)。❶ 为了反驳这些批评和指责,改革宗神学家弗朗西斯·塔瑞庭(Francis Turrentin, 1632~1687)❷ 出版了《要义》一书,目的是要把"我们的教义"从那些"流言蜚语"中解脱出来。❸

在《失乐园》中,彼列的话无疑带有阿民念神学的批判色彩。改革宗的"万能的元旨"(Omnipotent Decree)几乎与古代异教派的"不可避免的命运"(inevitable fate)的含义相同。将宿命论(theological fatalism)归因于上帝的意志(divine will),是典型的改革宗的观念。❹ 彼列像所有的堕落天使一样,把上帝的意志单纯地理解为权力(power)。上帝作为"胜利者"(Victor),强势的一方,当然有权力"征服"(Subdue)弱势群体。因此,出于他"意志"的"元旨"(Decree)是纯粹的主权行为。

在万魔会上,摩洛说这"地狱的深渊"(2.87),"是可耻的黑洞"/暴君"施展淫威的牢狱"(2.58-59)。摩洛把地

---

❶ John Sharp. Fifteen Sermons Preached on Several Occasions [M]. London: Walter Kettilby, 1709:291.
❷ 弗朗西斯·塔瑞庭,又译特里敦,加尔文派神学家,他因刚直不阿固守加尔文教义而著名。1688年,他著名的四大卷《要义》(*Institutio*)出版。
❸ Francis Turrentin. Institutes of Elenctic Theology [M]. trans. George Musgrave Giger. Phillipsburg: P & R, 1992:97.
❹ 请参见:《威斯敏斯特信条》(Westminster Assembly.The Westminster Confession of Faith [M]. Loschberg: Jazzybee Verlag, 1994:208)上帝从永远,本他旨意的至智、至圣的计划,自由地、不变地决定一切将要成的事。(原文:God from all eternity did, by the wisest and holy counsel of his Own will, freely and unchangeably ordain whatsoever comes to pass.)

狱说成是拘禁的牢狱，认为在这里他们失去了所有的自由。接着别西卜说，堕落天使的人选其实是被（上帝）"决定的"（determined）（2.330），摩洛也认为反叛的群神因"冲动""沉沦"到地狱里（2.80-81），他们现在不过是处在上帝忿怒之下的奴隶（2.90-92）。这些言辞都表明上帝的意志是"命定"的前提，上帝利用至高的权力和力量（power）预定了天使的命运。值得注意的是，摩洛这里所说的"冲动"（compulsion）也有着特殊的神学含义。万物皆受上帝的意志强迫的观念是宿命论（necessitarianism）中最极端的观点。为了反驳对改革宗正统神学宿命论的抨击，改革宗正统神学家说，人本身就可以认识到上帝的主权，不需要任何"选择的冲动"（compulsion of creaturely choice）。如约翰·弗拉维尔（John Flavel, 1630~1691）[1]写道，"强迫从不是上帝行事的方式和方法"[2]，约翰·欧文（John Owen, 1616~1683）[3]坚持认为上帝"从不给人的意志提供任何暴力或冲动"[4]。《失乐园》中，玛门（Mammon）也对冲动解释了一番，他认为上帝同样会向堕落天使施以救恩，但这恩典不过

---

[1] 约翰·弗拉维尔，著名的英国长老会牧师，被称为"痛苦而杰出的主牧"，先后在布罗姆斯格罗夫、伍斯特、威勒齐、格洛斯特郡任职。

[2] John Flavel. The Whole Works of the Reverend Mr. John Flavel（1）[M]. London: John Orr, 1754: 272.

[3] 约翰·欧文，著名的清教徒神学家，素有"英国的加尔文"之称。曾任英国牛津大学校长，对改教运动贡献卓越。共出版有16册神学、讲章及7册希伯来书注释。其作品除教义、护教外，特别重视灵修实践，对于如何顺服《圣经》真道与圣灵引领工作，如何制服罪、过圣洁的生活、与主合一，皆有精辟的教导，被称为"圣灵的神学家"。

[4] John Owen. Pneumatologia: Or, a Discourse Concerning the Holy Spirit [M]. London: Towar and Hogan, 1827: 271.

是他的一时冲动,仍然带有强迫性:

> 即使他变缓和了,
> 在新的屈辱条约下,宣布宽待我们,
> 我们有何面目卑躬屈节地
> 站在他的面前?有何面目去接受
> 他那严厉的法律,歌颂他的宝座,
> 他的神性,被迫歌唱哈利路亚。
> ——2.237-243❶

这显然是受了阿民念救恩神学观念的影响。因为相信上帝会普施救恩,所以玛门决定,宁要地狱里"艰难的自由"(hard liberty),不在天堂做"显赫、安逸的轭下奴隶"(2.255-257)。可以看出,玛门对"救恩"的理解有颇多偏激和误解。在后改教派神学里,上帝的恩典会改变人的心,"上帝的恩典赋予人意愿",让他接受上帝的救恩,"自由"地来到上帝的身边。❷ 但玛门认为上帝的恩典只不过是他一时的冲动,然后就"强迫"人去崇拜上帝,换句话说,他不认为上帝有恩典。玛门不但将上帝描绘成一个用武力强迫臣民崇拜他的彻头彻尾的暴君,甚至还怀疑上帝的恩典的可能性。

---

❶ [英]弥尔顿. 失乐园 [M]. 朱维之,译. 上海:上海译文出版社,1984:53.

❷ Westminster Assembly. The Westminster Confession of Taith [M]. Loschberg:Jazzybee Verlag, 1994, 3:642. 另:司提反·查纳克对此观点有过详细的论述,请参见:Stephen Charnock. The Existence and Attributes of God [M]. London:Sovereign Grace Publishers, 2001:419-420.

第一章 《失乐园》中的魔鬼——加尔文神学家的化身

"神义论"是弥尔顿在《失乐园》中讨论的核心问题之一，魔鬼神学里所讲的"冲动"恰恰是投向神义论的最尖锐的长矛。魔鬼神学说，上帝赋予造物服从或反抗的自由，敬拜或背叛的自由，只因为他的冲动，或者说他的欲望，他只不过希望通过"给予"交换到臣民的敬拜和服从，而这并非是什么恩典。在第六卷中，弥尔顿让神子出面纠正了玛门"被迫歌唱哈利路亚"的说法，他告诉天父，信徒会"诚挚地为您高歌哈利路亚"（6.744），并非出于交换的目的。诚挚和被迫是两种不同的态度，也是魔鬼神学的上帝和正教神学的上帝的本质区别，还是魔鬼神学的自由和正教神学的自由的根本差别。在此，魔鬼神学里实施宿命暴政的上帝与正教神学中普施救恩和爱的上帝形成鲜明的对立。

万魔会议解散后，堕落天使们只能回去，在等待撒旦回来的过程中，"消遣这苦闷的时光"（2.526-527），他们这些悲伤的消遣，表达的正是魔鬼神学宿命论的感觉——面对已经预知的结果，无可奈何，只能坐以待毙。他们中有些人像古代的吟游诗人一样，歌唱之前那场战争的悲壮和天堂的痛苦，"自怨命蹇，不该让自由的德性作暴力和机会的俘虏"（2.550-551）。这支有明显"偏向"（2.552）的歌，道出了他们的心声，命运奴役着他们这些英勇的天使的自由和美德，迫使他们甘愿屈从于上帝的权势。更有其他的堕落天使，寻求的不是"悦耳的歌声"而是"悦心的雄辩"（2.556），他们热衷于高深的神学思辨，如：

> 有的胸怀高尚的思想，坐在
> 偏僻的小山上面，就理性、

徘徊在自由与救赎之间的魔鬼英雄

> 先见、意志和命运，就是定命、
> 自由意志和绝对的先见等问题
> 试作高谈阔论，但都很迷茫，
> 如堕五里雾中，得不到结论。
> 也有的就幸福和终极的不幸、
> 同情和冷淡、光荣和耻辱等
> 问题大发议论，全不过是
> 空洞的智慧，虚伪的哲学！
> ——2.557-565❶

虽然这种形式的智力消遣被说成是"空洞的智慧"和"虚伪的哲学"（2.565），但如果把这当成是弥尔顿对古希腊和罗马的哲学思辨形式的讽刺就是大错特错了。❷ 弥尔顿在这里描述这种思辨模式的目的，是让人联想到改革宗正统经院神学的推理模式，揭示反叛天使们将魔鬼神学神圣化，为它披上了正教神学外衣的手段。正如约瑟夫·艾迪生（Joseph Addison，1672～1719）指出的那样，旁白"一直在遮遮掩掩地嘲笑"魔鬼们的"神学争议"，他们甚至"用了一些类似谜语的词语"。❸ 魔鬼用"超严密"的推理将他们引入这些漫无目的字谜里，让他们深陷在这个猜谜游戏里，追究那些词的无尽微妙的含义而心无旁骛。可是，

---

❶ ［英］弥尔顿．失乐园［M］．朱维之，译．上海：上海译文出版社，1984：67.
❷ Douglas Bush. English Literature in the Earlier Seventeenth Century, 1600-1660［M］. Oxford: Clarendon, 1962: 244.
❸ Joseph Addison. The Tatler［M］. Glasgow: Robert Urie, 1754: 72.

这些魔鬼神学家却因此迷失"在他们自己的语言迷宫里","走不出……自己的文本地狱"。❶ 这样做的后果就是,"不可改变的宿命和绝对的预知吞噬了自由意志"❷,反而让自己显露了原形。

改革宗正统的经院神学家们采用的就是这种思辨方式,在解释教义时,他们会细致入微地审视"天意""预知""自由意志"等词的概念的意义,却不怎么注重形式上的"严密推理"。这些改革宗神学家经常被他们的对手批评为,深陷神秘莫测的"字谜"而"离题万里"。❸《失乐园》中的魔鬼神学家在思辨过程中的这种过度推理,像极了改革宗经院神学家。旁白说这些神学家的推理是"空洞的"和"虚妄的"(2.565),这是弥尔顿在警告读者不要相信魔鬼神学家,也别被魔鬼神学在第一卷、第二卷中推理时的举例所迷惑。

第四节　显形的魔鬼是上帝的反面参照物

在《失乐园》中,通过堕落天使们的讨论,描绘了一个

---

❶ Neil Forsyth. The Old Enemy: Satan and the Combat Myth [M]. Princeton: Princeton University Press, 1987: 272.
❷ Stephen M. Fallon. Paradise Lost in Intellectual History: A Companion to Milton [M]. Oxford: Blackwell, 2001: 334.
❸ Richard A. Muller. After Calvin: Studies in the Development of a Theological Tradition [M]. Oxford: Oxford University Press, 2003: 475.

徘徊在自由与救赎之间的魔鬼英雄

邪恶专制的上帝，他像极了魔鬼。对于上帝的魔性，也许玛门的话最值得人深思，他说：

> 我们真害怕这个黑暗的幽冥世界吗？
> 天上全权的君王，不也时常选择
> 浓云和幽暗做他的住处，却没有
> 遮掩住他的荣光吗？他常用
> 威严的黑暗来包围他的宝座，
> 从里面深处发出雷鸣，激起漫天的
> 狂风暴雨，那时天不和地狱一样吗？
> 他既可以模拟我们的黑暗，
> 我们不也可以随意模拟他的光明吗？
> ——2.262-270❶

这里玛门把天堂和地狱比较了一番，并且套用了《旧约》里的一个画面：上帝的周围环绕着黑暗。这其实是个隐喻，黑暗在旧约中当然不是比喻恶魔或指来自地狱的黑暗，而是暗指上帝神圣的威严，像沃尔特·艾希罗特（Walther Eichrodt, 1890~1978）❷说的那样，这是"庄严的雷雨之兆"❸，是《旧约》中上帝出现的先兆，上帝"从异常的光中露出黑的

---

❶ [英] 弥尔顿. 失乐园 [M]. 朱维之，译. 上海：上海译文出版社，1984：54-55.

❷ 沃尔特·艾希罗特，德国的《旧约》学者和基督教神学家，巴塞尔大学教授（1922~1960）。他认为《创世记》是《圣经》的序幕，《旧约·出埃及记》后的都是伪经。

❸ Walther Eichrodt. Theology of the Old Testament (2) [M]. trans. J. A. Baker. London：SCM, 1961-1967：16.

衣裾"(3.380)。但在玛门的叙述中,这神圣的雷声表达的是地狱般的"愤怒",而乌云则表达了"我们的黑暗",那是来自地狱的魔鬼的黑暗。玛门所描绘的画面是"歪曲"的,因为"《旧约》中,上帝用黑暗或乌云来衬托他的光辉……而不是要把天堂弄得像地狱"。❶ 但玛门说上帝将自己隐藏在黑暗中,以至于看上去分不清这里到底是天堂还是地狱。这样一个上帝,无论怎么看,都与魔鬼有惊人的相似之处。

费尔巴哈曾说,"基督教的上帝观念是人类意识的投射,对上帝的认知就是对人的认知"❷。同样,在《失乐园》中,魔鬼神学的上帝本质上是一个邪恶意识的投影。堕落天使所描述的上帝是显形的魔鬼,反叛天使口中的上帝实际上是魔鬼的化身。弥尔顿的隐喻实际上影射了17世纪一些所谓的异教神学家对改革宗正统神学的批判,他们认为加尔文神学中的上帝与魔鬼无异。例如,托马斯·戈德(Thomas Goad,1576~1638)❸ 指责加尔文主义者持有"该死的教义……最该死的是让上帝变成了魔鬼"。阿民念神学家也说加尔文神学"让上帝似乎变得比一些人或者魔鬼更糟糕"。❹ 如阿民念

---

❶ Roy Flannagan. John Milton: A Short Introduction [M]. Oxford: Blackwell, 2002: 388.

❷ Ludwig Feuerbach. The Essence of Christianity [M]. trans. George Eliot. New York: Harper & Row, 1957: 207.

❸ 托马斯·戈德是英国神职人员,富有争议的作家。作为多特主教会议的参与者,他在会议上改变了看法,从加尔文主义者转变为亚美尼亚主义者。

❹ Thomas Goad. A Collection of Tracts Concerning Predestination and Providence, and the Other Points Depending on Them (1719) [M]. Whitefish MT: Kessinger Publishing, 2008: 5-6.

派神学家托马斯·杰克逊（Thomas Jackson, 1579~1640）谴责加尔文神学"崇拜魔鬼，亵渎上帝"，约翰·古德温（John Goodwin, 1594~1665）❶说加尔文神学"邪恶地""亵渎神灵，忍无可忍"。❷ 亨利·莫尔（Henry More, 1614~1687）❸ 称堕落前预定论中的上帝是真正的魔鬼。❹ 弥尔顿的《教义》则更尖刻地指责了加尔文神学家对上帝的亵渎，他说："如果非要我反驳他们，就好像要我撰写出一篇长篇大论来证明上帝不是魔鬼，这听上去荒诞至极，根本不值一驳"。❺ 然而《失乐园》的前两卷，正是为了反驳魔鬼神学塑造的上帝形象而发出的"长篇大论"。实际上，《失乐园》这部作品正是弥尔顿用来讨论和解释加尔文神学和阿民念神学之间五个争议的作品。在《失乐园》中，弥尔顿以自由为出发点，对人的本性、上帝的主权、恩典的不可拒绝性、普救论以及归正等神学命题进行了讨论，并表达了自己的神学观。总体上讲，弥尔顿支持阿民念神学，反对加尔文神学，但他对阿民念神学也有所超越。

---

❶ 约翰·古德温是一位英国传教士、神学家，最早支持民主政治的清教徒牧师，因支持克伦威尔革命被驱逐，一生着作颇丰。

❷ Thomas Jackson. The Works of Thomas Jackson [M]. Oxford: Oxford University Press, 1844: 209.

❸ 亨利·莫尔，英国哲学家、神学家。他的父母都是加尔文主义者，但他自己反对加尔文主义。1631年，在弥尔顿离开剑桥后不久，他进入剑桥基督学院，后来做了格洛斯特郡主教。

❹ Henry More. Divine Dialogues: Containing Sundry Disquisitions and Instructions Concerning the Attributes and Providence of God [M]. London: Joseph Downing, 1713: 411.

❺ John Milton. Complete Prose Works of John Milton [M]. New Haven: Yale University Press, 1953: 166.

第一章 《失乐园》中的魔鬼——加尔文神学家的化身

小　　结

在《失乐园》中，堕落天使都是低劣的异端神学家和变形的加尔文主义者，是撒旦的追随者，是魔鬼神学的代言人。他们将上帝描绘成武断、残暴模样，指责他暗中破坏造物的自由，因其赤裸裸的强权颠覆了他本来美好的形象。这个类加尔文魔鬼神学中的上帝，是上帝一般的魔鬼，是魔鬼意识隐隐的投射。正是为了反驳这个观点，维护"神义论"的传统，弥尔顿在《失乐园》的前两卷借诸魔之口，细致地讲述了魔鬼神学的来龙去脉以及它的核心要点与实质。他颠覆了加尔文神学的传统，挑战了它的"正统"地位。具有讽刺意味的是，那时英国的加尔文主义因高举反异端神学的旗帜，占据着正统神学的主导地位。在《失乐园》的神学世界里，加尔文正统神学被隐晦地重新定义为异端神学的鼻祖。《失乐园》前两卷中表述的魔鬼神学，构成了异端神学的背景，从第三卷起，这首长诗描述了弥尔顿神学中理想的上帝形象，他是那么美好，那么完美。堕落天使描摹出的上帝形象是需要修正的，在《失乐园》中第一卷、第二卷中，弥尔顿展示的上帝虽然给人的感觉有些晦涩，似乎与魔鬼的形象有些重叠却又颠倒，但他并不是显形的魔鬼。正如托马斯·克兰尼达斯（Thomas Kranidas）指出的那样，"事实上，弥尔顿通过错位的撒旦帮助我们认识了真正的上帝"[1]。下一章将讨论弥尔顿在第三卷、第四卷如何驳斥上帝否定造物的自由的观点,并试图说明上帝是最关注自由的。自由不仅是他自己的本质神性,也是所有造物的本性。

---

[1] Thomas Kranidas. The Fierce Equation: A Study of Milton's Decorum [M]. London: Walter de Gruyter GmbH & Co. KG, 1965: 129.

第二章

《失乐园》中的宿命
——自由主导的预定恩典

第二章 《失乐园》中的宿命——自由主导的预定恩典

《失乐园》的故事进入第三卷时，魔鬼神学家不再是故事的主角，上帝成了全剧的焦点。读者也许会有点意外，因为这时的上帝看上去更像一位神学家。比起撒旦和他的追随者那些"晦涩骗人的"高论，上帝实话实说，简单直接。讲出的话意义"清楚、明确、有尊严、有权威"。[1] 上帝作为一个神学家出现，可能会让许多读者不能接受。例如，著名的亚历山大·蒲柏就曾说：在《失乐园》中"天父把天国变成了学校"，[2] 天父看起来像个经院派神学家。可是，如果考虑到这首诗是在后宗教改革时期教派混战的背景下写成的，那么，我们就应感谢弥尔顿把上帝刻画成一位神学家。改革宗正统神学认为，上帝的思想包含神学知识的最高形式。他们说"原型神学"（archetypal theology）是完整的、完美的神学，它只存在于上帝自己的头脑中。因此他们把人类分散、不完整的神学称作"复制神学"（ectypal theology），说它只能部分地、不完美地反映原型神学。根据后改教派神学的说法，这样看来只有《失乐园》中的上帝才是无人可超越的终极神学家，只有他自己讲的话才是"原型神学"。毕竟没有人比上帝更有资格谈论上帝。用布莱兹·帕斯卡（Blaise Pascal，1623~1662）的话说就是"上帝言说上帝，准确无比"[3]。所以，《失乐园》中只有上帝的神学才是最正统的

---

[1] Roy Flannagan. John Milton: A Short Introduction [M]. Oxford: Blackwell, 2002: 91.

[2] Alexander Pope. The First Epistle of the Second Book of Horace Imitated [M]. London: T. Cooper, at the Globe in Pater-noster-Row, 1737: 7.

[3] Blaise Pascal. Pensées [M]. trans. W. F. Trotter. New York: Dover Publication Inc., 2013: 799. 这句话的英文原文为：God rightly speaks of God.

神学。

在《失乐园》中，上帝的神学化与前两卷中魔鬼的神学化形成对照。在前两卷中，魔鬼神学家说上帝是天国的暴君，否定造物的自由，此时上帝自我辩护说他早已给了万物永久的自由，而且他永远不会破坏或者剥夺造物的自主权。魔鬼神学家说上帝是残忍无爱的施虐者，上帝就说他对万物都施加恩典和仁慈。魔鬼神学家指责宿命，声称自己被上帝的预定拣选所遗弃，上帝就申明他从没有排斥过万物中的任何一个，那些被遗弃的，是因为他们有自由选择被自我遗弃。

因此，《失乐园》第一卷、第二卷中出现的黑暗魔鬼神学，是弥尔顿为之后出现的理想的上帝神学和自由神学设立的背景，用以衬托后者的光明和积极性，用以证明撒旦和堕落的魔王们都是不可靠见证人。弥尔顿在这首诗里期望读者将上帝看作最可靠的神学家，听他自己解释何为真正完美的神学。

第一节　普遍拣选是完全恩典的不同程度的呈现

在《失乐园》第三卷中，对话占了绝大部分篇幅，所有对话的内容可以看作预定论的生动写照。世界创造之初，天父有意检验他的预知是否准确，于是"向下瞰视""自己的作品和作品的作品"（3.58-59）。他看到"我们的始祖父母",正在"幸福的园中""独得天惠","喜获欢娱和爱恋的不朽果子"(3.64-69)。这里的"果子"是个双关语,既是亚当和夏娃"欢娱爱恋"的象征,也是诱惑的预兆,暗示着上帝的预见。上帝预见到撒旦要去地上诱惑亚当和夏娃,于是对神子耶稣说:

> 人将听了那些
> 谄媚的谎言,很容易违犯
> 他所必须谨守的唯一禁令,
> 他和他不忠的子孙从此坠落。
> ——3.93-96❶

为了避免预见会迫使始祖的堕落成为必然,天父(上帝)❷补充说,"预见也不会影响他们的犯罪"(3.118)。预见到人的堕落,天父立即宣布了要拯救人类的计划,对神子耶稣说"人……可以蒙恩"(3.131)。在诗中,上帝说这些话的时候,他的恩典弥漫在天庭,在神子和众精灵身上显现出来:

> 神子的仪态,
> 看来最为光辉灿烂,无可比拟。
> 天父的神性,在他身上显示出
> 实质,在他的脸上显现出一种

---

❶ [英]弥尔顿.失乐园[M].朱维之,译.上海:上海译文出版社,1984:95.
❷ 《失乐园》的朱维之译本中,"God"译为"天父"。

> 神圣的怜悯，无限的慈爱，
> 无可测量的恩惠；
>
> ——3.138-142❶

神子赞美了天父仁慈的"人应该得到慈惠"（3.144-145）的许诺，将人称为上帝的"幼子"和他"最心爱的造物"（3.151），并恳求天父对人类施以救恩。天父回答说神子已经完美地表达了他预定的计划：

> 儿啊，你是我心中最大的喜悦，
> 你是我的怀中儿，是我的智慧、
> 我的言词和实力的独生儿子，
> 你所说的正是我所想的，
> 全部合乎我所宣布的永久目的。
>
> ——3.168-172❷

故事到此处，谈话的内容还是在讲述上帝的"永恒的目的"（Eternal Purpose），即上帝的元旨（Decree）。但这也表示在人类没有堕落之前，没有任何救恩的需要之前，上帝就已经打算救赎他们了。这是后改教派神学所讲的预定说的核心思想，即救恩不是事后的想法，是上帝在人需要救赎之前就备好的礼物。《失乐园》中这部分的对话特别强调了上帝

---

❶ [英] 弥尔顿. 失乐园 [M]. 朱维之, 译. 上海：上海译文出版社, 1984：97.
❷ [英] 弥尔顿. 失乐园 [M]. 朱维之, 译. 上海：上海译文出版社, 1984：98-99.

第二章 《失乐园》中的宿命——自由主导的预定恩典

对人类的预定所表现出的仁慈怜悯的高贵品质。上帝永恒的目的是将他的恩典指向人,他"最心爱的造物"(3.151)。因此在这里,从一开始,预定就是一种上帝的施恩行为。接着,天父(上帝)详细地解释了他的救赎计划:

> 其中有些人,我要赐给特殊恩宠,
> 被挑选来置于其他人等之上。
> 这是我的意志;其他人等,
> 要听我的呼唤,我要时时警告
> 他们犯罪的征兆,警告他们
> 要恰当地趁施恩的时机,止息
> 神的怒气,因为我将充分清除
> 他们阴暗的感觉,软化他们的
> 铁石心肠,能祈祷、悔改、适当的顺从。
> 这祈祷、悔改、正当的顺从,
> 只要能有真诚,我的耳朵并不迟钝,
> 我的眼睛也不会紧闭的。
> 我还要把公断者的良知安置在
> 他们的心里,作为他们的向导,
> 如果他们能听从它,而且善用它,
> 便会得到一个光明接着一个光明,
> 忍耐到底,安全地达到目的。
>
> ——3.183-197 ❶

---

❶ [英]弥尔顿. 失乐园[M]. 朱维之,译. 上海:上海译文出版社,1984:99-100.

这段独白，生动地表达了预定中所蕴含的上帝那宽容怜悯的本性。从神学角度上讲，这是一段不可忽视的独白。不仅因为它指出了预定的本质是上帝的恩典，最重要的是，它强调恩典的普遍性。当天父说"挑选有些人来置于其他人等之上"时，似乎是赞同后改教派对拣选和遗弃之间的区分。改革宗正统神学和阿民念神学都赞同双重预定论的说法，认为上帝永远会将人类分为可拣选的和可遗弃的两种。威廉·艾姆斯（William Ames，1576~1633）[1] 给出的定义是其中的典型代表："预定有两种：拣选和遗弃"[2]。在拣选和遗弃之际，上帝的恩典只限定在一定数量的人身上，人类的大部分是被排除在恩典之外的。约翰·班扬（John Bunyan，1628~1688）经过缜密地观察得出结论：能得救赎的人，"男人中，千里挑一"，"女人中万里挑一"。[3]

然而，《失乐园》中天父说把"某些人挑出来""置于其他人之上"不能被视为是赞同双重预定论。相反，当天父说把"某些人挑出来""置于其他人之上"时，上帝实际上是拣选了所有人，而不是只拣选"某些人"。"所有人都将被拣选得救赎"，只不过一些人"置于其他人之上"。[4] 上帝在描述"置于其他人之上"的方式时，暗示了"拣选的普遍性：

---

[1] 威廉·艾姆斯，英国著名的清教徒神学家、哲学家，因参与加尔文宗和阿民念宗之间的神学争论而闻名。

[2] William Ames. The Marrow of Theology [M]. trans. John D. Eusden. Grand Rapids: Baker, 1968: 17.

[3] John Bunyan. A holy life the Beauty of Christianity: or, an Exhortation to Christians to be holy [M]. Oxford: Oxford University Press, 1684: 25.

[4] Boyd M. Berry. Process of Speech: Puritan Religious Writing and Paradise Lost [M]. Baltimore: John Hopkins University Press, 1976: 25.

让所有人"听到我的呼唤"（3.185），他们受到"施恩"的"邀请（3.187-188）；他们的心智受到启迪，他们的"铁石心肠被软化"（3.188-190）；他们被恩典带向"祈祷、悔改和适当的顺从"（3.191），他们"得到一个接一个的光明"，光明把他们引向救赎（3.196）；并且如果他们遵循着这个光，忍耐到底，他们将"安全到达"上帝的国度（3.197）。《失乐园》里的这一段描述显然是为了证明救恩是注定施加给所有人而不是有些人的。诗中，神子当即附和道：恩典是"飞得最快的信使，"会"访遍你的一切生灵"和所有"前来的人"（3.229-331）。

普遍拣选观念的提出，在当时的神学领域有着极为重大的意义。在抵制双重预定论这一点上，《失乐园》的神学立场与大部分后改教派神学传统划清了界限。17世纪，对预定论的争议主要在改革宗正统神学、阿民念神学和亚目拉督神学三者之间展开，争论的焦点在于上帝是否会拣选一些人而遗弃剩下的人，但所有神学家都赞同这样一个假定的前提：预定包含两种可能——注定被拣选和注定被遗弃。❶ 阿民念神学认为，《圣经》告诉我们"要爱你的敌人"，因此上帝也会拣选反对他的人，所有人都会得到救赎；❷ 而像威廉·伯金斯（William Perkins，1558~1602）❸ 这样的改革宗正统

---

❶ Richard A. Muller. After Calvin: Studies in the Development of a Theological Tradition [M]. Oxford: Oxford University Press, 2003: 15.
❷ Jacobus Arminius. The Works of James Arminius (2) [M]. trans. James Nichols and William Nichols. Grand Rapids: Baker, 1986: 226.
❸ 威廉·伯金斯是非常有影响力的英国牧师和神学家，也是伊丽莎白时期清教徒运动的主要领导人。

神学家则认为"预定就意味着要么得救赎，要么被定罪"❶。在双重预定的问题上，虽然改革宗正统神学和阿民念神学之间也存在较大的争议，但阿民念神学家约翰·古德温说，双方一致认可的是"既有预定的拣选，也有预定的遗弃"，"两种判决都是永恒和绝对不可变的"。❷ 弥尔顿在预定论这个问题上，撇开了它的双重假定前提，《失乐园》中所表述的神学思想超越了后改教派神学的概念框架，从根本上使上帝拣选的恩典普遍化。这种普遍拣选的观点，与《失乐园》前两卷描述的魔鬼神学分庭抗礼。《失乐园》里的堕落天使把上帝描绘成残暴的、毫无怜悯之心的暴君，把堕入地狱的宿命归于上帝的预定，第三卷里的上帝却用普救论证明了自己的宽容与仁慈。

在《失乐园》中，弥尔顿肯定了普遍性拣选的观点之后，接着又批判了以双重预定为基础的宿命论："如果一切事物都是完美无瑕又符合逻辑的，我们就必须得承认，有些人注定受诅咒，有些人注定得庇佑"❸。后来19世纪著名德国神学家弗里德里希·施莱尔马赫（Friedrich Schleiermacher, 1768～1834）同样反对上述宿命论，他认为"上帝的预定只有一个，那就是所有人都会得救赎"❹。施莱尔马赫认为，如果

---

❶ William Perkins. A Golden Chaine, or the Description of Theologie [M]. Cambridge: University of Cambridge, 1592: 23.

❷ John Goodwin. The Agreement and Distance of Brethren [M]. London: Peter Parker, 1652: 1.

❸ William Perkins. A Golden Chaine, or the Description of Theologie [M]. Cambridge: University of Cambridge, 1592: 25.

❹ Friedrich Daniel Ernst Schleiermacher. The Christian Faith [M]. Edinburgh: T & T Clark, 1928: 548-549.

上帝要救赎所有人，那么拣选必须理解为对"所有人"的拣选才符合逻辑。❶ 施莱尔马赫把对被预定者的判定完全看作上帝的恩典。弥尔顿在《失乐园》中也极力想证明这一观点，并认为预定完全是恩典，其中并不存在惩罚。这是这部作品重要的神学观念之一。

既然《失乐园》支持拣选普遍性，那么为何又要在这首诗里面说"挑出一些人""置于其他人之上"（3.184）呢？首先，丹尼斯·丹尼尔森（Dennis R. Danielson, 1949~ ）❷ 认为，这可能仅仅是一个暗示，暗指上帝要"选出一些特定的人来执行天国的任务"❸。阿民念神学支持这种特定拣选的观点，将"选出执行特定服务的人"和"选出……得永生的人"做了区分。❹ 阿民念神学家莫伊兹·亚目拉督（Moïse Amyraut, 1596~1664）❺ 写道："当上帝选出一些特定的人去做一些伟大和杰出的工作时……他经常会让（他们）身上的恩典和灵性更明显"。❻ 在《失乐园》中，被挑选出来的

---

❶ Friedrich Daniel Ernst Schleiermacher. The Christian Faith [M]. Edinburgh: T & T Clark, 1928: 560.
❷ 丹尼斯·丹尼尔森，加拿大作家、教育家，曾任《弥尔顿的剑桥系列丛书》的编辑，主要著作有《弥尔顿的善良上帝：文学神学研究》。
❸ Dennis R. Danielson. Milton's Good God: A Study in Literary Theodicy [M]. Cambridge: Cambridge University Press, 1982: 83.
❹ H. O. Wiley. Theology (2) [M]. Kansas City: Beacon Hill, 1940-1943: 339-340.
❺ 亚目拉督，又译亚目拉都，拉丁语为 Amyraldus，英语中经常写为 Amyraut，是法国新教神学家和形而上学家，是修正加尔文神学关于基督赎罪性质的著名神学家之一，与苏格兰人金马伦（John Cameron, 1579~1625）一起创建了亚目拉督主义（Amyraldism）。
❻ Moïse Amyraut. Treatise Concerning Religions [M]. London: M. Simmons, 1660: 21.

人同样也是为了完成"伟大而杰出的工作"。而斯蒂芬·法伦反对这一观点,他认为这首诗所讲的"特定拣选"的意义,可能不是上帝的原意,只是弥尔顿自己对"拣选"牵强附会的理解。❶

另外,上帝说"挑出某些人置于其他人之上",可能是指对不同的人施以不同程度的恩典。这种不同程度的恩典的概念不是改革宗正统神学所独有的。安瑟伦就说过,上帝"对不同的人的怜悯和仁慈是不同的"❷。阿民念神学也持有相同的观点。❸ 阿民念认为,上帝在"人归正和救赎过程中所施加的影响力不尽相同,尽管他对待每个人转化和救赎都是同样严肃和认真的"❹。西蒙·伊皮斯科皮乌斯(Simon Episcopius,1583~1643)❺也谈到过"恩典之间的巨大差别……是上帝的自由意志的结果"❻。亚目拉督也曾写道,

---

❶ Stephen M. Fallon. Paradise Lost in Intellectual History: A Companion to Milton [M]. Oxford: Blackwell, 2001: 93-116.

❷ Anselm. Truth, Free, and Evil: three Philosophical Dialogue [M]. trans. J. Hoppkins and H.Richardson. New York: Harper & Row, 1967: 8.

❸ Jacobus Arminius. The Works of James Arminius [M]. trans. James Nichols and William Nichols. Grand Rapids: Baker, 1986: 442.

❹ Jacobus Arminius. The Works of James Arminius [M]. trans. James Nichols and William Nichols. Grand Rapids: Baker, 1986: 442.

❺ 西蒙·伊皮斯科皮乌斯,又译依皮斯科皮乌、伊皮斯科比乌,阿民念神学的主要代表人物之一。阿民念去世后,伊皮斯科皮乌斯及其他共46位阿民念的追随者共同编写了一份名为"抗辩"的文献,简述他们反对加尔文主义的五点立场,他们因此被称为"抗辩派"。

❻ Simon Episcopius. The confession or declaration of the ministers or pastors, which in the United provinces are called Remonstrants concerning the chief points of Christian religion [M]. London: Elizabeth Allde, 1676: 207.

第二章 《失乐园》中的宿命——自由主导的预定恩典

"诸般恩典足以带来救赎,"然而,恩典"可能也会因人而异"。❶ 弥尔顿在《教义》中同样肯定了上帝对所有人"施以不同恩典"的说法。❷《教义》说,"上帝会赐予所有人恩典,虽然每个人的恩典不尽相同,但足以让每个人都能认识真理,最终获救"。❸《失乐园》说"某些人被挑出来,置于其他人之上"——可能也是暗指上帝给每个人的恩典的程度不同。恩典的程度不同并不损害恩典的普遍性或充足性。恩典一样会惠泽所有人,只是有些人"提前"享受到了恩典。❹ 再者,诗中所讲的提前拣选不仅指恩典的程度不同,还指救恩的种类不同。一些神学家,如安博·卡达连诺(Ambrosius Catharinus,1484~1553)❺ 主教反对不同种类救恩的概念,认为特定拣选是不可抗拒的恩典,并无种类的不同,如玛丽和圣使徒,而上帝对其余的人会施以足够的恩典,没有程度的差别。这可能是因为 17 世纪时,"恩典有不同种类"的观念被刚刚提出,大部分神学家还几乎从未听说过这一概念,也许他们更愿意接受《失乐园》中"挑出某些人置于其他人

---

❶ Moïse Amyraut. A Discourse Concerning the Divine Dreams Mention'd in Scripture [M]. London: A. C. for Walter Kettilby, 1676: 20.
❷ John Milton. Complete Prose Works of John Milton [M]. New Haven: Yale University Press, 1953: 192.
❸ John Milton. Complete Prose Works of John Milton [M]. New Haven: Yale University Press, 1953: 146.
❹ John Milton. Complete Prose Works of John Milton [M]. New Haven: Yale University Press, 1953: 183.
❺ 安博·卡达连诺,又译盎博·格达林主教、盎博罗修·加大利,是意大利米诺里主教,道明会士,反对路德宗教改革的中坚派。他宣扬亚当之罪的外在连坐性(连坐论,imputation theory),即亚当之罪因遗传而及于他所有的后裔,并留在每一个灵魂里,如同保人自己的罪。

之上"的说法，更愿意相信一些人可以通过福音里"足够的恩典"（3.99）得拯救，那些被"挑出来"的人则是通过"特殊的恩宠"（3.183）得拯救。

无论如何，不管"提前拣选"区分的是被拣选人的种类还是救恩的程度，《失乐园》中的预定神学观强烈地肯定了恩典的普遍性以及上帝在区别施加救恩上的自由。弥尔顿这里讲的"提前拣选"，与《失乐园》第一卷、第二卷魔鬼神学所说的上帝的随意性和专制性完全不同，也不等同于绝对普救论。他通过《失乐园》解释了"最伟大的极度富足的恩典"❶ 的含义，从而强调了上帝的拣选行为的高尚与仁慈。

第二节　遗弃是人对上帝的恩典拒绝的结果

在《失乐园》中，尽管弥尔顿强调普遍拣选的观念，但还是借上帝之口谈了遗弃（reprobation）的问题，并申明一些人最终会毁灭。诗中上帝说：

> 在我这长久容忍的期间，
> 施恩的日子里，那些蔑视、嘲骂的，
> 将得不到恩惠，顽固的更加顽固，
> 盲目的更加盲目，他们必然失足，

---

❶ John Goodwin. An Exposition of The Ninth Chapter of the Epistle to the Romans with the Banner of Justification Displayed [M]. London: Baynes and Son, 1835: 5.

第二章 《失乐园》中的宿命——自由主导的预定恩典

愈陷愈深,慈惠只有排除这些人。

——3.198-202❶

这段话可以理解为,尽管上帝会拣选所有人,但拣选并不否定人的自由。每个人都有权利拒绝上帝的恩典,有权"蔑视、嘲骂"上帝的拣选,有权选择自己的是否被遗弃。那些有意"顽固"和"盲目"的人,会"更加地顽固和盲目",不是由于他们拒绝了上帝的安排,而是因为他们固执地否认和拒绝了上帝仁慈的拣选。

罪人的"盲目"和"顽固"这两个词来源于《圣经》,❷后改教派神学言说遗弃的文献中经常使用这两个词语。大多数改革宗正统神学家认定,罪人的"顽固化"是上帝"许可"的,他只是想通过这些罪人的"顽固化","跳过"拣选这个步骤,让他们自己走向遗弃。❸ 改革宗神学家海因里希·布林格(Heinrich Bullinger,1504~1575)❹ 继承了改革宗正统神学的思想,声称遗弃一些人不是上帝的旨意,而在于被遗弃的人,他们拒绝接受上帝的恩典,拒绝来自天国的

---

❶ [英] 弥尔顿. 失乐园 [M]. 朱维之,译. 上海:上海译文出版社,1984:100.

❷ 参见《出埃及记》4:21,7:13,9:12;《约翰福音》9:39,12:40;《罗马书》9:18,11:7,11:25。

❸ William Perkins. A Golden Chaine, or the Description of Theologie [M]. Cambridge: University of Cambridge, 1592: 341.

❹ 海因里希·布林格是文艺复兴时期欧洲新教论辩家,苏黎世首席牧师,清教神学家、瑞典宗教改革家,曾就圣餐教义等论题与路德之间发生争论,被公认为第一位"盟约"的神学家。他有德文、拉丁文和英文的布道文集出版。

礼物。❶ 威廉·普林（William Prynne，1600~1669）❷ 支持这一观点，他声称被遗弃的人的"顽固化，不是由于任何上帝的判决或行为造成的……而是遗弃本身造成的"。❸ 托马斯·华森（Thomas Watson，1620~1686）❹ 写道："上帝并没有给被遗弃的人注入恶，只是收回了他的恩典，然后他们的心自己变得顽固，甚至光明不在，黑暗永随"。❺ 其他改革宗神学家基本都支持加尔文神学，否认上帝的旨意和上帝的许可之间的区别，将人的"盲目化"和"顽固化"直接归咎于上帝的意志。例如，威廉·伯金斯说"对一个邪恶的人来说，上帝不仅是宽容的代理人，还是个具有强大影响力的上

---

❶ Cornelis P. Venema. Heinrich Bullinger and the Doctrine of Predestination: Author of "the Other Reformed Tranditon?" [M]. Grand Rapids: Baker, 2002: 67.

❷ 威廉·普林，英国清教徒作家、律师、辩论家、政治家，被称为"坎特伯雷大主教的教会政策最棘手的对手"，是国家万能论者，主张由国家全面控制宗教。他也是个多产的作家，出版了200本书和小册子。

❸ William Prynne. God no impostor nor deluder, or an answer to a Popish and Arminian cauil in the defence of the free will and vniuersall grace [M]. London: Elizabeth Allde, 1630: 9.

❹ 托马斯·华森，英国著名神学家、杰出的非国教清教徒、著名作家。曾因参与密谋召回查理二世而入狱，并于1652年被释放。此后，他经历了复辟时代的逼迫，最终于1672年詹姆斯二世发布信仰自由宣言之后获得自由传道的许可。1686年，华森在埃塞克斯郡的巴斯顿岛上与世长辞，留下了数十部泽被后世的经典作品，其中最著名的一本是《系统神学》(A Body of Practical Divinity)，《十诫》亦是他影响力较大的作品之一。他的《系统神学》是清教徒心中最珍贵、无可比拟的诸多作品之一；熟稔其作品的人对此书更是推崇备至。华森的作品在众多的神学家心中极为精准、有力，也极富说理性和引导性。他使清教徒时期成为英国文艺全盛的福音文学时期（evangelical literature）。

❺ Thomas Watson. A Body of Practical Divinity [M]. London: Formerly Minister at St. Stephen's, 1692: 71.

帝"❶，这似乎是在暗示，人变得"更加顽固"是上帝的影响在起作用。相反，阿民念神学试图把"盲目化"和"顽固化"的全部责任归咎于故意违逆上帝旨意的罪人。例如，西蒙·伊皮斯科皮乌斯认为，只有当上帝将他们"交给自己的堕落的欲望"时，故意违逆行为才是盲目的、顽固的，❷ 所以他们其实是自我盲目，自我顽固，和上帝的意志没有关系。约翰·古德温写道，"上帝永远不会使人变得顽固，"他只是从"第一个自愿变得顽固且固执地不顺从的人"那里收回了"以前的恩典"。❸ 弥尔顿的《教义》采用了与阿民念神学类似的解释，强调恩典的充分性和普遍性："为了昭示他坚忍的荣耀和公正，上帝没有从悔改和永恒的救恩中排除任何一个人，除非那个人一直拒绝和鄙视上帝的施恩，拒绝接受足够的恩典直至得救赎，直至为时已晚"。❹

《失乐园》中也描述了那些拒绝恩典导致盲目和顽固的人。诗中，弥尔顿坚信上帝的普遍拣选，同时也承认人有决定自己命运的自由。在第三卷第 188~189 行，弥尔顿用"清

---

❶ William Perkins. A Golden Chaine, or the Description of Theologie [M]. Cambridge: University of Cambridge, 1592: 22.

❷ Simon Episcopius. The confession or declaration of the ministers or pastors, which in the United provinces are called Remonstrants concerning the chief points of Christian religion [M]. London: Elizabeth Allde, 1676: 113.

❸ John Goodwin. The Agreement and Distance of Brethren [M]. London: Peter Parker, 1652: 41.

❹ John Milton. Complete prose works of John Milton [M]. New Haven: Yale University Press, 1953: 194.

除"(clear)和"软化"(soft)两个词一语双关。❶ 一方面暗示人的意志多么自由、顽固,想要掌控自己的命运而不愿意接受上帝的恩典,另一方面也表明上帝对这些人依然没有遗弃,依然想要通过清除、软化的方式对他们施以救恩。这两行诗里面,"我"(上帝)是清除和软化的主语,所以照亮他们盲目的心灵,软化他们顽固的心肠是上帝的恩典,这使得救赎成为可能。从这里直到第199行,诗行的主语一直是"我"(上帝),而接下来,在第200行,诗行的主语突然变成了"顽固"和"盲目"。❷ 这表明遗弃并不是上帝的行为,而是人那盲目的理智和刚硬的心,指挥着人选择并实施了自我遗弃的行为。上帝的恩典是早已注定施加给所有人的,但是总有人自由地游离于恩典之外,拒绝上帝的救恩而导致毁灭。

弥尔顿在《失乐园》中讲的这些话,听上去似乎有点谴责的意味,实际上,第三卷里谈话的内容和谴责没半点关系,他真正的用意是为了强调上帝的恩典是免费的,是无条件赠予人的,提醒读者"人应该去找到慈惠"(3.145)。甚至当天父借由别人的口谴责一些人时,那句话的主题仍然是"我施恩的日子"(3.198)。最重要的是,弥尔顿在这里强调的是恩典的包容性和普遍性。甚至连"慈惠只排除这些人"(3.202)这样的话都在表明恩典的包容:没有人被排除

---

❶ 这两行诗的原文是"I will clear their sense dark. /What may suffice, and soften stony hearts."中文译文:我将充分清除他们阴暗的感觉,软化他们的铁石心肠。

❷ 英文原文:"but hard be hardn'd. blind be blinded more."中文译文:顽固的更加顽固,盲目的更加盲目。

第二章 《失乐园》中的宿命——自由主导的预定恩典

在慈惠之外，除了那些刻意拒绝恩典的人，是他们自己排除了自己。他们的被排除完全取决于自己的行为，而不是上帝的判决。因此，在《失乐园》中，遗弃不是上帝的行为，而是人的行为。

在改革宗正统神学中，拣选或者遗弃并不是一个永恒的判决，不能永久地决定人的命运，它只是人做出的短暂的决定，并非一次性的、不可逆转的决定。甚至那些"顽固""盲目"的人，那些"必然失足，愈陷愈深"的人，原则上也有被救赎的可能。[1] 弥尔顿在《教义》一书说，遗弃总是可以"被悔改消除"。[2] 他们之所以被上帝拒绝，只是因为他们顽固地坚持自我遗弃，顽固地拒绝上帝拣选的恩典。这里遗弃可简单理解为那些"在任何特定时刻"，都"不被视为可选择的人"。[3] 这一观念，将遗弃从超现世的领域中剥离出来，将它定位于人类的决策和人的历史范畴中。在《失乐园》中也是如此。《失乐园》中，特定个体的自我遗弃是发生在历史上的一个时间过程，因此，救恩原则上仍有取胜的可能性。而对那些被上帝永远拣选的人来说，他们也仍有可能在"忍耐到底，安全到达目的地"（3.197）的过程中变得"顽固、盲目"。

《失乐园》中描述了一种时间性的、动态的遗弃，从而

---

[1] William Perkins. A Golden Chaine, or the Description of Theologie [M]. Cambridge: University of Cambridge, 1592: 350.

[2] John Milton. Complete Prose Works of John Milton [M]. New Haven: Yale University Press, 1953: 191.

[3] Friedrich Daniel Ernst Schleiermacher. The Christian Faith [M]. Edinburgh: T & T Clark, 1928: 548.

批判了改革宗正统神学提出的"固定数量"(fixed number)的拣选和遗弃的观念。加尔文曾写过:"上帝通过永恒的判决,将那些他很高兴以爱拥抱的人,和他很高兴展示忿怒的人的数量固定下来"。❶《威斯敏斯特信条》上说,所有那些"注定得永生"和"注定得永死"的人是"特别设计的,不可更改,所以数量是确定的,不能增加或减少"。❷ 相比之下,在《失乐园》中,天父将遗弃设定在对人的选择的时间范畴内,否认遗弃是"前世"就已经命定的事情,这样,就否认了任何可能的"特别设计的数量",因此也就否定人们对于拣选和遗弃的这样一种认知,即对于"固定数量"的堕落的人,他们对遗弃只能恐惧但不能摆脱,像《失乐园》第一卷、第二卷中魔鬼神学说的那样。在《失乐园》中,因为没有这样的"固定数量",所以每个人都有潜在的被救赎的可能。阿民念神学家约翰·古德温同样认为,所有被遗弃的人都"非常有可能得救"。❸ 因此,即使从法理上讲,还没有实现普遍性的救恩,但动态地对待遗弃消除了救恩的数量限制,从而凸显了救恩的普遍性。在《失乐园》中,拣选就是以这种方式进行的:所有人都在被拣选之列,但每个人都有拒绝被拣选的自由,每个人都可以将自己排除在上帝的恩典之外。综上所述,《失乐园》反对特定拣选的神学观点,支

---

❶ John Calvin. Institutes of the Christian Religion [M]. trans. Henry Beveridge. Grand Rapids: Eerdmans, 1989: 17.

❷ Westminster Assembly. The Westminster Confession of Faith [M]. Loschberg: Jazzybee Verlag, 1994: 3-4.

❸ John Goodwin. The Agreement and Distance of Brethren [M]. London: Peter Parker, 1652: 2.

第二章 《失乐园》中的宿命——自由主导的预定恩典

持阿民念神学的普选论,强调上帝的包容和仁慈,认为遗弃是人的拒绝行为而非上帝的抛弃行为。

第三节 注定的自由是对绝对宿命论的全然否定

《失乐园》中所表达的神学观念既强调普救论,又强调人的自由的决定作用。在有些地方,这部作品以一种更为积极的、更具有创造性的方式,将宿命称为人的自由的前提和基础,如在第三卷的对话中,天父(上帝)谈及人性时讲:

> 因为我造成他们自由,他们必须
> 保留自由,甚至可以自己奴役自己。
> 否则我必须改变他们的本性,
> 收回给他们自由的不变成命。
> 他们自己决定自己的坠落。
>
> ——3.123-128❶

在描述上帝的判决时,这里用了"不变""成命"这样的词,这是典型的阿民念神学的口吻。比如,阿民念神学家

---

❶ [英]弥尔顿. 失乐园 [M]. 朱维之,译. 上海:上海译文出版社,1984:97.

塔瑞庭在谈到宿命时就用了"永恒不变的判决"[1]。但后改教派神学中也有"永恒不变的判决"的说法，它指的是上帝对要救赎的人的拣选。而在《失乐园》中，上帝说"不变的成命"，是针对人的自由而言的。这种自由是上帝永恒不变的意志，这才是这段话的关键所在。人的自由是上帝"造就"的，是"终极判决"。简而言之，天父（上帝）不仅带给人救赎，还赋予人自由，即自由是宿命的目标。人的自由，作为上帝判决的终极目的，由于升高到"永恒的地位"，就成了上帝的永恒的意志最关注的问题。

根据《失乐园》的表述，人的自由既然被上帝"注定"给予，那么人自己就掌握着堕落的自由。"注定"一词在后改教派神学的宿命论中，是一个常用词，但值得注意的是，上帝将这个词的所指，由指上帝转到了指人。改革宗正统神学认为，人的堕落早已注定，这是上帝施与人的宿命，无论如何都不可更改。[2]但在《失乐园》中，上帝说人的堕落不是上帝"注定"的，而是人的自由"注定"的。在之前的诗行中，弥尔顿同样用了神学术语"宿命"一词来形容人的自由，例如：

> 不要以为宿命
> 支配他们的意志，由绝对的天命
> 或高远的预见去安排。是他们自己

---

[1] Francis Turrentin. Institutes of Elenctic Theology（4）[M]. trans. George Musgrave Giger. Phillipsburg：P & R，1992-1997：3.
[2] Westminster Assembly. The Westminster Confession of Faith [M]. Loschberg：Jazzybee Verlag，1994：308.

决定他们自己的背叛，与我无干。
如果我预见到，预见也不会影响
他们的犯罪，如果我没有预见到，
他们犯的罪也已形成，丝毫不减。
——3.114-119❶

17世纪，人们普遍认为"绝对宿命论"是改革宗正统神学宿命论的观点。在这几行诗里，上帝的话否认是"绝对宿命"损害了人的自由，并强调在人的堕落中，唯一被"注定"的只是宿命的载体"人"，即亚当和夏娃，但是，决定违逆上帝的旨意，并不是上帝"注定"的，而是亚当和夏娃自己的决定。因此，《失乐园》中上帝的话实际上是批驳了改革宗正统神学的"绝对宿命"的观点。在此，弥尔顿认为，任何上帝的判定都与堕落无关，弥尔顿将"命定"这一概念从神学的抽象意义，转而指向了人的具体行为。弥尔顿《教义》一书中，也使用了该术语。根据《教义》，在遗弃过程中唯一"注定"的是人的意志。他认为人"注定违逆"这一行为不是上帝的意志，也不是上帝的判决造成的，而是人（亚当和夏娃）的"顽固"造成的。❷ 这就是说，这一切都不是上帝的判决而是人的自由决定的，它有权力注定并改变未来。再者，在《失乐园》中，上帝赋予人的自由与自治权是不可改变的。亚当和夏娃必须"保留自由"，否则上帝

---

❶ [英]弥尔顿. 失乐园 [M]. 朱维之，译. 上海：上海译文出版社，1984：96.

❷ John Milton. Complete Prose Works of John Milton (6) [M]. New Haven: Yale University Press, 1953：195.

"必须改变他们的本性"（3.125-126）。此外，这一句诗还暗示，人的自由和永恒的神性一样，是完整且不可侵犯的，改变人性或神性的企图都是无法想象的。人性的完整性和自主性是上帝在赋予人的自由的时候就注定的，是无法改变的。有了这种自由，即生而具有的自主权，人已经"注定了他们的反叛"，"注定要堕落"（3.117），注定了自己的未来。

上帝说，就算他"预见到"人的堕落，也"丝毫"不会影响堕落发生的确定性，这就意味着，上帝的预知只能印证在这件事情的确定性上，而不会对它的未来产生任何积极的影响，也就是说，上帝能预知亚当和夏娃的堕落，却不能改变整个事件的结果。当上帝说亚当和夏娃，"他们的犯罪也没有丝毫/命运的动机，或命运的影子/更无关我不变的预见"（3.120-121）时，这其实表明了，人的行为比上帝的预知更早地被"注定"了。堕落是人的自由，是不在上帝的认知范围之内的真正的自主行为，亚当和夏娃注定堕落，上帝才能预见到这一堕落。因此，堕落的发生，本身没有可预知性，不受上帝的任何影响，这其实有些悖论。弥尔顿想要表明的是，亚当和夏娃是整个堕落事件的真正主导，"他们背叛，/一切由于他们自己的判断和选择"（3.121-122）。他们由自由意志引导，滑向永恒堕落的深渊。

对上帝的预知的解释，在基督教神学理论中由来已久，可追溯至罗马天主教神学家路易斯·德·莫利纳（Luis de

第二章 《失乐园》中的宿命——自由主导的预定恩典

Molina，1535~1600）。[1] 莫利纳支持人有选择的自由的观点，他认为在上帝对事物认知的可能性与必然性之间，还存在"中间认知"（Middle Knowledge）[2]，它就是造物对事件享有的自由权。因此，堕落事件不是由上帝的意志或预知所决定的，而是由人的自由所决定的，上帝预知这样的事件会发生，是由于这些事注定将会发生，而不是上帝预知了这些事就会让这些事发生。[3] 莫利纳的理论曾在17世纪引起广泛争议，改革宗正统神学就拒绝接受"中间认知"的说法，因为他们觉得，"中间认知"让上帝的知识变得不确定，需要依靠造物。阿民念神学欣赏莫利纳的理论，因为它在形而上学上支持了宿命论和救恩的观点，把事件发生的结果归功于人，事件的发生既有事前偶发的原因，也有事前人的思考的因素。这样就更加凸显了上帝救恩的仁慈，也证实了救恩的普遍性，救恩不会遗弃任何人，哪怕是由于自身的原因而堕落的人。但并不是所有的阿民念神学家都赞同"中间认知"的观点，例如，托马斯·戈德就强烈地谴责了这种"因果人论"[4]。但是，"中间认知"的说法，为《失乐园》提供了一个很好的解释。在这首诗中，人的行为是经过"事前思考"

---

[1] 路易斯·德·莫利纳，文艺复兴时期西班牙帝国耶稣会士，他的一生绝大部分时光都在葡萄牙执教。莫利纳主义因其而得名。

[2] 关于"中间认知"的问题，穆勒（Muller）和弗林特（Flint）也有详细论述，请参见：Thomas P. Flint. Divine Providence: The Molinist Account [M]. Ithaca: Cornell University Press, 1988.

[3] William Lane Craig. The Problem of Divine Foreknowledge and Future Contingents: Aristotle to Suarez [M]. Leiden: E. J. Brill, 1988: 169-206.

[4] Thomas Goad. A Collection of Tracts Concerning Predestination and Providence, and the Other Points Depending on Them (1719) [M]. Whitefish MT: Kessinger Publishing, 2008: 13.

的，它独立于上帝的认知和意志之外。《失乐园》中，上帝否认了人的行为是"我不变的预见"后，仍任凭事情的发生，这说明，上帝对未来的认知也不确定，甚至不是"不可变"的，上帝的认知受到造物的自由的影响。但是，《失乐园》时时在强调和提醒读者，造物的自由是上帝赋予的。亚当和夏娃的自由是上帝恩赐的，是上帝的意志的体现，因此，上帝预定的恩典在最深层次的自由上保持了主导地位。

小　　结

在《失乐园》中，上帝选择了对所有人施以救恩，但上帝也给了所有人自由，让他们自主选择接受或者拒绝上帝的拣选。《失乐园》中，描述了人的自由意志在救恩过程中的决定作用，这显然是受了阿民念神学的影响。但这部作品所表达的普救论远远超越了阿民念神学或者亚目拉督神学的普救论。改革宗正统神学对拣选和遗弃中的"注定"概念作了严格的区分，阿民念和亚目拉督神学都继承了改革宗正统神学的区分，而在《失乐园》中，这种区分不甚明显，拣选被认定为一种普遍行为，而遗弃被看作人故意拒绝上帝的恩典的暂时行为。因此，遗弃是时间性的而不是永恒的行为，是人的意志而不是上帝的意志的行为。这样，这部作品就把上帝对所有人的拣选描述为上帝注定的事，而遗弃是人注定的，可改变的事。《失乐园》中的宿命论比阿民念神学或亚目拉督神学更强调救恩的普遍性，虽然前两者都已经涵盖了"预见"和"假定普遍性"的概念，但在本质上没有否定改革宗正统神学的"永恒判定"的概念，也没有挑战"上帝对一定数量的人进行遗弃"的观念。这首诗重构了宿命论，超越了改革宗正统神学和后改教派的"宿命论"的整个概念框架，它提出的"注定的拣选"更具有时间性和普遍性。除了普救论，《失乐园》的宿命论神学的核心内容还涉及人的自由意志的"神秘性"——人的自由意志掌控和书写着自我未来的命运。在这部作品中，人的自由一直是宿命论神学的前提。人的意志来自上帝的恩典，但人拥有自主权，能决定自己的未来。下一章将讨论《失乐园》中的人的这一超凡的自由选择能力，实际上是上帝的自由和自主权的映射。

第三章

《失乐园》中上帝的自由
——人的自由的基础与前提

第三章 《失乐园》中上帝的自由——人的自由的基础与前提

对于《失乐园》中提出的人的自由的重要性问题，研究弥尔顿的学者早已有过广泛的讨论，但诗中刻画的上帝的自由的重要性，一直被人们忽略了。弗吉尼亚·莫兰考特（Virginia R. Mollenkott, 1932~）❶指出，弥尔顿的神学不仅关注人的自由，也关注"上帝和造物的意志的自由"❷。但《失乐园》中，上帝的自由才是首要问题，因为它是造物的自由的基石。事实上，弥尔顿在诗中塑造一个上帝的形象，正是为了讨论上帝的自由这个神学命题。《失乐园》描绘了一位完全自由的上帝；他自由地决定创造与否或救赎与否。甚至他创造独子也是一个完全自由的行为，因此，神子的存在，在阿民念神学看来，也纯粹源于偶然。

第一节 创世是上帝自由的偶然行为

宗教改革后期，改革宗正统神学提出一个问题：上帝的创造工作是必然的抑或是偶然的。少数改革宗神学家支持上帝的创造工作是必然的观点，他们认为神性以创造万物的方式流散到世间，上帝没有其他选择。例如，威廉·伯金斯赞同这一观点，他把"神圣的律令"定义为"与上帝一体的，

---

❶ 弗吉尼亚·莫兰考特，美国当代著名神学家，专门从事女性神学、同性恋神学、双性恋神学和变性神学的研究。
❷ Virginia R. Mollenkott. "Free Will" in A Milton Encyclopedia (3) [M]. Lewisburg: Bucknell University Press, 1978-1983: 114.

上帝必然依此律自由地永恒地决定一切"。[1]然而大多数改革宗正统神学家，承认上帝的本质和存在的必要性的同时，也大力肯定上帝的创造工作的偶然性。威廉·艾姆斯写道："上帝的工作不是出于自然的必然性，世界上没有什么事物，有与神性关联的必要性，因此，上帝创造万物不是出于他本性的必要性，而是出于他的智慧和自由意志。"[2]他的观点代表了改革宗神学的态度。撒迦利亚·乌尔西努（Zacharias Ursinus，1534~1583）[3]也写道："上帝创造了这个世界不是绝对必要的"，而是出自他的"不可改变的、完全自由的决定。上帝并非必须去创造，如果他从来没有创造世界……半点也不会损害他的至善或慈悲。"[4]在这方面，改革宗正统神学强调"上帝的完全自由"。如约翰·邓斯·司各脱（John Duns Scotus，约1265~1308）[5]认为，"上帝的创造行为不是出于什么需要……而是一个纯粹的自由，这自由静立不变，

---

[1] William Perkins. A Golden Chaine, or the Description of Theologie [M]. Cambridge: University of Cambridge, 1592: 18.

[2] William Ames. The Marrow of Theology (1) [M]. trans. John D. Eusden. Grand Rapids: Baker, 1968: 36.

[3] 撒迦利亚·乌尔西努，著名的波兰籍德国改教派神学家，是普法尔茨地区新教运动领袖，任职于海德堡大学智慧学院，是海德堡要义问答的主要作者之一。

[4] Simon Episcopius. Opera Theologica [M]. Amsterdam: Janssonio-Waesbergiam, 1985: 548.

[5] 约翰·邓斯·司各脱，苏格兰中世纪经院哲学家、神学家、唯名论者，文艺复兴早期英国哲学家、教育家。方济各派教团教士，被称为"灵巧博士"。遵循新柏拉图主义和奥古斯丁路线，强调神学理论不可能由理性加以演绎：理性功能应表现于现象界、个体及经验中，只依理性无法理解神性；上帝的终极性表现于意志上，而意志的最高象征就是爱。重视自然科学，尤其是数学和光学研究。热衷于辩论，是一名典型的教父。

第三章 《失乐园》中上帝的自由——人的自由的基础与前提

对任何事物而言也非必要"。❶ 17 世纪末,改革宗正统神学因为捍卫上帝的创造工作的偶然性,与斯宾诺莎的必然论多有分歧。斯宾诺莎认为上帝即自然,"上帝的意志就是上帝的意志,而非其他"。❷

与改革宗正统神学相反,阿民念神学对上帝的自由有更严格的限定。阿民念神学认为,上帝的善不是自由的,但他的本性中有必然向善的意志,阿民念写道,"上帝的本性中必然的善构成一个整体的、总的、足够的理由来排斥自由"。因此,"上帝,既不能自由地善,也不能自由地做一切事","上帝一切的行为,包括他的内部行为和外部行为,都以上帝的生命和本质为'基础'和'即时原则'。所以上帝的意志,只能做不反对上帝的本质的事"。❸ 阿民念意在说明上帝的本质限制了他的意志的自由和它所及的可能的范围。虽然阿民念坚持上帝创造行为的自由性,但查理·穆勒(Richard A. Muller, 1948~)❹说,他理解的自由不是在改革宗神学意义上的"完全自由,即上帝能做他想做的事,不用考虑任何

---

❶ John Duns Scotus. Quaestiones Disputatae de Rerum Principio [M]. Florence: Collegium S. Bonaventurae, 1910: 3.

❷ [荷] 斯宾诺莎. 伦理学 [M]. 贺麟, 译. 北京: 商务印书馆, 2009: 71.

❸ Jacobus Arminius. The Works of James Arminius [M]. trans. James Nichols and William Nichols. Grand Rapids: Baker, 1986: 35, 340, 119, 352.

❹ 查理·穆勒,当代研究加尔文神学和改革宗正统派神学的首要带领者,1992 年至今一直担任加尔文神学院(Calvin Theological Seminary)的商达芬历史神学教授(Zondervan Historical Theology)。主要著作有《不妥协的加尔文》(*The Unaccommodated Calvin*)、《基督与命令》(*Christ and The Decree*)。

外部环境因素"。❶ 只有在阿民念神学的定义中，上帝的理智才指导上帝的意志。这样它就将上帝的自由限定在一个很小的范畴内，以至于改革宗神学家，如威廉·特温斯（William Twisse, 1578~1646）❷指责阿民念说，"他们使上帝成了必要性的代理人，上帝被剥夺了全部的自由"。❸ 在这个被严格限定了范围的自由中，阿民念神学与改革宗正统神学有着细微但非常重要的差别，改革宗正统神学将上帝视为"最自由的代理人，而不是任何意义上的自然的和必要的代理人"❹，而阿民念神学主张上帝用自由意志来引导向善。

在《失乐园》中重写《创世纪》的故事时，弥尔顿肯定了上帝创造行为的偶然性和自由性。在《失乐园》中，上帝委派神子创造这个世界时，曾明确指出，他的这一决定源于偶然：

我的"言词"❺，

---

❶ Richard A. Muller. God, Creation, and Providence in the Thought of Jacob Arminius: Sources and Directions of Scholastic Protestantism in the Era of Early Orthodoxy [M]. Michigan: Baker Publishing Group (MI), 1991: 226.

❷ 威廉·特温斯是英国著名的牧师和神学家。他是威斯敏斯特信条的代言人，英联邦的教士首领。

❸ William Twisse. The riches of Gods love unto the vessells of mercy consistent with his absolute hatred or reprobation of the vessells of wrath (1) [M]. Oxford: Oxford University Press, 1653: 101.

❹ Stephen Chamock. The Existence and Attributes of God [M]. Mulberry: Sovereign Grace Publishers, 2001: 371-372.

❺ "言词"原文中用的是 word，朱维之先生解释说，也可以译为"道"。《约翰福音》的中文译文，句首有"太初有道"一说，浮士德在译经的时候想把它译成"太初有为"，弥尔顿的《教义》认为，这里的"言词"或曰"道"，就是圣子，当初上帝创造万物的时候，借神子而造。

第三章 《失乐园》中上帝的自由——人的自由的基础与前提

> 我的亲生儿啊,由你完成这个工作,
> 你一开口,它就完成了。
> 我也派遣荫庇的灵和力跟你一起。
> 上马吧,吩咐浑沌把它那
> 被指定的范围,变成天和地。
> 浑沌是无边无际的,为了充满在
> 那里面我是无限的,空间并不空。
> 我把无限的我自己引退,也不
> 显示自己或行或止、自由无碍的"善",
> "必然"和"偶然"不能接近我,
> 我意志所决定的就是命运。
>
> ——7.163-173❶

由此可以看出,创造行为是由上帝的"善"带来的。"善"是自由无碍、或行或止的。也就是说,上帝可以选择并且自由地做出决定。因此,他的决定是具有偶然性的。上帝不仅在对话中肯定了这种偶然性,还强调了"必然"也不能接近他,也就是说,上帝的本性中没有什么能迫使他去创造任何东西。虽然阿民念神学认为神性中必要的善是导致上帝的创造行为的直接原因,但在《失乐园》中上帝宣布他那"自由"的"善"是"必然"所无法接近的。因此,无论他是否选择创造这个世界,上帝的善都是同样完美的,他的善对他的行为而言不是必要因素。

---

❶ [英] 弥尔顿. 失乐园 [M]. 朱维之,译. 上海:上海译文出版社,1984:260.

这不是阿民念神学的观点，这显然是继承了改革宗正统神学的观念，因为阿民念神学更强调创世行为中善的必然。《失乐园》是赞同改革宗正统神学的观点的。伍德豪斯（A.S.P.Woodhouse，1895~1964）❶甚至暗示说，弥尔顿在《失乐园》中所表达的态度，"与其说是坚持正统信仰，不如说是坚持创世中的自由"。❷斯蒂芬·法伦一针见血地指出，《失乐园》中的上帝在选择行为上，比阿民念神学中的上帝表现得更为自由，"在《失乐园》中，上帝可以任意自由地选择各种善行"❸。他不受任何特定行事方式的约束，更重要的是，他的所作所为根本不受本性的制约。弥尔顿《教义》也很重视上帝那种不作为的自由。《教义》上说，"上帝不能被称为是'纯粹实存体'❹（actus purus）……这样，他只能做他要做的事和有必要做的事，但事实上，他是无所不能的，完全自由的。"❺这就是说，上帝的自由远超过造物的自由。用法伦的话说就是，"人可以自由地行事，但所作所为有对有错，而上帝无论如何，都是对的，因为他可以做到或行或止。"

---

　　❶ A.S.P.伍德豪斯是多伦多大学的英语教授，是研究弥尔顿作品和中世纪文学的权威，代表作有《清教徒与自由：克拉克手稿》（1938）、《诗人弥尔顿》（1955）、《伟大的英国诗人》（1929）、《关于弥尔顿创作观的注释》（1949）等。

　　❷ A. S. P. Woodhouse. Notes on Milton's Views on the Creation: The Initial Phases [J]. Philological Quarterly, 1949, 28: 211.

　　❸ Stephen M Fallon. "To Act or not": Milton's Conception of Divine Freedom [J]. Journal of the History of Ideas, 1988: 425-449.

　　❹ 关于"纯粹实存体"这一概念的解释，请参见：赵忠辉. 神学名词辞典 [M]. 台北：基督教改革宗翻译社，1998：6.《失乐园》原文中的术语是以拉丁文形式出现的，这里的译名采用了上述神学辞典的译文。

　　❺ John Milton. Complete Prose Works of John Milton（6）[M]. New Haven: Yale University Press, 1953: 145-146.

第三章 《失乐园》中上帝的自由——人的自由的基础与前提

这并不是说上帝会选择以不同的方式来创世,而是意味着,"我们可能会像《失乐园》中假定的那样,可能会永远不被创造"❶,因为就算上帝不作为,也不会损害他的至善和完美。

这样的可能性明显是在强调上帝的创造的行为偶然性,但也间接强调了造物的高尚品格。托伦斯(T. F. Torrance, 1913~2007)❷ 的话,可以作为《失乐园》对上帝创造的自由的注解,即"既然造物主有不创造的自由,创造行为又是无条件的偶然行为,那么创造的行为只能被理解为'一种纯粹的自由和恩典'"❸。

改革宗正统神学非常强调上帝的自由和创造的恩典,同样,在《失乐园》中,所有造物的存在也深深地根植于上帝的随意选择的自由之上。所以,上帝和他的造物的关系仍旧可以归结为恩典。因此,当亚当刚醒来后,一知道自己是一个造物,他立刻就想到这是造物主的恩典:

> 我说:"你,太阳,美丽的光啊,
> 你,被照耀的鲜美的大地啊,

---

❶ Stephen M Fallon. "To Act or not": Milton's Conception of Divine Freedom [J]. Journal of the History of Ideas, 1988: 425-449.

❷ 托伦斯,英国当代学者,1934年获爱丁堡大学哲学硕士学位,1947年获哲学博士学位,1950年起于爱丁堡大学从事系统神学的教学与研究工作直至退休。主要著作有《神学的重建》(1965)、《神学的科学》(1969)、《上帝与理性》(1971)、《时空与道成肉身》(1969)、《知识架构的转变与交汇》(1984)、《三一的信仰》(1993)、《神圣意义》(1995)等。

❸ T.F.Torrance. Divine and Contingent Order [M]. Oxford: Oxford University Press, 1981: 34.

徘徊在自由与救赎之间的魔鬼英雄

> 你们山、谷、江河、树木、原野啊,
> 你们这些活的、动的,美丽的生物啊,
> 请说,如果你们看见了,就请说,
> 我是怎么来的,怎么到这儿来的?
> 我不会自己生出,一定是靠那具有
> 至善和大能的,卓越的创造主。
> 请问,我该怎样认识他,崇敬他。
> 从他那里我得以生活和行动,
> 觉得身在福中,而所知有限。"
>
> ——8.273-282❶

　　法伦指出,在这里,亚当"醒来后把受造获得生命看作上帝赐的礼物而对上帝心存感激"。❷上帝的本性不需要靠创造来表露,但创造行为表现了上帝的"超凡"的善。因此,造物对上帝赐给亚当的礼物(生命和存在)只能表示感谢和崇拜。

　　关于创世的原因,改革宗正统神学坚称"没有任何造物是可能导致……创造行为的原因,因为任何来自上帝的意志之外的原因都与上帝的创造自由相冲突"。但《失乐园》中讲,天使反叛是创世的原因。在第七卷中,亚当向拉斐尔发问:

---

❶ [英] 弥尔顿. 失乐园 [M]. 朱维之,译. 上海:上海译文出版社,1984:293-294.

❷ Stephen M Fallon. "To Act or not":Milton's Conception of Divine Freedom [J]. Journal of the History of Ideas, 1988:425-449.

第三章 《失乐园》中上帝的自由——人的自由的基础与前提

> 是什么原因
> 推动那在永恒神圣休息中的创造者,
> 直到最近才在浑沌界动工兴筑……
> ——7.90-93❶

在回答亚当时,拉斐尔对外部"原因"是否是上帝旨意的问题毫不在意,他只是解释说,创世是因为撒旦的反叛和上帝把"他的燃烧军团"(7.134)驱逐出了天堂。当神子征服叛军凯旋后,天父又告诉他,他计划弥补天堂里"很多"空缺出来的位置:

> 我是能够补偿这个损失的。
> 我要在转瞬间,另造一个世界,
> 从一个人,能够产生无量数的人类,
> 住在那儿,不是在这儿,
> 他们将经过长期顺从的试炼,
> 积累功绩而逐步升高,
> 为自己开拓攀登到这儿的道路;
> 地变成了天,天也变成地,
> 和喜悦融合而为一个无穷的王国。
> ——7.152-159❷

---

❶ [英]弥尔顿.失乐园[M].朱维之,译.上海:上海译文出版社,1984:257.

❷ [英]弥尔顿.失乐园[M].朱维之,译.上海:上海译文出版社,1984:260.

天使听到这个计划歌唱道：

> 他的智慧
> 能用恶来创造善，让较好的种族
> 来占领恶灵所空出来的地位，
> 把他的善扩散到各个世界去，
> 千年万载，永无终穷。
> ——7.186-190❶

从这一串描述可以看出，上帝的创造行为是出于弥补天使空缺的原因。撒旦曾想减少上帝的信徒数量（7.609-616），但上帝会用改造过的更优秀的人类填充天堂。这里以人填补天堂空缺这一概念的提出，旨在强调上帝的自由，表明上帝永远是"自由的/或行或止"，不受任何"必要性"的约束（7.171-172），但弥尔顿这样做其实也冒着极大的神学风险。事实上，以人填补天堂空缺的理论，至少可以追溯到奥古斯丁，这一理论主要用来讨论创世的问题，并一直和上帝的意志必然论相生相伴。对这一理论的最详细的论述见于安瑟伦的《上帝何以成人》一书。安瑟伦认为优化的人是创世或救赎的部分"原因或必要性"。❷根据安瑟伦的观点，

---

❶ [英] 弥尔顿. 失乐园 [M]. 朱维之，译. 上海：上海译文出版社，1984：261.

❷ Anselm. Cur deus homo（2）[M]. trans. Sidney Norton Deane. North Carolina: Lulu Press, Inc., 2005：37-133.

第三章 《失乐园》中上帝的自由——人的自由的基础与前提

上帝坚持有罪必罚的"公义"是必要的❶;上帝选择一定数量的人替代堕落天使是必要的;❷ 赎罪也是必要的,因为罪人是无法替代圣洁的天使的;❸ 为了替人赎罪,上帝化身为人是必要的。❹ 安瑟伦也想维护上帝的自由,他说上帝"自由地服从"❺ 于其必要性,这实际是将所谓的上帝的自由置于宿命论的框架之中。

《失乐园》把以人填补天堂的空缺看作上帝创造的"原因",似乎也陷入宿命论的框架之中。然而《失乐园》在神学上的最重要贡献是,他的填补理论以极巧妙的方式修正了安瑟伦神学。在谈到以人填补天堂空缺的想法之前,弥尔顿让上帝先从根本上使这个创造的"原因"合法化。诗中上帝说,撒旦带"多数"离开了原本属于"他们在天堂的位置"(7.144):

> 更大的多数
> 仍坚守自己的位置,在天上
> 仍有很多子民,足以保有
> 广阔的国土,并且照常来到

---

❶ Anselm. Cur deus homo (1) [M]. trans. Sidney Norton Deane. North Carolina: Lulu Press, Inc., 2005: 12.
❷ Anselm. Cur deus homo (1) [M]. trans. Sidney Norton Deane. North Carolina: Lulu Press, Inc., 2005: 16-17.
❸ Anselm. Cur deus homo (1) [M]. trans. Sidney Norton Deane. North Carolina: Lulu Press, Inc., 2005: 19.
❹ Anselm. Cur deus homo (1) [M]. trans. Sidney Norton Deane. North Carolina: Lulu Press, Inc., 2005: 20-23.
❺ Anselm. Cur deus homo (2) [M]. trans. Sidney Norton Deane. North Carolina: Lulu Press, Inc., 2005: 5.

> 这个巍峨的宫殿，献上
> 适当的供物和严肃的仪式。
>
> ——7.145-149❶

　　这说明，尽管撒旦和拥护他的多数天使被驱逐出天堂，但更大多数的天使还留在天堂里，而且这些天使的数量仍然是"充足的"，"足以保有/广阔的国土"。这样，上帝就反驳了撒旦说的他的叛军已经把天堂"掏空"了的话（1.633）。这表示，撒旦的叛军带给天国的损失微乎其微，天堂里依然"人口众多"，因此不需要创造人类来填补堕落天使的数量。这里弥尔顿先埋下了与安瑟伦的观点相悖的伏笔，然后，上帝继续解释说，他决定以人来填补天堂的空缺，是自由的决定，并非出于需要。天父这样说撒旦：

> 但别让他因造成了损失便心骄
> 气傲，愚蠢地以为天上空虚了，
> 以为给我以很大的损失了；
> 如果自我亡失也算是损失的话，
> 我是能够补偿这个损失的。
> 我要在转瞬间，另造一个世界
>
> ——7.150-155❷

---

　　❶ [英]弥尔顿. 失乐园 [M]. 朱维之，译. 上海：上海译文出版社，1984：259.
　　❷ [英]弥尔顿. 失乐园 [M]. 朱维之，译. 上海：上海译文出版社，1984：259-260.

第三章 《失乐园》中上帝的自由——人的自由的基础与前提

撒旦说他已经"掏空"了天堂,这只是他"天真地认为"使上帝遭受了重创。其实上帝并没有失去什么,堕落天使"输给了自己,而不是上帝"。❶但上帝仍然说他"能够"并且将"要""补偿这个损失"。"能够"和"要"是在强调他在决定创造行为上的自由。正如斯蒂芬·法伦指出的那样,"所以说天使的叛乱只是上帝的创造行为的'动机',但不是'充分'的理由";❷更确切地说,叛乱仅仅是创造了一次机会,但不能推动上帝的意志行事。正是在这一点上,上帝宣示了他"或行或止"(7.172)的绝对自由。此外,上帝还宣布他将自由选择"较好的种类"(7.189)的人来填补天堂的空缺。更重要的是,他宣布不是选择固定数量的人,而是"无量数"的人(men innumerable)(7.156)。因此,正如丹尼尔森所说,《失乐园》不是设想"以相同数量的人类替换一定数量的天使",而是要以"无量数"的人类"超补偿"堕落天使的有限数量。❸

与任何其他宿命论中的填补说都不一样的是,《失乐园》中的上帝自由地、随意地创造着"另一个世界"(7.155)。"超额补偿"的计划倍加彰显了上帝创造的自由。《失乐园》中,弥尔顿安排上帝通过创建"另一世界"实践他的善,他其实根本没必要这么做,因为在撒旦反叛中,他什么也没失

---

❶ Neil Forsyth. The Old Enemy: Satan and the Combat Myth [M]. Princeton: Princeton University Press, 1987: 349.

❷ Stephen M Fallon. "To Act or not": Milton's Conception of Divine Freedom [J]. Journal of the History of Ideas, 1988: 425-449.

❸ Dennis R. Danielson. Milton's Good God: A Study in Literary Theodicy [M]. Cambridge: Cambridge University Press, 1982: 233.

去，所以他创造一个新的世界也不会得到什么。正如威廉·艾姆斯所说，上帝的创造行为"除了他的自由意志"再也找不到其他的理由。❶《失乐园》关于上帝的创造行为"原因"的解释，沿袭了改革宗正统神学的这一观念。这部作品虽然借用了正统神学的填补说，但弥尔顿并没有止步于此。弥尔顿所说的"填补"同安瑟伦的大不相同。在《失乐园》中，弥尔顿通过"超数量"补偿和善的"非必要性"加倍强调了上帝意志的自由和随意性，以及创造行为的恩典性。

第二节　耶稣的诞生与奉献是上帝意志的偶然行为

除了描述超额补偿和善的非必要性，《失乐园》还以一种"异端"的方式凸显了上帝的绝对自由——圣父自由地生成了圣子。

圣父生成（generate）圣子，圣父和圣子一起又产生（spirate）了圣灵，正统的三位一体观念始终把这一过程看作上帝的内在事工，是"上帝本质的最必要的"行为。❷ 用弗朗西斯·塔瑞庭的话说，"这是一个真正意义上的必要性"，是上

---

❶ Ames. The Substance of Christian Religion：or a Plain and Easie Draught of the Christian Catechism［M］. London：H. Middleton，1659：68.

❷ 西方正统的三位一体观念认为圣父和圣子一起生成圣灵，东正教则认为圣父独自生成圣灵。尽管存在这种分歧，但东西方教会在看待三位一体的内在性上，一致认为圣子和圣灵源于上帝的本性，而非上帝的自由意志。

第三章 《失乐园》中上帝的自由——人的自由的基础与前提

帝的"本性"中原有的必然。[1] 然而阿民念神学认为,圣子不是来自上帝的"本性",而是"来自上帝的自由意志"。[2] 威廉·伯金斯强烈批驳了阿民念神学的观点,他认为圣子是上帝的"本性"独生的,不是意志的产物。[3] 因为圣父生成圣子是神性的必要,所以它是一个"永恒的生成,""无始无终,也没有中间过程"。[4] 与正统的三位一体的立场形成鲜明对比的是,《失乐园》认为,圣子的生成不是源于必要性,而是随意性或者说是偶然性。在《失乐园》中,上帝还没有为亚当创造夏娃时,亚当向上帝表示渴望有人陪伴,上帝是这样回答他的:

---

[1] Francis Turrentin. Institutes of Elenctic Theology (3) [M]. trans. George Musgrave Giger. Phillipsburg: P & R, 1992-1997: 29.

[2] 阿民念神学强调耶稣是上帝与人之间的半神(Semi-god),为被造者中的首先及最高者,不同于上帝,也不同于人,只是被尊称为神,但不真是神。坚持基督在各方面都与上帝的本体和特性不同,基督也与人不同,基督没有人的灵魂,而耶稣是次于上帝的造物——与上帝并非一体,与上帝的关系也不亲密;圣灵是一个地位不及上帝和神子的个体。阿民念神学的《圣经》根据有《旧约·箴言》8:22:"在耶和华造化的起头、在太初创造万物之先、就有了我",和耶稣曾在《新约·约翰福音》14:28说:"因为父是比我大的"。这些经文都是此派别主张的基础,即无论是从本性或权利方面,耶稣都不具有不朽、至高权威、完全智慧、良善和纯洁等品质。公元325年,第一次尼西亚公会议上,阿民念教派被定为异端。全体主教签署通过了有强制性的《尼西亚信经》,出席的主教们承认:"耶稣基督,圣而上者的,为父所生,并非被造,与父同质。"关于阿民念教派及其教义的具体介绍,可参见:Philip Schaff, David Schley Schaff. History of the Christian Church [J]. Michigan: Press of Michigan University, 1910: 156-170; Louis Maimbourg. The History of Arianism [M]. London: Nabu Press, 2010.

[3] William Perkins. An Exposition of the Symbole or Creed of the Apostles [M]. Cambridge: University of Cambridge, 1595: 143.

[4] William Perkins. An Exposition of the Symbole or Creed of the Apostles [M]. Cambridge: University of Cambridge, 1595: 137.

> 那末你看我和我的情况
> 怎样想法呢？永古以来孤独的我，
> 你是否认为是快乐的呢？
> 我不认识次于我的或象我的，
> 尤其是和我相等的更少了，
> 我怎么能和他们交谈呢？
> 除非是我所创造的生物，
> 和那些远逊于我的生物，
> 比起你来也无限下劣的东西。
>
> ——8.403-411❶

亚当的回应或许可以看作，弥尔顿在这首诗里借亚当之口重申了阿民念神学的"生成观"：

> 您已经是无限的了，无需繁殖，
> 且是"一"，却是贯彻全数的绝对数。
> 但是人，在数目上表现出单一的
> 不完全性，必须龙生龙，凤生凤，
> 繁殖自己的形象。所以要求
> 比翼之爱，最亲密的情谊，
> 您虽然貌似孤独，却神奇地
> 和自己交游，无须别求社交，
> 高兴时还可以提拔所造物为神，

---

❶ ［英］弥尔顿. 失乐园［M］. 朱维之，译. 上海：上海译文出版社，1984：299.

第三章 《失乐园》中上帝的自由——人的自由的基础与前提

和他融和交往,达到友谊的高峰。

——8.419-426❶

在亚当看来,上帝不需要"繁殖"(propagate)或"生"(beget),因为他是完美的"一"(One)。这个最简单的绝对数恰恰完美地表现出他的完美,而人在数目上的不完全性恰恰说明了人的缺陷。❷ 阿民念神学把上帝描述为"单子"(monad),因此是"最孤独的"(most solitary)❸,英国阿民念神学家塞缪尔·克拉克❹(Samuel Clarke,1675~1729)认为,"上帝"(God)这个词在《圣经》中"从不意味着一个复杂的……不止一个人的概念;却总是指向一个人。"❺因此,亚当强调数字的单一性,显然是站在了阿民念神学的立场上。

虽然《失乐园》中,亚当的这段话里充满了神学术语,如"繁殖"(propagate)、"无限"(infinite)、"绝对"(absolute)、"生"(beget)、"形象"(image),但这里最重要的神学术语是"无需繁殖"里的"需要"(need)。这里的"需要"与尼西亚

---

❶ [英]弥尔顿. 失乐园 [M]. 朱维之,译. 上海:上海译文出版社,1984:299-300.

❷ 在英文中,one(一)是个单数,其作为修饰语时,后面的名词也没有复数形式,因此,它是一个封闭的、完整的、独立的绝对数,所以亚当说它是"完美的一";而 human being(人)出现在语用中时,这个词不能单独使用,在词形上需要有数的变化,例如:a human being 或者 human beings,因此亚当才说人"在数目上""不完全"。

❸ Robert C Gregg., Groh Dennis E. Early Arianism:A View of Salvation [M]. London:Fortress Press, 1981:87-91, 98-99.

❹ 塞缪尔·克拉克,是英国哲学家和圣公会牧师。他被认为是在约翰·洛克至乔治·伯克利时期,英国最主要的阿民念神学的代表人物。

❺ Samuel Clarke. The Works of Samuel Clarke [M]. London:Arkose Press, 2015:155.

公会议❶决议中该词的意义互文,指的是圣父"生"圣子是上帝的本质的"必要"。只有强调这个必要性,正统神学家才能维护圣子与圣父是永恒的同体同质的说法。

阿民念神学认为圣子虽不是源于必要性,但确实是上帝的自愿行为,从而将上帝的自由从所有限制中解脱出来,凸显了偶发事工的独立性和圣子作为圣子在本质上的偶然性。但阿民念也认为,如果太强调上帝的自由将会导致阿里乌神学的泛自由主义——"如果上帝是完全自由的,那么他有自由……做任何事,甚至是生子,甚至是呼出圣灵!"❷因此,塞缪尔·克拉克反驳阿民念神学说,圣子的生成是"非本性的绝对必要(指圣子的自我存在与独立性),但是来自于圣父的意志力"。❸弥尔顿部分赞同阿民念神学的观点,他的《教义》上说,"圣父生圣子,不是本性的必要,他的自由意志使然",因为上帝"总是有行任何事的绝对自由",所以"一定也有生子的绝对自由"。❹《教义》明确写道"上帝根本无须繁殖"❺。亚当那句上帝"无须繁殖"的话也许就是

---

❶ 基督教会史上在小亚西亚北部尼西亚城召开的两次世界性主教会议,分别称为第一次和第二次公会议,对基督教的发展影响深远。这里指的是第一次尼西亚公会议,这次会议颁布了《尼西亚信经》(又译《尼吉亚信经》),主要内容为宣告三位一体为信仰的中心,并陈述基督教会的性质和得救希望。

❷ Jacobus Arminius. The Works of James Arminius(2)[M]. trans. James Nichols and William Nichols. Grand Rapids: Baker, 1986: 35.

❸ Samuel Clarke. The Works of Samuel Clarke(4)[M]. London: Arkose Press, 2015: 155.

❹ John Milton. Complete Prose Works of John Milton(6)[M]. New Haven: Yale University Press, 1953: 209.

❺ John Milton. Complete Prose Works of John Milton(6)[M]. New Haven: Yale University Press, 1953: 209.

第三章 《失乐园》中上帝的自由——人的自由的基础与前提

来源于此。在《失乐园》中，弥尔顿加强了对上帝的自由的表现力度，甚至连是否生成神子都取决于上帝的自由意志，因为在《失乐园》中，其实"并不需要有神子存在"。❶因此，即使弥尔顿赞同阿民念神学的某些"异端"内容，在《失乐园》中，他也将这些内容置于了上帝的自由之下，将上帝的自由从各种限制中解脱出来。上帝的自由至上是他在这首长诗中始终如一恪守的原则。

此外，神子地位的晋升也不是永恒的和必要的，它只是在《失乐园》的叙事中，发生在一个特定时间的偶然事件。来看《失乐园》中的描述，天父召唤所有"首领"（5.583），对他们说：

> 你们众天使，光明之子听着！
> 诸位王、公、有势、有德、有权的，
> 听永存不灭者，我的宣言：
> 今天，我宣布我的独生子的诞生，
> 并在这个圣山上受膏即位，
> 他就是你们现在所见在我的右边，
> 我指定他做你们的首领，
> 我亲自宣誓，天上众生灵都得
> 向他屈膝，承认他是主宰。
>
> ——5.600-608❷

---

❶ Jack Hale Adamson. Milton's Arianism [J]. Harvard Theological Review, 1960, 53 (4): 269-276.

❷ [英] 弥尔顿. 失乐园 [M]. 朱维之, 译. 上海：上海译文出版社, 1984: 199-200.

这里上帝公开"生出"(begetting)神子与创造神子的时候是不同的,因为"他造"(5.838)天使之前,神子已存。迈克尔·鲍曼(Michael Bauman,1950~2019)❶指出,"此处神子当众出生的意义在于,他一下子被天父提拔到了一个极其显赫的地位上来。"❷诗中还有个细节,那就是神子的位置不是"天生的或必然的"在天父的"右手"边,这个细节是故事情节发展的关键。天父提拔神子,"那一天/伟大的天父宣布神子"(5.662-663)被封为"徒具虚名"的"另一个王"(5.775-776),这让撒旦觉得妒忌,觉得自己受到了"损害"(5.665),所以撒旦才反叛。因此在《失乐园》中,神子晋升一事是整个剧情发展的关键点。天父一意要提拔神子,这凸显了神子晋升的偶然性,因为天父的行为说明这次晋升并非源于任何内在的需要,只是天父的"旨意"(Decree),也就等于说,神子和天父其实是同质同体的,天父只是自由地选择了以这种方式来荣耀神子,这是一个偶然的选择,因为天父本不需要选择提拔神子,又或许他也很可能选择不去提拔神子。

《失乐园》中,弥尔顿还描述救赎的偶然性,这显然也是为了进一步强调这种典型的阿民念式的上帝的自由。第三卷中,圣父与神子对话的一个重要的神学功能是揭示上帝决定救赎人类也纯粹源于偶然。当天父宣称人"必须死"(3.209),除非"有个具有强大能力和意志的人/为他作严峻

---

❶ 迈克尔·鲍曼,牛津大学希尔斯代尔学院中世纪和文艺复兴时期研究中心基督教神学和文化学教授、主任,主要研究文艺复兴时期的神学与文学。

❷ Michael Bauman, Milton's Arianism [M]. Frankfurt: P. Lang, 1986: 259.

第三章 《失乐园》中上帝的自由——人的自由的基础与前提

的赎罪,以死替死"(3.212-213),这时天堂里变得悄无声息,静得可怕。在这沉默中,神子走上前来说自己愿意为人类牺牲,这时旁白声适时响起,指出整个救赎计划其实只是个意外:

> 全人类得不到救赎,
> 都得失坠,由于严厉的审判,
> 定下死罪和沉沦地狱的极刑,
> 幸亏有满怀神圣慈爱的神子
> 出来为人调解,作中介人……
> ——3.222-226[1]

人类不需要救赎,也不需要中介人。神子自愿奉献出自己,这是真正自由的表现,是"创造性地使用了他的自由和责任"。[2] 因为在这一戏剧性的情节中,神子不仅自然地、必要地表达了天父的意志,还表明神子的决定不是外界强加的,而是来自神子本身。这是神子自由地实现了天父的意志,用约翰·路穆里奇(John P. Rumrich, 1954~)[3]的话

---

[1] [英]弥尔顿. 失乐园[M]. 朱维之,译. 上海:上海译文出版社,1984:101.

[2] Michael Bauman. Milton's Arianism [M]. Frankfurt: P. Lang, 1986: 259.

[3] 约翰·P. 路穆里奇,当代弥尔顿研究专家,弗吉尼亚大学文学教授,专门以政治和宗教为背景,研究弥尔顿的作品、17世纪至文艺复兴时期的英国诗歌和莎士比亚的戏剧。他曾做过 NEH 的研究员(1990~1991),并一直在中国、法国、爱尔兰和南非担任客座教授,代表作品有《17世纪英国诗歌 1603-1660》(*Seventeenth-Century British Poetry* 1603-1660)(诺顿英国文学评论系列)。

说，"这个'意外的'儿子实现了一个绝对存在的意志（will of one absolute being）"。[1] 因此，《失乐园》认为上帝通过基督救赎众人的行为是偶发行为，这与改革宗正统神学所坚持的救赎行为是必然行为的观点完全不同。改革宗正统神学家，如托马斯·曼顿（Thomas Manton，1620~1677）[2] 认为，"基督的死肯定是必要的，或者说，上帝永远不会指定让他死，他的死只是恰好迎合了上帝的计划"。[3] 威廉·艾姆斯也说，"上帝之所以是上帝，他必然要提供一种救赎的方式"。[4] 亚目拉督神学家更加坚持救赎的必要性。亚目拉督表示，上帝的正义使得他"不可能"不惩罚人的罪，更不可能不仁慈，因为上帝的行为不可能违背他的本性。[5] 由于他的善，上帝"不得不爱"未堕落的人，也"无法不去爱那些堕落但又忏悔了的人。[6] 就连著名的清教徒神学家斯蒂芬·查纳克

---

[1] John P. Rumrich. Milton Unbound: Contruversy and Reinterpretation [M]. Cambridge: Cambridge University Press, 1996: 45.

[2] 托马斯·曼顿是英国清教徒神职人员，威斯敏斯特议会的书记员和奥利弗·克伦威尔的牧师，以技艺精湛的讲道而闻名。一生著作颇丰，代表作包括《哈里斯博士的回忆录》《上主祈祷的实践说明》《关于基督的诱惑和变形》《论基督的救赎和他的永恒存在》等。

[3] Thomas Manton. The Complete Works of Thomas Manton (1) [M]. London: Nisbet, 1870-1874: 422.

[4] Ames. The Substance of Christian Religion: Or a Plain and Easie Draught of the Christian Catechism [M]. London: H. Middleton, 1659: 33.

[5] Moïse Amyraut. Treatise Concerning Religions [M]. London: M. Simmons, 1660: 459.

[6] Moïse Amyraut. Treatise Concerning Religions [M]. London: M. Simmons, 1660: 462.

第三章 《失乐园》中上帝的自由——人的自由的基础与前提

（Stephen Charnock，1628~1680）[1]都说，基督的死是必然且必要的。[2] 像这样的关于上帝的自由的必然性的概念，在《失乐园》中却完全不存在。《失乐园》指向的是上帝的完全不受约束的自由。圣父不需要生成神子，神子也不需要救赎人类。圣父和神子的所有行为，都不是出于需要或者必要，而是源自他们的意志的自由，都不是必然的而是偶然的行为。

神子在《失乐园》的神义论中起着很重要的作用。正如路穆里奇所指出的那样，在《失乐园》中，"神子自由地决定服从天父的意志，这是一个不可忽视的反例，用来与撒旦和亚当的决定作对比"[3]。神子的作用不只是简单地映射天父的本质和意志，他奉献自己的决定不是天父意志的必然流溢，相反，它是一个自由的、完全偶然的决定，是也许永远不会做出的决定。《失乐园》中，上帝对人的救恩像创世一样，被描绘成一个纯粹的礼物，它不是必需的而且有可能永远不会发生。整个人类很可能"都得失坠"，被"定下死罪""得不到救赎"（3.222-223），也完全可能"没有上帝的神子"自由决定"作中介人"，"出来为人调解"（3.224-226）。以这样的方式来强调救赎的仁慈，不免有"异端"之嫌，但这确实是当时新教比较流行的典型做法。弥尔顿显然是借鉴了这一做法。

---

[1] 斯蒂芬·查纳克，又译夏纳克，英国清教徒长老会牧师，曾与托马斯·华森（Thomas Watson）共同牧养教会。《论上帝的属性》(*On the Divine Attributes*) 是他未竟全工之作品。

[2] Stephen Charnock. The Complete Works of Stephen Charnock (5) [M]. London: James Nichol, 1864: 3-48.

[3] John P. Rumrich. Milton Unbound: Contruversy and Reinterpretation [M]. Cambridge: Cambridge University Press, 1996: 73.

第三节　造物的自由是上帝绝对自由的流溢

在《失乐园》中，上帝的完全自由是造物的自由的基础。在诗中，创造与自由息息相关，相生相伴。上帝的造物被赋予了真正的自主权，他们是用来参与和体现上帝自由的造物。

在《失乐园》中，上帝的创造不再是像改革宗正统神学以前宣扬的那样从无到有的，而是从预先已存在的物而来。正如拉斐尔告诉亚当的那样：

> 亚当呀，只有一位全能者，
> 万物从他生出，又转归于他，
> 万物如不从善良坠落，
> 可说是创造得完美无缺；
> 万物同一原质，而赋予各种形状，
> 依照本质的程度而给群生以生命；
> 各种不同程度的生命、活气、
> 各种生灵，在活动的世界里，
> 逐渐净化、灵化、纯化，逐渐接近
> 神灵，终于在各自的界限内，
> 由肉体努力提高而变为灵质。
>
> ——5.469-479[1]

---

[1] [英]弥尔顿.失乐园[M].朱维之,译.上海：上海译文出版社，1984：194-195.

第三章 《失乐园》中上帝的自由——人的自由的基础与前提

所有的造物，包括天使和人，都是从"同一原质"而来。原质"不成形的块块"构成了"这世界的实质"（3.708-709），而这个原质本身来自于上帝。❶ 此外，上帝最初是通过自我隐退和自我限制才生发出这个"原质"，❷ 诗中有证：

> 为了充满在
> 那里面的我是无限的，空间并不空。
> 我把无限的我自己引退，也不
> 显示自己或行或止、自由无碍的"善"
> ——7.168-171❸

路穆里奇认为，这里的创造行为就是在说，上帝从自己部分质料的"影"（shadow）中隐退，留下上帝的"物质力量"的无形的混沌。❹ 上帝以这种方式自由地从自我中"隐退"，为造物的自由创造了可能。虽然阿民念神学经常阐释上帝的自我限制的概念，但《失乐园》中的这种一元论唯物主义与阿民念神学无关。正如查理·穆勒指出的那样，阿民念把创造看作"上帝的自限行为"，并肯定了上帝的自限和

---

❶ Denis Saurat. Milton: Man and Thinker [M]. London: J. M. Dent, 1944: 102-110.
❷ Denis Saurat. Milton: Man and Thinker [M]. London: J. M. Dent, 1944: 236-238.
❸ [英]弥尔顿. 失乐园 [M]. 朱维之, 译. 上海：上海译文出版社, 1984: 260.
❹ John P. Rumrich. Milton Unbound: Contruversy and Reinterpretation [M]. Cambridge: Cambridge University Press, 1996: 144.

创造之间的顺序关系。❶ 维多利亚·希尔（Victoria Silver, 1953~）❷ 认为,《失乐园》的观点"和阿民念神学中'上帝的中间认知'……截然不同,中间认知是通过契约界定了有效的、决定性的善,在这样的中间认知中,上帝创造一个有条件的秩序世界"。❸ 在阿民念神学中,上帝的自我限制来自上帝的善,旨在创造和维护造物的自由,而《失乐园》将上帝的自我限制完全等同于创作行为本身,也就是说,在那一刻,上帝的自我隐退创造出了另一个世界,这个世界拥有自己的本体自主权:"因为弥尔顿的上帝在某种意义上是物质的,他只需要撤回自己在那里的一部分控制权,留下得自由的物质。"❹ 因此,丹尼斯·索拉（Denis Saurat, 1890~1958）说:"自由意志的问题……成为弥尔顿的本体论"。❺ 这一论断是正确的。上帝是自由的。他从自己的质中"引退",自由地放弃自己的一部分,以这种方式创造了世界,一个自主的他者本体。维多利亚·希尔指出,上帝退出并自我限制,是为了授予造物自治的"空间"。上帝以这样的方

---

❶ Richard A. Muller. God, creation, and Providence in the Thought of Jacob Arminius: Sources and Directions of Scholastic Protestantism in the Era of Early Orthodoxy [M]. Michigan: Baker Publishing Group, 1991: 234-268.

❷ 维多利亚·希尔,现加利福尼亚大学英国文学与比较文学教授,主要从事早期现代文学与文化研究、宗教研究、修辞学的历史和理论研究、文学与哲学研究,主要著作有《不完美的感觉》等。

❸ Victoria Silver. Imperfect Sense: The Predicament of Milton's Irony [M]. Princeton: Princeton University Press, 2001: 9.

❹ Harry F. Robins. If This Be Heresy: A Study of Milton and Origen [M]. Illinois: University of Illinois Press, 1963: 93.

❺ Denis Saurat. Milton: Man and Thinker [M]. London: J. M. Dent, 1944: 103.

第三章 《失乐园》中上帝的自由——人的自由的基础与前提

式为他的造物营造了本体的"空间",从而赋予了他们自由。❶

人在《失乐园》中的自主性,就像《失乐园》中多情的女魔头"罪恶"(Evil)。她生自撒旦的脑袋里,在那里发育成熟,但自她从撒旦的脑袋里跳出来之后,便不再受主人的控制,而完全听从于自己的意志和情感(2.746-767)。也许这个类比不太恰当,但二者之间确实有相似性。罪恶是撒旦非自愿但无意识地生出来的,这种无意识的状态很像是不受任何限制的自由,上帝的造物之所以能自主地存在,完全是因为上帝自由地、不受任何条件限制地创造了他们。用斯蒂芬·法伦的话说,"上帝自由地赋予他的造物自由",上帝也以造物的自主权限制了自我。❷ 由于人的本体是从上帝的存在中析出的物质,因此人类能够自己发号施令,并且实现自己的未来,他们是名副其实的"一切都由他们自己的判断和选择"(3.122)。

因为造物来自于上帝,所以造物的自由也来自于上帝的自由。因此"上帝是自由的原型"❸,造物的自由是上帝的自由的映射,是"上帝的形象"❹。在《失乐园》中,旁白在描述亚当和夏娃的"真正子女的自由"(4.294)时,上帝也对亚当说,"自由的精神"是"我的形象"(8.440-441)。

---

❶ Victoria Silver. Imperfect Sense: The Predicament of Milton's Irony [M]. Princeton: Princeton University Press, 2001: 103.

❷ Stephen M. Fallon. Milton among the Philosophers: Poetry and Materialism in Seventeenth-Century England [M]. Ithaca: Connell University Press, 1991: 215.

❸ Juliet L. Cummins. The Metaphysics of Authorship in Paradise Lost [D]. Sydney: University of Sydney, 2000: 55.

❹ 《创世记》1:27.

小　结

　　在《失乐园》中，弥尔顿对上帝的自由形象的刻画吸收了多种神学流派对自由的解释。但在强调创造行动的绝对自由上，这首诗所表达的观点更接近改革宗正统神学，与阿民念神学上帝的限制性自由的观点相去甚远。在描述三位一体中的圣父与圣子的关系时，这首诗虽然部分采用了阿民念神学的观点，但是强调的是"圣父生神子"的自由的偶然性和随意性，这与改革宗正统神学和阿民念神学都有根本上的区别。《失乐园》将整个救赎计划描绘成是各种偶然共同作用的结果，这不仅强调了上帝的自由，还凸显了救赎的恩惠。全著摆脱了之前各种神学传统对上帝自由的限制，在各种可能性、必要性、必然性面前一以贯之地确保了上帝的自由。此外，在这部作品中，弥尔顿还明确了上帝任意的自由是所有造物的自由的基础与前提。在下一章中，我们将讨论，造物的自由像上帝的自由一样，取决于对各种可能性的选择能力。但从人的自由的本质上来看，人的自由也是可变的，人的自由使人能够选择不自由，由此人否定了自由本身，从而陷入堕落的精神奴役之中。

第四章

人的自由
——正教与异端的焦点之争

在《失乐园》中，上帝将亚当和夏娃放在完全自由的伊甸园中，让他们在那里自由地成长，自由地使用上帝赋予他们的自由。他们的自由在于，其一可以拥有多种选择，其二拥有理智并且能够做出明智的选择。但从自由的本质上来看，人的堕落，离开上帝正是自由的必然性的体现。亚当和夏娃只是偶然地成为自由的代理人，在他们面前，有多种可能性以供选择，堕落只是其中之一，他们选择堕落或者是不堕落都是自主的自由行为。本章将讨论人的堕落是一个偶然的、自主的、不受任何外因影响的自由选择。

在《失乐园》中，堕落被描述为一种人性中非理性的可能，它与亚当和夏娃之前所有的选择有根本性的差别。此外，亚当和夏娃的堕落，不仅是自主的自由行为，更是一种自我否定的自由行为。人选择了向恶之后，人性就放弃了它的自由的中立性，这样一来，其自由的可能性的范围就被大大缩小。它变成了自我的奴隶，失去了超越自我成为真正自由的自由。《失乐园》通过这样的叙事逻辑提出，堕落的意志需要解放的意志，需要恩典来拯救，以还给它真正的自由。

第一节 必然性是真正自由的绊脚石

后改教派神学的必然论宣称，人的每个选择都受前因的影响，这样就否认了存在其他选择的可能性。必然事件与偶然事件是相对立的两面，邓斯·司各脱曾将之定义为"与这件事同一时间发生的相对立的任何事"。[1] 人的选择的必然性或偶然性这一问题，曾在后改革时代的神学界引起过广泛讨论。如威廉·坎宁安（William Cunningham，1805～1861）[2]曾指出，该问题的核心是"自由的自发性"（spontaneity）是否具备"足够多的道德责任"。[3] 换句话说，选择的自发性是人的自由的充分条件，还是人的自由也必须包括选择的可选择性。在改革宗正统神学的必然论看来，意志只有凭借自发或自愿选择的能力，依照自己的喜好选择才是真正自由的。例如，威廉·伯金斯就明确提出了"意志的必然性和自由性"的区别，他说在"自愿的行为中，意志自己做出了判断，因此它的必然性和自由性都是充分的"[4]。弗朗西斯·塔瑞庭认为，意志的自由只存在于其"自主意愿和自发性"之中。[5]

与改革宗正统神学的观点不同，阿民念神学认为，人的自由不仅在于意志能够自发地做出选择，还在于它应该拥有多种可供选择的可能性。如阿民念神学家托马斯·戈德声

---

[1] John Duns Scotus. Philosophical Writings: A Selection [M]. trans. Allan Wolter. Edinburgh: Thomas Nelson, 1962: 59.

[2] 威廉·坎宁安是苏格兰长老会神学家，做过大量宗教改革神学研究，认为16世纪的宗教改革是"自《圣经》正典完成以后所发生的最伟大的事件，或一组事件"。

[3] William Cunningham. The Reformers and the Theology of the Reformation [M]. Edinburgh: T. & T. Clark, 1862: 498.

[4] William Perkins. A Treatise of Gods Free Grace and Man's Free Will [M]. Cambridge: University of Cambridge, 1601: 20.

[5] Francis Turrentin. Institutes of Elenctic Theology [M]. trans. George Musgrave Giger. Phillipsburg: P & R, 1992-1997: 11.

第四章 人的自由——正教与异端的焦点之争

称，上帝"给予一事物是或不是这一状态均等的可能性，并给予他的造物自由来选择是否改变这一状态，出于尊重上帝的意愿，他们随意地做出选择，结果选择了堕落，对于造物来说，做出这一选择与忽略这一选择有着同等的可能性"❶。西蒙·伊皮斯科皮乌斯也认为，人的意志也可能会"倒向它的对立面"，因此，"不管出于何种必然性"，意志仍然是"自由的"。❷ 简而言之，对阿民念神学来说，意志的自由就是自由的中立性，即在某一特定时刻，它能够在两种同等的可能性之间进行选择。依此观点，人的意志就可以简单地定义为"选择去做或者不做的权力"。❸ 阿民念神学指责改革宗正统神学中"不可避免的必然""绝对必然""注定的必然"，他们认为改革宗正统神学所说的"一些人的罪是必然的，如同其他人的美德是必然的一样"，❹ 都是源于上面的三个必然。在托马斯·戈德看来，改革宗正统神学甚至比斯多

---

❶ Thomas Goad. A Collection of Tracts Concerning Predestination and Providence, and the Other Points Depending on Them (1719) [M]. Whitefish MT: Kessinger Publishing, 2008: 2.

❷ Simon Episcopius. The confession or declaration of the ministers or pastors, which in the United provinces are called Remonstrants concerning the chief points of Christian religion [M]. London: Elizabeth Allde, 1676: 109.

❸ Simon Episcopius. The confession or declaration of the ministers or pastors, which in the United provinces are called Remonstrants concerning the chief points of Christian religion [M]. London: Elizabeth Allde, 1676: 109.

❹ Thomas Goad. A Collection of Tracts Concerning Predestination and Providence, and the Other Points Depending on Them (1719) [M]. Whitefish MT: Kessinger Publishing, 2008: 5.

葛学派"更进一步"强调了"一切事物的必然性"。❶

《失乐园》在批判改革宗正统神学的这一观点时，采用了阿民念神学的说法。弥尔顿的《教义》中，也有类似阿民念神学关于这一观点的表述，如"就人的自由的概念而言，必须除去所有的必然性，才是真正的自由"。❷ 在《失乐园》中，除了堕落了的人承认自己屈从了必然性，其他造物都没有。当撒旦自称是"被迫"堕落（4.391）时，旁白指出，撒旦只不过是"以'不得已'的/暴君口实来开脱自己的邪恶行为"（4.392-393），其实，他并没有真心地向那个"被迫"的力量屈服。同样，在伊甸园里面对上帝时，亚当颇显慷慨地说，他愿意承担堕落的全部罪责，只是"严峻的命运"和"灾祸的急迫"迫使他把过错归咎于夏娃（10.131-132）。虽然堕落了的人始终说他们是被迫的，上帝却说，如果他的造物并不具备遵守或不遵守命令的自由，他们就是"只服从不得已/而不服从我"（3.110-111）。也就是说，对于任何天意注定"必然要堕落"（10.44）的说法，上帝是予以否认的。拉斐尔也对亚当说过，人的意志是"不为那/难逃的命运和严酷的必然所支配"的（5.527-528），因此，上帝需要"主动的服务…不要我们勉强的顺从"（5.529-530）。否认人的选择是上帝旨意的必然结果，就等于否认了撒旦有强迫人的意志的权力。因为如果撒旦能够左右人的意志，亚当

---

❶ Thomas Goad. A Collection of Tracts Concerning Predestination and Providence, and the Other Points Depending on Them (1719) [M]. Whitefish MT: Kessinger Publishing, 2008: 3.

❷ John Milton. Complete Prose Works of John Milton (6) [M]. New Haven: Yale University Press, 1953: 161.

第四章 人的自由——正教与异端的焦点之争

和夏娃就没有了真正的自由,那么他们就不必为堕落承担任何道德责任。因此,天父暗示拉斐尔要警告亚当,撒旦是:

> 现在有怎样的敌人从天下降,
> 阴谋拉别人下水,和他一样
> 从幸福的境地坠落下去。
> 他用暴力吗?不,那是容易防范的;
> 他用的是欺骗和谎言。这一点
> 要说清楚,让他知道,免得他犯了
> 天条而推说没有预先警告,未加防范。
> ——5.240-246 ❶

这就是说,即使撒旦倾尽全力,也不能压倒人的意志,以"暴力"影响堕落的结果。他唯一的对策就是对人使用"欺骗和谎言"。撒旦只能试图说服亚当和夏娃滥用他们的自由,却无法干涉他们的任意选择的能力。托马斯·波士顿(Thomas Boston, 1676~1732)❷的话也许可以很好地说明这一点,他说"魔鬼只能诱惑却不能强迫(亚当)同意",他"只能诱惑不能强迫"人的意志。❸ 因此,在《失乐园》中,如果要人完全地堕落,只能通过"触犯天条"(5.244),只

---

❶ [英]弥尔顿. 失乐园 [M]. 朱维之,译. 上海:上海译文出版社,1984:184.
❷ 托马斯·波士顿,18世纪苏格兰的教会领袖,神学家、哲学家,是当时著名的清教徒领袖。
❸ Thomas Boston. Commentary on the Shorter Catechism (1) [M]. Edmonton: Still Waters Revival Books, 1993:248-254.

能是人自我意愿的结果。在《失乐园》第十卷，有这样一个场景，天父对天使说起撒旦：

> 那时我曾说过，他将要得逞，
> 完成他的坏使命——把人引诱，
> 人受了谄媚而忘了一切，听信谎言，
> 违背他的创造者，我的用心是
> 既不要他的堕落一定成为事实，
> 也不用丝毫的外力去干预……
> ——10.40-43❶

乍看上去，天父的话似乎在说明撒旦是导致人堕落的原因：人被动地接受了撒旦的诱惑和谄媚，导致堕落。在原文中，"谄媚"和"诱惑"是被动语态，而"相信"用的是主动语态。天父的话里也明确指出人是主动相信"谎言"的。❷这表明人不是简单地被动地接受了撒旦的诱惑和谄媚，而是最后积极主动地"相信"了撒旦的"谎言"，从而导致堕落，所以堕落的责任应该在于人这个自由的载体。并且，主动语态还起到了突出撒旦在此过程中表现出的积极主动的作用。但哪怕撒旦的话仅仅在修辞手段上表现出引诱、奉承、撒谎，但所有这一切显然都没有强迫人的意志，也没有用"暴

---

❶ [英] 弥尔顿. 失乐园 [M]. 朱维之，译. 上海：上海译文出版社，1984：362.

❷ 原文：Man should be seduc't /And flattered out of all believing lies/Against his Maker. 原文中，seduce 和 flatter 都用的是被动语态，而 believe 用的是主动语态。

力"来限制人对自由的自主权。

在这些诗行中,当然也没有显示出上帝对人的强迫。《失乐园》中天父指出宿命不是堕落的必要因素,这显然是借用了改革宗正统神学的"协助"(concurrence)概念。根据改革宗正统神学,上帝的协助(God's concurrence)是天意,他通过第二因赋予造物生命,这样的方式,不是破坏而是维护了他们。❶ 海德格尔把上帝的协助定义为"上帝的操纵,他直接与第二因合作……以敦促或推动他们与之配合行动"❷。但是,这一观点在《失乐园》中没有得到回应,《失乐园》中的上帝与人的选择和行动没有因果关系。因为对上帝来说,任何协助最终都意味着人的堕落是上帝的意愿的"必须"的结果。弥尔顿在《失乐园》中将人的自由的随意性作为人堕落的神学基础,否认它是上帝的意愿的必然结果,否认它与上帝的意志之间有因果关系,这也是阿民念神学的核心问题之一。在这一点上,《失乐园》神学与阿民念神学一脉相承。

第二节 非必然性是中立的自由的必要条件

《失乐园》中,对堕落过程的描述不仅隐含了对宿命论

---

❶ Johannes Wollebius. Compendium Theologiae Christianae: In Reformed Dogmatics (6) [M]. trans. John W. Beardslee. Oxford: Oxford University Press, 1965: 1.

❷ Johann Heinrich Heidegger. Corpus Theologiae [M]. Tiguri: Literis Davidis Gessneri, 1700: 28.

的批判，还提出了阿民念神学中自由的中立性问题。在《失乐园》第十卷，上帝表明了他对人的自由的态度：上帝是保护人的自由的，他认为对人的自由而言——

> 不用丝毫的外力去干预
> 他的自由意志，只要保留
> 平衡的状态，一任意志的倾向。
> ——10.45-47❶

诗中的"平衡"是个隐喻，暗指阿民念神学中自由的中立状态。平衡的意象常被改教派神学家用来指代意志自由的中立状态，指的是自主的意志本质上既不会倾向于善，也不会倾向于恶。意志会保持一种"既定的模式"，指引自我的进程。天父说他的行为"不用丝毫的外力去干预❷/他的自由意志"，这里的"moment"暗指两个平衡的成分，即行为的动机和决定性的影响因素。这行诗表明，弥尔顿认为人的意志一直处于一种平衡的中立状态，不会受外界任何因素的影响，哪怕是最细微的影响。

此外，天父的话还表明，意志可以任意地向相反的方向倾斜，这实际上暗中否定了意志本质上内在的必然性，也间接否定了宿命论。因为宿命论认为，意志有自己的倾向。而《失乐园》中，意志选择向善或者向恶是完全不能预定的。

---

❶ [英]弥尔顿. 失乐园 [M]. 朱维之，译. 上海：上海译文出版社，1984：362-363.

❷ 这一行诗原文为 "does not touch with lightest moment of impulse"。

第四章 人的自由——正教与异端的焦点之争

在它倾向于任何一方之前,一直保持着一种平衡的中立状态。因此,人的选择行为完全是随意的结果,完全是偶然性的,而非必然的。

这样的解释显然是借用了阿民念神学的观点。阿民念神学的这一观点曾遭到改革宗正统神学的强烈抨击。如海德格尔就否认亚当被创造时"善与恶不分,保持中立",他认为"这样的中立,就好像躺在正义与邪恶的尺度之间",也恰恰说明了造物的不完美,"因为它意味着亚当并非拥有一种本性向善的品质"。❶ 弗朗西斯·塔瑞庭也认为,"任何意志的平衡一定会与意志的性本善相矛盾",因为未堕落的人的意志"如同美德一样,都是与上帝一样天性向善的"。❷ 阿民念神学虽然强调意志的中立性,但也承认堕落前的人的意志是倾向于善的。对阿民念神学而言,"中立的意志"并不意味着纯粹的中立,或者说缺乏对某一方的青睐,而是意味着意志具有同时处理两种发展倾向的能力。用丹尼斯·丹尼尔森的话说,阿民念神学中自由的"平衡模式"是"给定道德选择中的必要条件,允许自由的代理人选择这种或者那种方式"。❸

在《失乐园》中,亚当和夏娃的意志拥有中立的自由,他们"正确的理性"(12.84)虽可能会偏爱某些道德选择,但并不妨碍选择之前自由保持中立的状态。正如亚当说,所

---

❶ Johann Heinrich Heidegger. Corpus Theologiae [M]. Tiguri: Literis Davidis Gessneri, 1700: 242-243.
❷ Francis Turrentin. Institutes of Elenctic Theology [M]. trans. George Musgrave Giger. Phillipsburg: P & R, 1992-1997: 8.
❸ Dennis R. Danielson. Milton's Good God: A Study in Literary Theodicy [M]. Cambridge: Cambridge University Press, 1982: 134.

有人灵魂的"能力""奉/理性为主脑"（5.101-102）。即使人类的最高美德——爱，也"应该是合理的"（8.590-591）。始祖完美的自由应该包含于理性之中。靠理性，他们可以自由选择善恶，因为它是"上帝的理性"（7.508），能够使他们辨别、赞同并最终选择善。

"正确理性"（Right Reason）这个术语常见于后改教派神学的文献中，阿民念神学尤其偏爱此概念，他们都强调理性对意志的主导地位。用莫伊兹·亚目拉督的话说，"纯真状态下的理性是内在原则，是指引人的灵魂的圣光……我们借由它的指引，明了我们的责任，完成我们的任务"。[1] 在《失乐园》中"真正的自由"往往存在于正确的理性之中，因为"真自由总是和真理结合而同居/离开她就不能单独生存了"（12.83-85）。换句话说，自由几乎是等同于正确理性的，因为"理性也是一种选择"（3.108）。就像亚当说的，"上帝让意志自由，因为/顺从理性的意志便是自由"（9.351-352）。然而，亚当和夏娃的理性不是必然向善的，他们不需要像一位宿命论者那样明确地表现出向善的迹象，他们只需要有判断善恶的能力，并且能够自我决定（self-determined）就足够了。因此，对亚当和夏娃的理性而言，堕落的可能性与向善的可能性是平分秋色的。亚当说过，"我们坚定地活着，也可能出轨"（9.359）。堕落状态下的亚当和夏娃仍"坚守"着他们正确的理性，是因为他们的自由在于他们遵从自我意志的能力，所以他们的意志总有机会转向

---

[1] Moïse Amyraut. A Discourse Concerning the Divine Dreams Mention'd in Scripture [M]. London: A. C. for Walter Kettilby, 1676: 15.

第四章　人的自由——正教与异端的焦点之争

"正义"。《失乐园》对正确理性的认识，继承了理性至上的传统，与改革宗正统神学的意志至上的概念相对立。

关于人性与自由的关系，《失乐园》认为，堕落前亚当和夏娃因为有随意选择堕落与否的权力，所以他们是"完美/完全"（perfection）的，不过这种完美是动态的，而不是静态的，就像拉斐尔定义的自由一样：

> 你现在的幸福是由于神，
> 但幸福的继续却由于你自己，
> 就是说，由于你的顺从，站定脚跟。
> 我给你的警告也是为此，要记住。
> 上帝造你是完全的，但不是不可变的，
> 他赋予善性，但也给予力量去保持，
> 你的意志本是自由的，不为那
> 难逃的命运和严酷的必然所支配。
> ——5.520-527[1]

这段话表明，在被造之初亚当和夏娃是"完美的"，所以他们可以享受到幸福。但是拉斐尔认为，他们只有自由地顺从造物主，才可以"继续"幸福，因为他们虽然是"完美的"，却不是永恒的，"不可变的"。改革宗正统神学极为看重"完美"与"永恒"之间的区别，并且，这个区分对于所有以《创世纪》的故事为依据的神义论来说，都是极为重要

---

[1] ［英］弥尔顿.失乐园［M］.朱维之，译.上海：上海译文出版社，1984：196.

的。因此,威廉·伯金斯说,"亚当的意志中包含两个因素:自由和非永恒","在纯真时期,人的意志有自由和权力,人的意志选择了行善的自由和权力,因此愉悦了上帝,但他的性情不定,所以也会堕落"。❶ 这种从完美走向堕落的能力似乎是一种缺陷,但改革宗正统神学家认为"可变性"恰好证明了人性中的缺陷和不完美。

在《失乐园》中这种可变性表现为,它不仅继承了人性的负面可能性,比如堕落,也继承了人性的正面可能性,比如归正。通过自由地服从上帝,人可能会为自己"开拓攀登到这儿的道路"(7.157),亚当和夏娃的身体,通过"逐步积累",也会"五体变得轻灵起来,终于全部灵化,/同我们一样长了翅膀,飞升天上"(5.497-498)。因此,人性的完美不能仅仅是"静态完美"。芭芭拉·莱瓦尔斯基(Barbara K. Lewalski, 1931~)❷ 指出,在《失乐园》中,完美是"挑战、选择和成长",是"复杂、持续的变化,而不是简单、稳定的不变"❸。丹尼尔森说,堕落前的完美状态是可以继续强化和增加的,人在伊甸园中被创造出来的时候,只是一个原初的"存在物",他可以容纳各种可能。❹ 在 17 世纪,这

---

❶ William Perkins. The Workes of that Famous and Worthie Minister of Christ (1) [M]. Cambridge: University of Cambridge, 1608-1609: 708.

❷ 芭芭拉·莱瓦尔斯基,美国学者,是当代研究文艺复兴时期文学,特别是弥尔顿作品的权威。自 1983 年起,在哈佛大学任英国文学与历史文学教授。

❸ Barbara K. Lewalski. The Life of John Milton: A Critical Biography [M]. Oxford: Blackwell, 2000: 466.

❹ Dennis R. Danielson. The Fall and Milton's Theodicy [J]. The Cambridge Companion to Milton, 1999: 154.

第四章 人的自由——正教与异端的焦点之争

种对人的完美状态和自由的动态的观点，还是比较新颖的，也得到了当时正教神学家的肯定，如沃尔特·雷利爵士（Sir Walter Raleigh，1552~1618）❶认为，"上帝将人交给了他自己，由他自己自我引导，为自我工作，自我描摹，他按自己的喜好构建自我，选择自我的形式"。❷因此，人在面对众多选择时，如果选择了堕落，并不是人性本恶，而是实践自由的结果。

在《失乐园》第九卷中，夏娃在与蛇讨论长着禁果的树时，承认自己面对的选择有无限的可能性，她说：

> 因为天神在这
> 乐园中栽了许许多多的树，
> 种类繁多，有许多我们还不认识，
> 在这么丰富的物产中任我们选择，
> 还有很多果实未经采摘……
>
> ——9.618-622❸

这段话旨在表明，在伊甸园中，人可以选择的可能性

---

❶ 沃尔特·雷利爵士，英国伊丽莎白时代著名的冒险家，同时是位英俊的作家、诗人、军人、政治家，更以艺术、文化及科学研究的保护者而闻名。他和爱德蒙·史宾沙及克里斯多福·马罗等文学家来往甚密，在伦敦塔幽禁期间编纂了《世界史》一书。他是名博学的知识分子，通晓文学、历史、航海术、数学、天文学、化学、植物学等领域的知识。

❷ Waiter Raleigh. The History of the World [M]. Philadelphia: Temple University Press, 1971: 142.

❸ [英]弥尔顿. 失乐园 [M]. 朱维之，译. 上海：上海译文出版社，1984：337.

"繁多"。有后改教派神学的观点认为，亚当和夏娃在他们被创造出来的那一刻就已经堕落了，但在《失乐园》中，堕落持续了好几天。弥尔顿这样写是为了充分展示人所面临的选择是"繁多"的，展示亚当和夏娃实践自由和成长的过程是动态的，不可预定的，有诸多可变因素都会导致不同的后果。在堕落之前，他们通过祈祷、学习、园艺、做爱、交谈、烹饪等行为来实践他们的自由，他们行为的多样性当然也包含堕落的可能性。此外，上帝的禁令要求非常简单，但它并非仅仅意味着对人的自由的限制，禁令的简单性恰恰暗含着自由的丰富性和开放性。正如夏娃告诉蛇的那样，知识树的禁令是"他天声的唯一掌上明珠"，"我们依照我们自身的法律而生活/我们的理性就是我们的法律"（9.653-654）。因此，相对于堕落前的各种选择而言，上帝的禁令并不是一个"严苛难守"的命令（4.433），而是一条仅有而易行的命令。约翰·珰汉姆说，亚当和夏娃"只有一个命令要遵守，所以是很容易的，不过是放弃一只水果那么简单，面对其他各种选择时，却需要他们付出更多才能管住自己"。❶ 阿民念曾写道，"人在置身于大量甜美可口的果子中时，其实能轻易避开禁树上的果子，避开人的第一次犯罪"❷。亚当和夏娃在面对多种选择的情况下，仍选择了违逆上帝，如果这是不可原谅的罪，那么在《失乐园》中，人选择堕落的唯一

---

❶ John Downham. He summe of sacred divinitie first briefly and methodically propounded and then more largely and cleerly handled and explained [M]. London: Peter Parker, 1630: 234.

❷ Jacobus Arminius. The Works of James Arminius (2) [M]. trans. James Nichols and William Nichols. Grand Rapids: Baker, 1986: 155.

原因就是人有权力在面对众多可能性时做出自己的选择。上帝赋予亚当和夏娃的自由度可以在实践行为中不断扩大，但与此同时也增加了他们堕落的可能性。因此，堕落的可能性不是人性的缺陷，只是人性中自由的一个方面。

第三节　自由的随意性是神义论的完美体现

在《失乐园》中，强调人的选择的自由具有随意性，对于论证神义论有特殊的意义。所有，以《创世纪》为基础的故事里，上帝的判决方式不仅解释了上帝为什么允许始祖堕落，也揭示了上帝为什么允许他被诱惑，也就是解释了上帝为什么允许亚当在众多选择中选择了堕落。《失乐园》中，这些问题的答案与自由的随意性密切相关。书中在说到上帝时，拉斐尔这样告诉亚当：

> 他要求我们主动的服务，
> 决不要我们勉强的顺从，
> 勉强顺从不被他所采纳，如果
> 人心不自由，意欲由命定，
> 没有其他选择的可能时，那末，
> 拿什么来考验人们的服务
> 是否出于真心呢？

徘徊在自由与救赎之间的魔鬼英雄

——5.529-535[1]

这说明，拉斐尔认为勉强顺从的意欲不是有随意选择权的自由意志，不具有可能的选择，只能命定地服从。斯坦利·费什（Stanley Fish，1938~ ）[2]说，"没有一种选择是真正自由的，没有哪种服从是被上帝真正接受的，除非还有其他可能的选择"，"堕落的可能（或者能力）使得非堕落行为真正变得有了意义"。[3]这就是说，在面对多种选择的机会时，随意选择的自由才是真正的自由。因此，上帝将亚当和夏娃放置在伊甸园里，给他们无限多可能的选择，当然也包括违逆，就是为了能让他们拥有真正的自由，让他们能真正地服从他，能自由地侍奉他。因此，在《失乐园》中，在服从与否之间随意选择的权力不是上帝一时心血来潮才赋予人的，而是真正自由的关键所在。这表明，《失乐园》中的上帝不是天国的暴君，而是真正自由的维护者。弥尔顿在《失乐园》中反复重申了这个观点，值得注意的是，阿民念神学中对于自由的解释，也特别强调这一点。可以说，《失乐园》中的这个观点也源自阿民念神学。因此，在这首诗中，堕落的

---

[1] [英]弥尔顿. 失乐园[M]. 朱维之，译. 上海：上海译文出版社，1984：197.

[2] 斯坦利·费什是当代读者反应批评的重要理论家。他生于美国罗德岛，1959年毕业于费城宾夕法尼亚大学，1962年以博士论文《约翰·斯克尔顿的诗》获耶鲁大学博士学位。他曾先后在加州大学伯克利分校和霍普金斯大学任教，现于杜克大学执教，担任英文系系主任，还兼任杜克大学法学院的教授。他著作甚丰，主要作品有《读者反应批评：理论与实践》《为罪恶所震惊：〈失乐园〉中的读者》等。

[3] Stanley E. Fish. How Milton Works [M]. Cambridge. Mass：Harvard University Press，2001：527.

第四章 人的自由——正教与异端的焦点之争

可能性作为人性的组成部分，从一开始就存在，它也是一个人意志的自由的重要组成部分。弥尔顿在《论出版自由》中说过，若善恶没有随意选择的可能性，那么亚当只是"一个傀儡"。[1] 上帝以这种方式给亚当和夏娃随意选择的自由是合理的。甚至可以说，保有了堕落的可能性也就是保有了上帝恩典的可能性，因为上帝赋予所有造物的不是"傀儡"的自由，而是真正的自由。正义天使也是通过这种随意选择的自由享受到了真正的自由。天父把人与天使做了比较后确信，所有被创造的都是"公正合理的"都能"站得稳"，也有"堕落的自由"（3.98-99）：

> 我凭正直公平创造了他，本可以
> 站得稳，然而也有坠落的自由。
> 我造大天使和天人也是这样，
> 不论站稳的，还是站不稳而坠落的，
> 如果不给以自由，只照不得已行事，
> 显不出本心的主动，那末凭什么
> 证明他们的真诚、实意、忠信
> 和挚爱呢？
>
> ——3.100-107[2]

拉斐尔把正义天使的服从与堕落天使的违逆也做了比较：

---

[1] John Milton. Complete Prose Works of John Milton (2) [M]. New Haven: Yale University Press, 1953: 527.
[2] [英] 弥尔顿. 失乐园 [M]. 朱维之, 译. 上海: 上海译文出版社, 1984: 96.

>   我自己和
>   全体站在上帝宝座前的天使军,
>   也和你们一样,只有保持顺从,
>   才能保持幸福,没有其他保证。
>   爱和不爱都由于自己的意志,
>   正因自由地爱,所以自由地服务。
>   我们也由此而决定坠落或站稳。
>   我们之中有些已经坠落了,
>   由于不顺从而坠落了,
>   由天上坠落到地狱深渊,
>   从何等幸福的高处,落进何等大的灾祸呀!
>
> ——5.535-545❶

比较的结果显示,天使只有自由地服从才不致堕落,反叛天使的不服从也是意志自由的必然结果,因为他们的意志同样具有爱或不爱的权力。

改革宗正统神学延续了奥古斯丁和托马斯·阿奎那的神学教义,认为正义天使的意志是不可变的,一旦这些天使保持服从的心意,他们就会一直向善,永享幸福,因此,这些天使就会完全忠顺于上帝。改革宗正统神学认为这些天使永远没有堕落的可能,哪怕是假设的可能的条件下,这些天使也不会堕落。阿民念神学也认为,正义天使"被注入"了

---

❶ [英] 弥尔顿. 失乐园 [M]. 朱维之,译. 上海:上海译文出版社,1984:197.

第四章 人的自由——正教与异端的焦点之争

"向善的习惯,并且已得到上帝的认可"[1]。阿民念神学在这一点上与正教神学是一致的。而在《失乐园》中,弥尔顿笔下的天使有所不同。如上文所见,拉斐尔认为,正义天使只有在顺从地自由选择时,才能保有"幸福"(happy state)。上帝还没有认可他们的"义"(rightness),他们的意志仍是中立和随意的,他们可以选择爱或者不爱,除了自由地顺从,天使没有对天父有其任何其他的承诺。他们的顺从以不顺从的可能为标志,总是带有随意性。[2] 堕落天使在反叛之前也拥有相同的选择,他们也可以以正确的理性引导自己的意志(6.42),撒旦曾满目悲愁地对着太阳说:

> 你不是也有同样的自由意志
> 和力量,可以站得住吗?
> 是的,你有;但除了天上
> 自由的爱,平等地给与大家外,
> 谁又能拿什么来责难你呢?
> ——4.66-70[3]

这段独白,常被看作撒旦简短的忏悔,但也表明撒旦承认了"天上自由的爱,平等地给予了大家",这里面当然也

---

[1] Jacobus Arminius. The Works of James Arminius(2)[M]. trans. James Nichols and William Nichols. Grand Rapids: Baker, 1986: 361.

[2] John P. Rumrich. Milton Unbound: Controversy and Reinterpretation[M]. Cambridge: Cambridge University Press, 1996: 16.

[3] [英]弥尔顿. 失乐园[M]. 朱维之,译. 上海:上海译文出版社,1984: 130.

包括反叛天使。天使们真正的自由必须由自由的随意性来确保，他们必须能自己决定爱或者不爱，这样才能保证不会发生"该站得住的竟堕落了"（6.911-912）。上帝对所有造物（包括人、正义的天使和反叛的天使）来说，不仅是自由的赐予者，更是自由的维护者。

第四节　人的堕落是人的自由和自主的选择

在《失乐园》中，人的自由和天使的自由没有本质的区别，这就突出了"人类最初违反上帝"（1.1）并不是出于必要性。因为有些天使，他们本来也具有堕落的能力，却选择了站稳，这就说明，堕落不是必须或者必要的。因此，这部作品的主角——与天使一样自由的人类，也有可能会选择站稳而不是堕落。因此，人的堕落带有强烈的偶然性。如果亚当和夏娃选择了站稳、不堕落，那么，故事就是另外一个样子，所有堕落之后的事情也永远不会发生了。对于有基督教文化背景的大多数读者而言，在没有开始读《失乐园》这部作品时，心中就已有了固定的故事结局。但这种可预见性的阅读，很容易将读者导向宿命论。约瑟夫·萨默斯（Joseph

第四章 人的自由——正教与异端的焦点之争

H. Summers，1920~2003)❶曾提醒读者，"开始读这首诗的时候，如果我们不小心地避开了上帝的先见之明和我们的后见之明，我们就会按照自己的想象来建构故事情节，安排故事进展和最终的结局"。❷ 在《失乐园》中，就算上帝已经"预见到人的堕落"（3.118），但"预见"也不会对亚当和夏娃的堕落有任何影响，因此读者也没有特权来决定他们堕落与否。虽然特定事件在故事发展的过程中有可能决定故事的结果，但从神学的层面来讲，堕落的结果不是哪个特定因素的必然的结果。

在第九卷中，夏娃曾提议要与亚当分开工作一个早上。这一场景常常被用来作为重要的证据之一，用来支持堕落的必然性的观点。

> 让我们分工，
> 你到你所喜欢的地方去，或者到
> 最重要的地方去，把这林荫路
> 一带的忍冬花卷起来，让常春藤
> 爬在适当的地方；我到小树丛那边

---

❶ 约瑟夫·萨默斯是罗切斯特大学的荣誉退休教授，享誉国际的文艺复兴文学权威。萨默斯以其对17世纪诗人乔治·赫伯特（George Herbert）的开创性研究而著称，其因对弥尔顿的批判性研究和对莎士比亚、约翰·多恩等作家的研究，被美国弥尔顿协会授予特别荣誉，被誉为"20世纪下半叶，对17世纪英语文学最杰出的评论家之一"。主要作品有《缪斯的方法：<失乐园>简介》《乔治·赫伯特，他的宗教与艺术》《多恩和琼森的继承人》《爱与力量的梦想：莎士比亚的戏剧》《田园诗与戏剧性的弥尔顿》《马维尔诗选》《乔治·赫伯特的诗选》等。

❷ Joseph H. Summers. The Muse's Method: An Introduction to Paradise Lost [M]. London: Chatto & Windus, 1962: 148.

在天人花和蔷薇相混杂处干到中午。

——9.214-219[1]

如果不与亚当分开,夏娃可能不会有机会堕落——读者会很自然地把分开事件与始祖堕落的必然性关联起来。如芭芭拉·莱瓦尔斯基就认为,"夏娃要求分开工作以提高工作效率的提议,直接导致了堕落的发生"[2]。对于夏娃独处的请求,也有些不同的看法,如夏娃要求暂时独处是她成长过程中"一个合乎逻辑的步骤"[3]。尽管分开之后夏娃的确堕落了,但将此归咎于她的独处状态,应该是不妥的,因为,如果堕落是由于夏娃的独处让罪有机可乘,那么堕落就变成了可预见的定局并带上了宿命论的色彩。然而,弥尔顿这一场景中讨论的是天意和自由而不是宿命和必然性。因此,在《失乐园》中夏娃的堕落显然不是宿命,而是自由地随意选择的结果,弥尔顿安排这一场景并非为宿命论呈现证据,而是要通过夏娃的独处来彰显真正的自由。正如大卫·盖尔(David Gay)[4] 指出的那样,夏

---

[1] [英] 弥尔顿. 失乐园 [M]. 朱维之,译. 上海:上海译文出版社,1984:320-321.

[2] Barbara K. Lewalski. Milton on Women—Yet Once More [J]. Milton Studies, 1974:3-20.

[3] Marilyn R. Farwell. Eve. the Separation Scene. and the Renaissance Idea of Androgyny [J]. Milton Studies, 1982 (16):15.

[4] 大卫·盖尔,加拿大阿尔伯特大学人文中心英语与电影研究系教授,他的研究集中在早期的现代非戏剧文学上,重点是弥尔顿和班扬的著作以及《圣经》及其对英国文学的影响研究。代表性作品包括《与班扬一起走上街头,从恩典到圣战》《狱中的班扬:1660年代的著作》《寻找过去/发现现在:宗教,文化和边缘性的比较观点》《无尽的王国:弥尔顿的圣经学会》和牛津手册《约翰·班扬》。

第四章 人的自由——正教与异端的焦点之争

娃独自抵制诱惑的能力是"诗的完整性所必需的"[1]。作为读者,我们更不能简单地将夏娃的这个请求解读为堕落的前奏,是"不幸的夏娃,多么荒谬错误的打算"(9.404)。夏娃的独处只是情节发展的需要,是堕落的诱因,但并不意味着它和堕落的结果有直接因果关系。因此,不能先入为主地认为夏娃无论如何都会堕落,也不能假设如果她没有离开亚当,没有独处的状态,就一定不会堕落。因为上帝造她时,她是完美纯真的,所以即使在花园中独处,她也完全"有能力"(power)像正义天使那样"站稳",也可以抵制住诱惑"决定"不堕落。因此,夏娃的独处,无论在心理上、在亲缘关系上,或是在存在价值上意味着什么,分开行为本身都无损于她的纯真和中立的自由。斯坦利·费什指出,"外部力量不能决定绝对的自由意志,在因果关系层面上,从来也没有过这样的先例"[2],这说明这二者之间"无因果关系"。

在《失乐园》中,夏娃的独处不是堕落的直接原因,整个场景的设置意在凸显堕落前人的自由。夏娃能被允许与亚当分开,并独自在花园中工作了一个上午,本身就表明她享有完全的自由。面对亚当的劝阻、要求两人在一起能更安全地抵制诱惑时,夏娃回应道:

> 别怀疑我们的安乐可以完全
> 付托在智慧的造物主身上,

---

[1] David Gay. The Endless Kingdom: Milton's Scriptural Society [M]. Newark: University of Delaware Press, 2002: 86.

[2] Stanley E. Fish. Discovery as Form in Paradise Lost in New Essays on Paradise Lost [M]. Berkeley: University of California Press, 1969: 6.

徘徊在自由与救赎之间的魔鬼英雄

> 如果不能以独力或合力为保证，
> 我们的幸福就不可靠……
> ——9.336-339❶

夏娃之所以毫不怀疑独处依然可以保证"安乐的完全""幸福的可靠"，是因为她相信这份安全和幸福是"托付在智慧的造物主身上"，因此她完全可以离开亚当，自由地存在，自由地做出任何决定。对于"人性的完美""人的意志抵制诱惑的能力""人的意志选择向善的能力"这三个方面，夏娃都有着正确的认识。即使是她很快就选择了堕落，也不能说是因为她没有正确的洞察力和判断力。亚当同意了夏娃的请求，也是很正确的选择。亚当的这个决定表明他对夏娃的自由的认可，他说："你就去吧；在我身边也不自由，去吧"（9.372）。亚当本可以选择牺牲夏娃的自由强迫她留下来，但他意识到这样做会迫使她"不自由"，因为否定了夏娃的选择，"再进一步就是强制了，而对于/自由意志，强制是没有地位的"（9.1173-1174）。如果夏娃以这种强迫的方式失去了自由，她会面临比独自在伊甸园中遇到各种诱惑更加悲惨的命运。威廉·帕克（William Riley Parker, 1906~1968）❷说，"堕落实际上始于亚当，当他同意了夏娃心血

---

❶ ［英］弥尔顿.失乐园［M］.朱维之，译.上海：上海译文出版社，1984：325.

❷ 威廉·帕克，印第安纳大学英语系主任，也是当代弥尔顿研究权威之一。他用30年时间完成的《弥尔顿传记》（两卷版），被誉为"最伟大的弥尔顿传记""标准参考书""最好的手册"。其代表作有：《弥尔顿与萨姆森·阿贡尼斯的希腊悲剧》（1937）、《弥尔顿的当代声誉》（1940）、《国家利益和外语》（1954）、《MLA样表》（1951）。

第四章 人的自由——正教与异端的焦点之争

来潮的念头时,他就脱离了责任和正确的判断,这已是犯了错"。[1] 然而,如果亚当选择违背夏娃的意志和判断,让他的妻子"不自由",那么他又开始了另一种堕落。其实在分开工作的场景中,夏娃和亚当都是无辜的,他们只是在面对各种动态的选择和可能性时,首次自主地使用了自由。夏娃离开亚当,"在触及各种可能的选择之后,主动地选择了……独自一人"[2],因此,堕落与分开这一行为的本身没有直接关系,堕落是选择的结果而不是分开或独处的结果。《失乐园》中写道,"虽然她可以自由地站立,尽管她可能已经站稳了,但她自由地选择了堕落"(9.780-784)。

虽然弥尔顿在《失乐园》中详细地描述了夏娃被撒旦欺骗的过程,但并没有对夏娃的意志活动做出特别的心理分析,也没有直接描述亚当的意志活动。博伊德·贝里(Boyd M. Berry, 1939~)[3] 指出"我们并不曾……看到亚当和夏娃如何改变了他们的心意,我们只看到了他们'改变了的想法'"。[4] 在夏娃告诉亚当,她已经"尝试"(9.874)过苹果的味道,还敦促他"你也尝尝,和我同命运/同等欢乐和同等爱恋一样"(9.881-882)时,亚当"惊倒",并在"一

---

[1] William Riley Parker. Milton: A Biography (1) [M]. Oxford: Clarendon, 1968: 512.

[2] William Riley Parker. Milton: A Biography (1) [M]. Oxford: Clarendon, 1968: 513.

[3] 博伊德·麦卡洛克·贝里,弗吉尼亚大学教授,美国英语教育家,美国学术学会会员,东南文艺复兴现代语言协会成员,代表作有《演讲过程:清教徒的宗教写作和〈失乐园〉》。

[4] Berry B. M. Process of Speech: Puritan Religious Writing & Paradise Lost [M]. Baltimore: Johns Hopkins University Press, 1976: 253.

徘徊在自由与救赎之间的魔鬼英雄

阵寒冷的战栗"（9.890）之后，做出了自己的选择，亚当对自己说：

> 因为我的心已确定和你同死；
> 没有你，我怎么能活下去呢？
> 怎么能放弃和你愉快的谈话，
> 深结的爱，而孤单地活在野林里？
> 即使上帝另造一个夏娃，从我的
> 肋骨里取出，你的死又怎能叫我
> 忘怀！不，不，自然的链条拖着我，
> 你是我的肉中肉、骨中骨，
> 是祸是福，我都不能和你分离。
>
> ——9.907-915❶

这段话表明，亚当决定和夏娃一起堕落纯粹是临时起意，他并未预见到夏娃会堕落，因此自己也从未想过要堕落。甚至，在他想到堕落的原因之前，他的心就已经确定要与夏娃"同死"了。他说这不是他自己的自由选择，而是"自然链条""拖着"他做了此决定。他的选择是被比他意志更强大的力量强迫的。并且，之后亚当以更加强烈的语气向夏娃重复这些话：

但我和你是

---

❶ ［英］弥尔顿．失乐园［M］．朱维之，译．上海：上海译文出版社，1984：348-349．

第四章 人的自由——正教与异端的焦点之争

> 注定同命运的,和你一同受罚;
> 和你相伴而死,虽死犹生。
> 在我的心里确实如此感觉,
> 自然的纽带把我们绑在一起,
> 你的就是我的,我的也是你的。
> 二人的遭遇不可分,我们是一个,
> 同一肉体,失去你就是失去我自己。
> ——9.952-959[1]

亚当一再强调,他是被自然的纽带强行绑住,所以不能和夏娃分开,这表明他的堕落是迫于无奈的不自由的选择。读者也许会因此认为亚当的这段表白恰恰说明了堕落的被迫性,说明堕落是预先的安排,是宿命的结果,因此又回到宿命论的立场上。比如"亚当的选择是一个必要的结果强迫下的产物",在这种情况下,堕落是不可抗拒,也是不可避免的"。[2] 罗伯特·克罗斯曼(Robert Crosman)[3] 同样认为《失乐园》描绘了"无法抵制诱惑的悲剧的亚当"[4]。

这种宿命论式的解读,未免将亚当的违逆行为简单化

---

[1] [英]弥尔顿.失乐园[M].朱维之,译.上海:上海译文出版社,1984:350.

[2] J. B. Savage. Freedom and Necessity in Paradise Lost [J]. ELH, 1977 (2):286-311.

[3] 罗伯特·克罗斯曼是阿拉斯加大学安克雷奇分校的退休终身教授。主要研究文艺复兴时期的写作,包括莎士比亚和现代及后现代文学、女性文学和非裔美国人文学,代表作有《读〈失乐园〉》。

[4] Robert Crosman. Reading Paradise Lost [M]. Bloomington:Indiana University Press, 1980:178-179.

了。如果违逆是宿命的必然结果，那么理性选择了罪与死亡也没什么神秘性可言，而这种非理性的行为该如何理解呢？因为一切皆是上帝预定的宿命，便都是必然吗？然而，这样的解释显得苍白无力，它无法解释为何理性不能选择遵从上帝的意愿。用托马斯·华森的话说，罪是"荒谬的、非理性的"，它"不仅使人为恶，还让人变得愚笨"。❶ 总之，始祖的罪不是理性引导下的必然行为，而是非理性的"疯狂荒唐的行为"。❷ 在《失乐园》中，人性的堕落是一种真实存在的可能，也是一种非理性的可能，堕落的可能性只有通过公然否认正确理性的判断才能成为现实。因此，只有撇开所有的必然性，把人类始祖的初次违逆看成一个独立场景，与人堕落前的生活没有必然的连续性，才能真正理解这首诗中描绘的人性堕落的含义。索伦·克尔凯郭尔（Soren Kierkegaard, 1813~1855）❸的看法比较贴近《失乐园》对堕落的描述，他说，"罪经过一个质的飞跃，进入这世间"❹，是"某些令人费解的特定因素的总和，总是有质的飞跃"，在《失乐园》

---

❶ Thomas Watson. A Body of Practical Divinity [M]. London: Formerly Minister at St. Stephen's, 1692: 77.

❷ William Ames. The Substance of Christian Religion: or A Plain and Easie Draught of the Christian Catechism [M]. London: H. Middleton, 1659: 29.

❸ 索伦·克尔凯郭尔，丹麦宗教哲学心理学家、诗人，现代存在主义哲学的创始人，后现代主义的先驱，曾就读于哥本哈根大学。后终身隐居于哥本哈根。他的思想成为存在主义的理论根据之一，一般被视为存在主义之父。他反对黑格尔的泛理论，认为哲学研究的不是客观存在而是个人的"存在"，哲学的起点是个人，终点是上帝，人生的道路也就是天路历程。代表作品有《非此即彼》《恐惧与战栗》《人生道路的阶段》等。

❹ Soren Kierkegaard. The Concept of Dread [M]. trans. Waiter Lowrie. Oxford: Oxford University Press, 1944: 99.

中，罪也是"没有任何共性的""非理性的"东西。[1] 因此，亚当和夏娃的堕落，看起来更像是某种存在的飞跃，而非某种前提下的理性选择。从理性到非理性，从纯真到堕落，这不是一个可预见的逐步过渡的必然过程。在神学层面上，可以说亚当的堕落是明知山有虎，偏向虎山行的非理性行为。就如威廉·帕克所指出的那样，亚当的选择"没有被任何先决条件左右"[2]。夏娃的劝服或诱惑不是亚当犯罪的必要条件，他的决定只表露了他的"愚蠢"，说明这完全是自我毁灭式的凡人的选择。特别要注意的是，在《失乐园》中，关于亚当堕落的叙述表明，他的选择并不是受之前夏娃的堕落胁迫所致。弥尔顿很容易就能呈现一个软弱、无法抗拒夏娃肉体诱惑的亚当，但是亚当的两番话表明"他的决断，他自言自语时透露出的明知要死去的悲哀……都与夏娃的说服和干预没有任何关系"[3]。他对夏娃说出那番话时，他的"心就已经确定"（9.907）要堕落了，甚至可以说，在他说他被自然、婚姻还有夏娃陪伴的甜蜜"绑在了一起"之前，就做好了堕落的决定。"他（亚当）做出被迫无奈的姿态，只是为他已决定的行为寻找一个实施的借口"[4]。再者，自被创造伊始，亚当就拥有中立的自由，因此，从那时起，他就具备了

---

[1] John S. Tanner. Anxiety in Eden: A Kierkegaardian Reading of Paradise Lost [M]. Oxford: Oxford University Press, 1992: 33.

[2] William Riley Parker. Milton: A Biography (1) [M]. Oxford: Clarendon, 1968. 515.

[3] George K. Hunter. Paradise Lost [M]. London: George Alien & Unwin, 1980: 197.

[4] Dennis H. Burden. The Logical Epic: A Study of the Argument of Paradise Lost [M]. London: Routledge & Kegan Paul, 1967: 164.

堕落的能力，但他一直没有正当的借口去堕落，从这个意义上讲，我们也找不到他堕落的理由。只能说，在决定堕落的那一刻，他只是使用了走向毁灭的自由，没有原因，也没有理性，是随意和随机的决定。

把亚当的堕落解读为宿命，无疑是误读了贯穿全诗始末的中立自由观。《失乐园》从第三卷到第八卷一直在反驳宿命论，因此，当亚当说自己被"自然""拖"（9.914；9.956）进了违逆之中，哀叹"不能"（9.958）拒绝与夏娃一起堕落时，读者在弥尔顿长长的精心的铺垫下，应该早已明了贯穿全诗的自由中立观，因此，读者必定能够判断出亚当的堕落并非宿命。当亚当说自己被妻子的"爱恋"所奴役时，拉斐尔立刻反驳道，"不要责备自然，她已经/尽了她的责任，你只用尽你的"（8.561-562）。拉斐尔当然明白，亚当企图把违逆行为的道德责任转嫁给"自然"，企图否认人性的实质：他本身是上帝的自由的映像，能够在善恶之间任意选择，在面对外部因素和内心倾向的影响时，他拥有完全的自主权，没有什么可以左右他的意志。事实上，在对夏娃的表白中，虽然他说"我和你是注定同命运"时用了"命运"（原文中用的是 doom）（9.952）这个词，但在命运之前，用"注定"（fixed）（9.952）一词否定了这个宿命论的说法，❶又说道，"在我的心里确实如此感觉"。如此一来，他自己就隐晦地承认了堕落是个完全自主的决定。

如果说，在《失乐园》中没有自主选择的自由，所有的道德责任都由使用强迫行为而导致，那么亚当说他"没有可

---

❶ Fixed 这个词表明，堕落的决定是人为的，不是天注定的。

第四章 人的自由——正教与异端的焦点之争

以随意支配的自由,一切都是命定的"这句话本身,就是在暗示他想背弃上帝。《失乐园》中的这一观点——亚当在决定吃禁果的那一刹那,在身体做出违逆上帝的意愿的举动之前,就已经堕落了——常见于后改教派神学,如威廉·艾姆斯说:"在吃的行为之前……必须有违逆的动机,或许这样就可以说始祖还没吃禁果就已经是个罪人了"。❶ 所以,亚当自言自语地说他被"自然的链条"强迫时,他已经是堕落的亚当了。只是弥尔顿表达的极为委婉,毕竟他不能理直气壮地借用后改教派神学的观点。弥尔顿让亚当否认自己的自由,就是为了抹去他违逆行为中的道德含义,他只想任性而为,不想承担后果。但在《失乐园》中,不可能不为道德后果承担责任,因为两种观念已经融入整首诗的每一行:其一,人的意志有自主权;其二,在多种可选择性条件下,自由的人有可能在未来实现自己的选择。因此选择堕落的人必须为自己的选择和其毁灭性的后果负责。所以,《失乐园》中上帝谈到人性时说:

> 这是谁的过失?除他自己还问谁?
> 他不知恩,他应有的一切都有了,
> 我凭正直公平创造了他,本可以
> 站得稳,然而也有坠落的自由。
>
> ——3.96-99❷

---

❶ Ames. The Marrow of Theology (1) [M]. trans. John D. Eusden. Grand Rapids: Baker, 1968: 6.

❷ [英]弥尔顿. 失乐园 [M]. 朱维之, 译. 上海: 上海译文出版社, 1984: 96.

上帝对始祖的这一评价是公正的。亚当和夏娃本来都可以"站得稳,然而也有坠落的自由"。换句话说,人类面对各种可能性时拥有绝对的自由。这一点应该是阅读《失乐园》的根本立足点。如果亚当和夏娃否认这个事实,那只是因为堕落的人不想承认上帝创造他们时是正直公平的,不想承认他们本来可以站得稳,不想承认他们的堕落是实践自由的结果。这样的刻意否认就是为了遮掩他们原有的自由,也恰恰反映出他们现在的败坏。因此,外部因素和内在动机的影响之于堕落,都只是微不足道的原因,是"自由"使得亚当和夏娃"本可以站得稳",也可以"坠落"。用阿民念的话说,"人的责任"在于能拒绝所有内在和外在的"致罪因",但外部的因素和扰乱内心秩序的因素都可以影响他拒绝的力度。❶这样看来,除了人所拥有的自由、选择的任意性和自我的决定性,那些引起堕落的内外在"因素"都不是根本意义上的"致罪因"。阿民念的这种自由观被弥尔顿演绎成了《失乐园》中堕落事件的前因后果。

第五节 被奴役的自由是一切"暴政"的根源

人类自由的行为引发了堕落。人的堕落行为不仅显现出

---

❶ Jacobus Arminius. The Works of James Arminius (2) [M]. trans. James Nichols and William Nichols. Grand Rapids: Baker, 1986: 153.

第四章　人的自由——正教与异端的焦点之争

人拥有的自由，也反映了人的意志被罪奴役。人类的堕落意志是被奴役的，这也是改革宗正统神学的观点之一。《失乐园》中特别凸显了堕落意志的被奴役，这表明，弥尔顿是赞同改革宗正统神学的这一观点的。然而这一点往往被大多数读者忽视了。大多数读者会把《失乐园》中的神学观看作"柏拉纠主义"的延续，❶ 也有一部分学者指出"失去了的自由"这一概念在《失乐园》中有着极为重要的作用，如威廉·帕克指出，这部作品的主题思想之一是人类在失去"正确理性"之时就已经失去了"真正的自由"，"暴政是必然的"。❷ "失去了的自由"这一概念不仅对理解《失乐园》至关重要，也是正确理解"恩典"这一神学概念的基础。在《失乐园》中，未堕落的意志本来拥有中立的自由，可以在

---

❶ 很多学者认为弥尔顿是柏拉纠主义者，比如，赫伯特·格里尔森爵士在《17世纪英国文学中的交流与碰撞》一书中多次提到弥尔顿是柏拉纠主义者，"他（弥尔顿）是个柏拉纠主义者，但他与其他清教徒和克伦威尔不同，他强调人的意志有接受或者拒绝上帝的恩典的自由"。引自 Herbert J.C.Grierson. Cross Currents in English Literature of the Seventeenth Century [M]. London: Chatto & Windus, 1958: 253-267.

关于弥尔顿与柏拉纠主义以及阿民念神学的关系研究，另可参见：James P. Driscoll. The Unfolding God of Jung and Milton Studies in the English Renaissance [M]. Lexington: University Press of Kentucky, 2015; William Poole. Milton and the Idea of the Fall [M]. Cambridge: Cambridge University Press, 2005; Catherine Gimelli Martin. Milton among the Puritans: The Case for Historical Revisionism [M]. Ashgate Publishing Ltd., 2013; Annabel M. Patterson. John Milton Longman Critical Readers [M]. London: Rutledge, 2014; Joseph Ellis Duncan. Milton's Earthly Paradise: A Historical Study of Eden [M]. Minnesota: University of Minnesota Press, 1972; Stephen M. Fallon. Milton's Peculiar Grace: Self-representation and Authority [M]. Ithaca: Cornell University Press, 2008.

❷ William Riley Parker. Milton: A Biography (1) [M]. Oxford: Clarendon, 1968: 591.

善恶之间自由地选择，但堕落打破了这一中立的平衡，意志因此倒向恶的一边，意志失去了选择向善的自由。于是，人性中只剩下向恶的倾向，除非接受上帝的救恩，否则意志别无其他获救的途径，人只能永堕罪的深渊而无法解脱。

从《失乐园》对原罪的描述可以看出，这首诗中关于罪的神学观与改革宗正统神学的"性恶说"非常相近。《失乐园》实际上肯定了奥古斯丁的原罪概念，❶ 认为亚当堕落时，所有人类正存在于亚当之中，并且亚当的罪与败坏以这种方式传递给了所有人。在《失乐园》中，天父说，如果亚当堕落，他就会灭亡，他和他的"子子孙孙都要灭亡"（3.209）。亚当和夏娃在知晓了原罪的概念后变得更加绝望，亚当哀叹道，"我承担它，接受我所该承担的/可是这还不够，我的一饮一食和生殖子孙，都将是咒诅的延长"（10.728-729），更具讽刺意味的是，"他听到的'死吧'的声音恰恰造物主令他'增添繁殖'的命令"（10.730-731）。以上事实表明，《失乐园》并没有否认原罪的存在，因此它也不是简单地继承了柏拉纠主义的观点。甚至可以说，这首诗在原罪的问题上更倾向于改革宗和后改教派神学的观点，它强调原罪的败坏性，反对罗马天主教对原罪的定义，即原罪只是人失去了天赐的正义（rightness）。如在《失乐园》中，亚当想到他未出生的子子孙孙因他而受诅咒，于是问道：

---

❶ 对奥古斯丁和弥尔顿的原罪观的比较研究，可参见：Peter A. Fiore. Milton and Augustine: Patterns of Augustinian Thought in Paradise Lost [M]. University Park: Pennsylvania State University Press, 1981: 42-60.

第四章 人的自由——正教与异端的焦点之争

> 全人类为一个人的犯罪,
> 而使无辜者都判罪?即使他们没有罪?
> 可是他们全都腐败了,心地、意志
> 都败坏了,不但在行为上,在意志
> 方面也和我一样,还能生出什么好的呢?
> ——10.824-828 ❶

这段话表明,亚当堕落的后果是他的后代必然都是"败坏"的,即"所有"亚当的子孙,每个成员从心地到意志都是完全败坏的。这意味着全人类的心地和意志从一出生就是全然败坏的。这个观点与改革宗正统神学的"性恶说"几乎不谋而合。如改革宗正统神学的领军人物伯撒认为,"人的心智和意志"都是"盲目骄横的",❷ 斯蒂芬·查纳克说,人性中包含"黑暗的心智"和"被奴役的意志",❸ 荷列比乌(Johannes Wollebius,1586~1629)❹ 也认为"智力……

---

❶ [英]弥尔顿. 失乐园 [M]. 朱维之,译. 上海:上海译文出版社,1984:399.

❷ Theodore Beza. A book of Christian questions and answers wherein are set joorth the cheef points of the Christian religion [M]. London:William How for Abraham Veale,1574:27.

❸ Stephen Charnock. The Complete Works of Stephen Charnock [M]. London:James Nichol,1864:169.

❹ 荷列比乌,是瑞士新教神学家,遵循改革宗的经院神学传统,是巴塞尔大教堂主教。他的主要著作是《1626年基督教神学纲要》(*Compendium of Christian Theology of 1626*),表明他是改革宗神学的拥护者。荷列比乌的恩典神学认为,在人类堕落后,因着上帝的怜悯而成,人与上帝订立了恩典的约。恩典的约是以基督为中保,从人类堕落开始,传到世世代代。

167

被厚重的乌云遮盖，而意志已经失去了它的清廉"。❶ 阿民念神学在这一点上也赞同改革宗正统神学的观点，也就是说弥尔顿与阿民念神学和改革宗正统神学在原罪观上并无分歧。他们都认为罪蒙蔽了我们的心智，扭曲了我们的意志，因此，堕落的人不能"想善"（think anything good）或"向善"（will anything good）。❷ 以上这些强调理性和意志都败坏了的说法，实际上是在强调人的整体败坏，强调"罪在每个成员身上都打上了烙印"❸。这些类似于"性恶说"的观点不是要强调人的绝对败坏，而是要说明人的败坏的普遍性。加尔文曾断言，"整个人类都淹没在罪中，没有哪个人能幸免"❹。《失乐园》中，亚当说原罪夺取了他的子子孙孙的"心地"和"意志"，米迦勒也说，人性在本质上已堕落腐朽（12.288）。照此推理，堕落的人理性被蒙蔽，人的意志就会屈从于继承自亚当的邪恶意志，因此人也会与亚当犯同样的罪。但在《失乐园》中有所不同的是，罪有两个后果，罪不但导致了人性的完全败坏，还导致了意志在根本上的被奴役。这一点非常重要。《失乐园》中在不断强调未堕落的亚

---

❶ Johannes Wollebius. Compendium Theologiae Christianae：In Reformed Dogmatics（6）[M]. trans. John W. Beardslee. Oxford：Oxford University Press, 1965：93.

❷ Philip Schaff. Articuli Arminiani Sive Remonstrantia [EB/OL]. [2019-10-03]. https：//biblehub.com/library/schaff/the_creeds_of_the_evangelical_protestant_churches/articuli_arminiani_sive_remonstrantia.htm.

❸ Simon Episcopius. The confession or declaration of the ministers or pastors, which in the United provinces are called Remonstrants concerning the chief points of Christian religion [M]. London：Elizabeth Allde, 1676：121.

❹ John Calvin. Institutes of the Christian Religion [M]. trans. Henry Beveridge. Grand Rapids：Eerdmans, 1989：9.

第四章 人的自由——正教与异端的焦点之争

当和夏娃有"堕落的自由"（3.99）之后，安排天父又说"我造成他们自由，他们必须保持自由/直到他们奴役了自己"（3.124-125）。天父的话暗示了堕落对人的自由的重大影响。始祖被造之初，上帝赋予他自由，未堕落的始祖是配得上这自由的，然而对上帝而言，自由并非人性必须的永恒的特性，人自己就能破坏掉自身的自由。亚当和夏娃必须不被自己奴役，才能一直保留他们的自由。在《失乐园》中，"enthralled"一词多处可见，这个词在中文译本中被译作"囚禁"，但本意也有令人着迷、神魂颠倒的意思。在《失乐园》中，始祖夏娃正是被撒旦诱惑得神魂颠倒，才使得自己的意志被束缚，被奴役，才犯了罪；始祖亚当也是因为自己的意志被迷惑，才决定和夏娃一起堕落。罪因不是别的什么，正是因为他们自己。《失乐园》中，"enthrall"（迷住）并不是一个褒义词，而是比喻"被深深地束缚和奴役在罪中，并没有什么精神上的天堂般的享受"[1]，威廉·普林和约翰·欧文把堕落的意志形容为"被诅咒的奴隶",[2] 说它"已经完全败坏了，完全被奴役被束缚"，人"除了做罪人别无选择"。[3]《失乐园》中讲到人性"forfeit and enthralled /By sin"（3.176-177）时，也是指意志因堕落而被奴役和被束

---

[1] Edwin Sandys. The Sermons of Edwin Stmdys [M]. Cambridge: Cambridge University Press, 1841: 21.

[2] William Prynne. God no impostor nor deluder, or an answer to a Popish and Arminian cavil in the defence of the free will and vniuersall grace [M]. London: Elizabeth Allde, 1630: 24.

[3] John Owen. Theomachia autexousiastike: or, A display of Arminianism. being a discovery of the old Pelagian idol free-will, with the new goddess contingency [M]. London: Marshall, 1721: 139.

缚。人类被罪所奴役的重要标志之一，就是他们不愿意寻求甚至不渴望得到主的救恩的力量。因此神子认为，救恩要靠"赐予"的方式传递给人，不能靠人的哀求和请愿。例如，他说：

> 父亲啊，您的话一言为定，
> 人将蒙受恩惠，何不想方设法
> 派遣您长翼的使者中飞得最快的
> 去遍访你的一切生灵，叫他们
> 都前来领受幸福，不受阻挠，
> 不等哀求，也不用请愿！
> 这样前来的人们，真值得庆幸！
> 否则，一经判罪而死，而且沉沦，
> 便永远不得救助……
>
> ——3.226-234[1]

神子说，堕落的人类"永远不得恩典的救助"，是因为他们已经完全"沉沦"，甚至因为罪而"被判死亡"。这里的"死"是个隐喻，指的是精神上的毁灭。这种隐喻常见于后改教派神学的文献，死亡常被用来隐喻人的彻底败坏和完全无助的精神状态。这在讨伐罗马天主教神学的作品中尤为常见，而罗马天主教对改教派的"堕落的人是全然无助的"这一说法大为愤怒。伊拉斯谟曾撰文反对路德，他说，"在蒙恩之前，虽然意志的自

---

[1] ［英］弥尔顿. 失乐园［M］. 朱维之，译. 上海：上海译文出版社，1984：101.

第四章 人的自由——正教与异端的焦点之争

由被罪损伤了,但它并没有死,尽管他跛足,我们也会因此更倾向于恶,但自由并没有毁灭。"❶

后改教派神学旗帜鲜明地主张说人性已经死在了罪恶之中,如威廉·伯金斯形容堕落的意志是"孱弱的、苍白的,甚至已经僵死的"。❷ 约翰·珰汉姆说,亚当的堕落使得人性"不只是小受伤害,不只是败坏了那么简单,人性已经彻底在罪恶中被毁灭了"。❸ 威廉·艾姆斯将人性描述为"已完全淹没在罪恶与死亡之中"。❹ "死亡"的隐喻也揭示了人的意志不自由的程度,说明它已经没有皈依上帝的力量,"就像僵尸不能自己爬出坟墓"❺ 一样。所以,堕落的意志是罪的奴隶,它不能自主,无能自救。阿民念神学和《失乐园》也持同样的观点。例如,西蒙·伊皮斯科皮乌斯谈到"被罪奴役的意志"时认为,"我们摆脱不掉罪恶的痛苦,也不能行真正的善行"。❻ 阿民念认为,人的意志"从堕落伊始便不再自由",因为它"已不只是残废的、虚弱的、扭曲的,而且

---

❶ Erasmus. Collected Works of Erasmus (6) [M]. Toronto: University of Toronto Press, 1974-1993: 26-27.

❷ William Perkins. The Workes of that Famous and Worthie minister of Christ (1) [M]. Cambridge: University of Cambridge, 1608-1609: 552.

❸ Downham. The summe of sacred divinitie first briefly and methodically propounded and then more largely and cleerly handled and explained [M]. London: Peter Parker, 1630: 240.

❹ Ames. The Substance of Christian Religion: or A Plain and Easie Draught of the Christian Catechism [M]. London: H. Middleton, 1659: 14.

❺ William Perkins. The Workes of that Famous and worthie Minister of Christ (1) [M]. Cambridge: University of Cambridge, 1608-1609: 552.

❻ Simon Episcopius. The confession or declaration of the ministers or pastors, which in the United provinces are called Remonstrants concerning the chief points of Christian religion [M]. London: Elizabeth Allde, 1676: 123.

已经被囚禁了,被毁灭了,已沉沦了","堕落的意志只能是一个没有自由的奴隶"。❶

《失乐园》中,对意志的自由被奴役的观点的解释更为深刻,如米迦勒认为,人的自由就是正确的理性,罪让人失去理性,也就失去了自由。米迦勒曾说:

> 原罪之后,真的自由就失掉了。
> 真自由总是和真理结合而同居,
> 离开她就不能单独生存了。
> 人的理性暗淡了,或不服从了,
> 违法乱纪的欲望,向上爬的
> 情绪便马上袭取理性的政权,
> 把本来自由的人降到奴隶的地位。
> ——12.83-89❷

人性失去了"真自由"。意志不再由"真理"统领,于是理性被欲望和罪的情绪袭取了政权。堕落之后,"理性不能治理/意志不听她的命令"(9.1127-1128),人的理性也随之丧失了,人成了罪的奴隶。因此,人性降到奴隶的地位,不是被外在的力量逼迫的,而是受制于自己。用路德的话说,人性"被自身扭曲",被自己趋向罪的欲望奴役,缺

---

❶ Jacobus Arminius. The Works of James Arminius(2)[M]. trans. James Nichols and William Nichols. Grand Rapids: Baker, 1986: 192-194.
❷ [英]弥尔顿. 失乐园 [M]. 朱维之,译. 上海:上海译文出版社, 1984: 455.

第四章 人的自由——正教与异端的焦点之争

乏超越自我、逃避奴役的能力。[1] 不仅如此,《失乐园》中,被奴役的自由不仅仅对人,对堕落的天使同样适用。例如,亚必迭对撒旦说,"你自己并不自由,作了自己的奴隶"。人性被自己奴役,就失去了随意选择的权力,意志再也不能在善恶之间保持中立,它会不可避免地趋向恶。

《失乐园》对被奴役的自由的解读远远没有止于此,在解释了自由和理性与原罪的关系之后,米迦勒又接着说,意志上的不自由是一切形式的暴政的根源。

> 因此,自从允许他自己内心
> 不适当的力量统治自由的理性之后,
> 上帝就凭正确的审判,判他服从
> 外来的暴君,时常不适当地
> 束缚他的外部自由[2];暴君必然
> 存在,虽然对暴君不能原谅。
> ——12.90-95[3]

值得注意的是,在米迦勒的这番话中,奴役纯粹是自我引起的,是"允许自己内心不适当的力量统治自由的理性"(12.90-91)的结果。由于暴政而失去的外在的自由,也是这种自我引发的、丧失内在自由的后果。这就是

---

[1] Martin Luther. Luther's Works (25) [M]. St Louis and Philadelphia: Concordia and Fortress, 1958-1986: 245, 291, 345, 351.
[2] 这里的外部自由指的是行动、言论、出版等自由。
[3] [英]弥尔顿. 失乐园 [M]. 朱维之,译. 上海:上海译文出版社,1984:455.

说，暴政是人失去内在自由的后果，而亚当的子孙有既定的原罪，没有真正的自由，所以暴政是必然的。要推翻暴政，首先要恢复人的内在自由，摆脱意志被奴役的状态。但人不能自我解救，因此，上帝的恩典是唯一途径。

在"人的意志是被奴役的""已在罪中死亡"这个问题上，改教派神学、改革宗正统神学和阿民念神学的观点是一致的，《失乐园》也反映了这一观点。但《失乐园》的独特之处在于，在人性被奴役这件事上，作品并未将被奴役的主体"人性/意志"作为强调的重点，而是十分强调意志受奴役的客体，即被谁奴役。《失乐园》中更加强调人有选择自我奴役的权力，亚当和夏娃是主动被奴役的（3.125），而并非罪的受害者。这一认识与改革宗正统神学和阿民念神学的认识有所不同。在《失乐园》中，意志的被奴役不能简单地理解成对人的自由的否定，应该看作亚当和夏娃享有绝对的自由，他们甚至可以选择放弃自己的自由。这听上去似乎是个悖论，不过奥古斯丁之前已经讲过类似的话，"自由意志的滥用使得人毁掉了自由和人自己"，"人在自由中失去了自由"。❶艾米尔·布鲁内尔（Heinrich Emil Brunner, 1889~1966）❷也有过类似的比喻，他说："我们一直炫耀我们的自由，现在却失去了自由，这就像人大声地尖叫，因叫得太

---

❶ [古罗马] 奥古斯丁. 论信望 [M]. 许一新, 译. 北京：生活·读书·新知三联书店, 2009：143.

❷ 艾米尔·布鲁内尔，瑞士籍新教神学家、新正统神学家，曾与卡尔·巴特共同推动了20世纪上半叶欧洲德语系国家的"新正统神学运动"（或称为"辩证神学运动"），并一直是该神学主张的代表人物。

用力而失了声。"❶ 威廉·艾姆斯形容罪像是"讨价还价，犯罪的人为了享乐或追求短暂的快乐而疯狂地将自己卖为了奴隶"❷。《失乐园》中的亚当和夏娃也是这样自由地放弃了自己的自由，他们因为尖叫声太大而失了声，他们选择了"别无选择"。❸ 这个别无选择的选择不是一次性的瞬间行为，而是持续行为。选择堕落之后，人的意志"总是"在自由地选择自我奴役，"心甘情愿地服从""暴君"统治，"做他的奴隶"，甚至"亲吻脚镣，不愿意接受自由"。❹ 威廉·艾姆斯认为，虽然堕落的人类"沦为最悲惨的奴隶……"他们却不希望"摆脱这种奴性的枷锁"，因为"他们精神思想已被这个奴隶制度牢牢地控制了"。❺ 奥古斯丁认为，虽说堕落的意志受了罪的奴役，却自由地接受了这样的奴役。❻ 在《失乐园》中，意志也是自由地囚禁了自己，虽然它一直在选择，好像它还有自由，但实际上已失去随意选择自由和理性的力量。

---

❶ Emil Brunner. Man in Revolt: A Christian Anthropology [M]. trans. Olive Wyon. London: Lutterworth, 1939: 135.

❷ Ames. The Substance of Christian Religion: or A Plain and Easie Draught of the Christian Catechism [M]. London: H. Middleton, 1659: 29.

❸ C. S. Lewis. A Preface to Paradise Lost [M]. Oxford: Oxford University Press, 1942: 102.

❹ Thomas Watson. A Body of Practical Divinity [M]. London: Formerly Minister at St. Stephen's, 1692: 86.

❺ Ames. The Substance of Christian Religion: or A Plain and Easie Draught of the Christian Catechism [M]. London: H. Middleton, 1659: 25-26.

❻ [古罗马] 奥古斯丁. 论信望 [M]. 许一新, 译. 北京: 生活·读书·新知三联书店, 2009: 30.

小　结

　　这一章讨论了《失乐园》对"宿命论"和"人的自由"这一对关系的诠释。在这个问题上,《失乐园》基本采用了阿民念神学的观点,反对加尔文的宿命论神学对人的自由的解释。对于自由和道德责任,《失乐园》提出了"没有可选择性的自由不是真正的自由,没有自由前提的道德责任不是道德责任"这一神学命题。这是继承了阿民念神学的自由观。在《失乐园》中,"人的自由"(human freedom)一词,在阿民念神学中的术语为"中立的自由"(liberty of indifference),指的是意志由理性指引,理性给予意志判定是非和向善的能力,但意志在各种可能性之间保持中立,有权决定自己的未来。因此,亚当和夏娃在堕落的过程中做出的所有选择都具有偶然性,而且正是因为亚当和夏娃有选择的自由,堕落才成为可能。人有无限的自由,始祖自由地选择了堕落。堕落不是被迫的,是人的意志纯粹而自由的行为,完全是人自主的决定。还需要特别指出的是,在《失乐园》中,堕落既被看作对自由的否定,同时堕落本身也被看作自由的表现。在对原罪的解释上,《失乐园》部分继承了改革宗正统神学的"性恶说",认为未堕落的意志拥有多种选择,有选择的权力,也有实现选择的能力,但堕落了的意志彻底失去了之前的一切可能和能力。堕落后,人性变得盲目,因此视野大大地受到了限制,变得狭隘。这样败坏了的人性再也不能自我提升,不能超越自己已掌握的真正的自由,因为它已经失掉了真正的自由所必需的各种选择的可能性。换句话说,意志这种受奴役的状态必须不能由外力来解放,为了重获自由,意志必须自我解脱。下一章将讨论在《失乐园》中,弥尔顿如何解释普救论与自由的关系;《失乐园》如何以普救论为出发点,描述了原罪对人性的败坏作用;为何《失乐园》认为堕落的人性只能是败坏的、受奴役的;为何作品主张被亚当毁掉的人类,可以通过神子耶稣重新获得蒙恩的可能,还可以被上帝的恩惠拯救,进而被还原为"一个更伟大的人"(1.4-5)。

第五章

归正
——自由对先在恩典的选择

第五章 归正——自由对先在恩典的选择

如果把《失乐园》这部长诗看作一个叙事故事,这个故事便有一个关键的点,所有的故事情节都是从这个点"辐射"开来,即夏娃摘取并吃下禁果的那一刻。沃尔特·雷利爵士说,《失乐园》中"所有的事件,所有的诗行都是从第九卷的那些行诗中牵扯出来的"。❶

受这种论点的影响,蒂利亚德为代表的一些学者认为,相比顺从、拯救、恩典等命题而言,堕落才是这首诗最核心的主题。❷ 如雷利爵士认为,《失乐园》中的所有行为都与堕落有关;之后也有学者提出了不同看法,如瓦尔多克,他对整首诗进行了条分缕析的批判,认为以堕落事件为核心是整首诗的一大败笔。瓦尔多克的批评和分析赢得了很多学者的支持,有些原来支持雷利爵士看法的学者也转而支持了瓦尔多克。在这场关于《失乐园》核心主题的论争中,学者们发现一个重要的新的研究主题——归正的问题。后来,蒂利亚德也推翻了自己之前的论断,认为应该对《失乐园》的核心主题做出"平衡的调整"(adjustment of balance),❸ 将亚当和夏娃再生后的行为作为全诗的核心。蒂利亚德将一直被人们忽视的归正问题提出来,放到了全诗问题的中心,然后才有学者逐渐认识到,对"归正"这个场景的描述在《失乐园》中的重要意义。例如,杰拉德·A. 威尔克斯(Gerald

---

❶ Waiter Raleigh. Milton [M]. London: Edward Arnold, 1900: 81-82.
❷ James Holly Hanford. A Milton Handbook [M]. New York: Appleton, 1961: 213; E. M. W. Tillyard. Studies in Milton [M]. London: Chatto & Windus, 1951: 245-249.
❸ E. M. W. Tillyard. Studies in Milton [M]. London: Chatto & Windus, 1951: 51.

A. Wilkes，1927~）❶论证了神义论背景下"归正"在整首诗中的重要性，认为亚当和夏娃的归正，揭示了"上帝的护理"（the providence of God）对始祖"由恶向善"的操纵。❷帕得里德斯（C. A. Patrides，1930~1986）认为，亚当和夏娃的归正是"《失乐园》中最难理解又最重要的事件之一"。❸罗伯特·克罗斯曼说道，第十卷最后几行描述亚当和夏娃"忏悔的眼泪洒满大地，祈求宽恕"（10.1101-1102）的场景，"也许可以看作弥尔顿这首诗的最伟大的时刻"❹。对于另一些读者来说，这个场景只是描写了亚当和夏娃在忏悔中"重新做回了普通的夫妻"❺，不过是描述了两个已经疏远的人的和解，他们通常不会联想到其中的神学意义。迈克尔·怀尔丁则认为，"这几行诗出现在第十卷末只是为了显示人的尊严"；❻甚至蒂利亚德也没有提到这个场景的神学意义，只把它看作"两个普通的人……重新在一起的普通仪

---

❶ 杰拉德·A. 威尔克斯，悉尼大学澳大利亚文学教授，主要从事澳大利亚文学研究，编辑了许多澳大利亚文学著作，包括《澳大利亚文学：概论》《澳大利亚文学史：另一种观点》《侦查：威尔克斯澳大利亚文学随笔》《〈失乐园〉论文集》等。

❷ Gerald A. Wilkes. The Thesis of Paradise Lost [M]. Melbourne: Melbourne University Press, 1961: 35-36.

❸ C. A. Patrides. Milton and the Christian Tradition [M]. Oxford: Clarendon, 1966: 210.

❹ Robert Crosman. Reading Paradise Lost [M]. Bloomington: Indiana University Press, 1980: 204.

❺ John B. Broadbent. Some Graver Subject: An Essay on Paradise Lost [M]. London: Chatto & Windus, 1960: 266.

❻ Michael Wilding. Milton's Paradise Lost [M]. Sydney: Sydney University Press, 1969: 107.

第五章 归正——自由对先在恩典的选择

式"❶。弥尔顿在《失乐园》中写这样一个场景的目的当然不只是描绘一个"普通的仪式",而是为了展示上帝的善最终战胜了恶。在这一场景中,上帝的善使亚当和夏娃摆脱痛苦,也让他们借由上帝的恩典得以重生。如果单独看这一场景,也许上述那些学者的论述都很有道理,但是只有将归正放在人的堕落这个大的背景中,认识到没有堕落就没有之后上帝的恩典,也就不会有亚当和夏娃的归正,这样我们才能完全理解归正这一场景的神学意义。

在前十卷,《失乐园》一直在叙述,自从"人类最初违反天神命令/偷尝禁树的果子"(1.1-2),人性就彻底败坏了,人的自由已成为罪专制权力下的奴隶。从第十一卷开始,在"一个更伟大的人/为我们恢复乐土"(1.4-5)后,堕落和意志的被奴役就不再是故事内容的焦点。上帝并没有将人性留在堕落状态之中置之不理,而是对人施以恩典和护理,让它战胜原罪,将人的意志从黑暗的囚禁中解放了出来。罗兰·弗莱(Roland M. Frye,1921~2005)❷说,整部《失乐园》都在"维护永恒的恩典",它"更关注的是恩典

---

❶ E.M.W.Tillyard. Studies in Milton [M]. London: Chatto & Windus, 1951: 43.
❷ 罗兰·弗莱,是美国英语文学学者和神学家,长老会的长老。曾获美国哲学学会授予的托马斯·杰斐逊奖、亨利·艾伦·莫伊奖的人文科学奖、约翰·弗雷德里克·刘易斯奖,代表作包括《弥尔顿的意象与视觉艺术:史诗中的肖像传统》《上帝是神创论者吗:反对创造科学的宗教案例》《莎士比亚与基督教主义》《读者的圣经,一种叙事:英王钦定本选集》《人文学观与基督教传统》《上帝的语言和女权主义的语言:问题和原则》《关于夫妻之爱的清教教义》等。

的胜利而不是人的犯罪"。❶ 实际上，在《失乐园》中，通过描述上帝对堕落的人类施以恩典和仁慈、将恶转化为善这样的过程，把堕落的破坏力纳入了上帝护理的总体框架之内。亚当和夏娃的堕落并不是故事的终结，在这之后，还有更重要的情节，"更多的光荣归于上帝，更多上帝的善意归于人，胜过他的圣怒而慈惠满溢"（12.476-478），上帝的"慈惠将会始终如一贯地，永古光华四射"（3.134）。

第一节　普遍的先在恩典是恢复和维持自由的依靠

在第十卷的末尾，弥尔顿描写了亚当和夏娃"眼泪/洒满大地"（10.1101-1102），忏悔了他们的罪，求得了上帝的赦免。帕得里德斯说，这是个"意料之外、不循常理的事"❷。约瑟夫·萨默斯也指出，"我们找不到理由，也没有看到这个场景中有什么东西在暗示我们，让我们可以预见到亚当和夏娃在欲望泛滥，仇恨满怀之后，还可以再次点燃爱

---

❶ Roland M. Frye. God, Man, and Satan: Patterns of Christian Thought and Life in Paradise Lost, Pilgrim's Progress, and the Great Theologians [M]. Princeton: Princeton University Press, 1960: 70.

❷ C. A. Patrides. Milton and the Christian Tradition [M]. Oxford: Clarendon, 1966: 210.

第五章 归正——自由对先在恩典的选择

的火炬，在陷入绝境之后，还有重生的可能"❶。的确，除了上帝的恩典，我们再也找不到任何理由可以解释亚当和夏娃的归正行为了。亚当和夏娃最终能幡然醒悟、彻底悔改，只能说是上帝的恩典结果。在第十一卷开头，旁白就解释了第十卷末的这个场景，说他们的悔改应归功于受了恩惠。

> 他们这样谦卑地站着忏悔，
> 祈祷，盼望慈悲的高座上赐下
> 预期的恩惠，除去二人心中的
> 石块，然后长出新鲜的再生肉
> 来填补它，祈祷的精灵发出那
> 说不出来的叹息……
>
> ——11.1-7❷

需要注意的是，在这一段描述亚当和夏娃归正的叙述中，出现了诸多《圣经》典故和神学术语。❸ 在这些典故和术语中，"先在恩典"这个神学概念的出现尤为重要，因为这个概念是理解《失乐园》归正神学观的基础，也是后改教

---

❶ Joseph H. Summers. The Muse's Method: An Introduction to Paradise Lost [M]. London: Chatto & Windus, 1962: 108.
❷ [英] 弥尔顿. 失乐园 [M]. 朱维之, 译. 上海：上海译文出版社, 1984: 410.
❸ 《圣经》典故，如"心中的石块"（以西结书 11: 19: 我要使他们有合一的心，也要将新心放在他们里面，又从他们的肉体中除掉石心，赐给他们肉心）；"说不出的叹息"（罗马书 8: 26: 我们本来不知道怎样祷告，只是圣灵亲自用说不出来的叹息，替我们祷告）。神学术语，如谦卑（plight）、忏悔（repentant）、祈祷（pray）、慈悲（Mercy）、先在恩典（Prevenient Grace）、精灵（Sprit）等。

运动时期，关于恩典和归正的争论中最主要的命题之一。

奥古斯丁之后，中世纪神学把恩典分成两种类型：唤起式、操控式的先在恩典（Prevenient Grace）和帮助式、协作式的后施恩典（Subsequent Grace）。对于像安瑟伦、圣伯纳和阿奎那这样的神学家来说，先在恩典是上帝的工作，是为人能得到后施恩典而作的准备，其中不包含任何人的合作行为。而邓斯·司各脱、奥卡姆（William of Ockham，约1285~1349）❶、加布里埃尔·比尔（Gabriel Biel，1420~1495）❷则认为，堕落了的人类仍然有能力为接受后施恩典做好准备。新教中的改革派支持前者的观点，他们确信意志在接受先在恩典开始归正的那一刻是完全被动的。为此加尔文写道，堕落的意志蒙受"先在恩典""完全靠上帝的力量归正"，在它已经被"完全转化和修复"之前，意志没有"半点能力"来配合上帝的恩典。❸天主教反对新教的这个说法，强烈谴责这个观点：被上帝唤起的人的自由意志，接受了上帝的召唤但不会与上帝合作，也不能以任何方式为拯救自己

---

❶ 奥卡姆的威廉，又译为奥坎、奥康，14世纪逻辑学家、圣方济各会修士。1322年前后他发表的一些言论，主张教会不应拥有私人财产，与当时的罗马教廷不合，被教皇约翰二十二世宣布为"异端"，1324年囚禁在法国亚威农教皇监狱。教会聘请6位神学家专门研究其著作，有51篇被判为"异端邪说"。1328年5月，他越狱逃往意大利比萨城。后定居慕尼黑，死于黑死病。主要著作有《箴言书注》《逻辑大全》《辩论集7篇》等。

❷ 加布里埃尔·比尔是德国哲学家，也是温德斯海姆（Windesheim）教会成员，是共同生活弟兄会的文员，支持奥卡姆的唯名论的观点，"是为数不多的建立神学体系而不招致非正统指控的唯名论主义者之一"。代表作有《论货币的权力和效用》《圣典的神秘感》《世外桃源缩影》等。

❸ John Calvin. Institutes of the Christian Religion [M]. trans. Henry Beveridge. Grand Rapids: Eerdmans, 1989: 7.

第五章 归正——自由对先在恩典的选择

做准备。天主教反改教派❶的论点是,先在恩典不会独自为人类的拯救做准备,但它会帮助人做准备,并赋予人做准备的能力。对"先在恩典"的解释也是阿民念神学和改革宗正统神学的主要分歧所在。两者之间争议的焦点在于归正是可抗拒的还是不可抗拒的行为方式。弗朗西斯·塔瑞庭认为,归正的"可抗拒与否"是阿民念神学和改革宗正统神学之间争议的原则性关键问题,❷ 阿民念说只要解决了有关恩典的争论,就可以解答这个问题——"上帝的恩典是必需的、不可抗拒的力量吗?"❸改革宗正统神学的"不可抗拒的恩典"的理念,肯定了恩典的可靠功效,承认人的意志在归正的那一刻是被动而为的,认为人的意志已完全败坏,因此具有被动性。对于那些不论是在自由意志方面、在向善的能力方面、在接受上帝的恩典的能力方面、在准备归正的能力方面都还没有得到拯救的人,他们只能寻求上帝的护理。因此,人无法自己做好归正的准备,他们只能"降伏"于上帝"所向披靡"的恩典,"无法抗拒"地归正,并且在归正之始,

---

❶ 反改教运动(Counter Reformation)是罗马教会的自我改革运动,以特利腾大公会议(Council of Trent)为标志,是欧洲天主教势力针对马丁·路德的反对宗教改革的运动。会议回应了马丁·路德极力攻击的各项教义问题,如"罗马教会的一切传统教说,与《圣经》具有同等地位""所有基督徒必须承认教皇之神圣性";宣布马丁·路德所谓因信仰而获赎罪(因信称义)之说为异端;罗马教会之所有神官、主教及人主教都必须以基督之清静生活为道德标准。

❷ Francis Turrentin. Institutes of Elenctic Theology [M]. trans. George Musgrave Giger. Phillipsburg: P & R, 1992-1997: 15, 6, 1.

❸ Jacobus Arminius. The Works of James Arminius (1) [M]. trans. James Nichols and William Nichols. Grand Rapids: Baker, 1986: 664.

人的意志还处在"纯粹的被动状态"。[1] 人的再生和他最初来到这个世界时一样，都是被动的；并且先在恩典是只针对"选民"的归正而施的"无法抗拒的恩典"，其中没有任何人的合作行为。与改革宗正统神学的观点相反，阿民念神学"可抗拒的恩典"的理念，肯定恩典的普遍性以及与上帝的恩典的合作过程中人的意志的主动性。与此相对，阿民念神学则主张，上帝的恩典和人的意志的合作都会对归正的效果产生影响。先在恩典的影响会赋予堕落的意志与上帝的恩典合作的能力，人也会就此被唤醒归正的心。先在恩典是普施的，但不会总是奏效，堕落的人仍保有意志的自由，仍有抗拒圣灵的能力，仍可以拒绝上帝赠予的恩惠。简而言之，对于阿民念神学，先在恩典的前期影响只是归正的必要条件，而对于改革宗正统神学，先在恩典的影响是归正的充分条件。

在《失乐园》中，旁白一讲到"先在恩典"这个词，立刻就会让人想到神学史上关于这个概念的各种争论。"先在恩典"一词出现在《失乐园》的诗行中，这意味着弥尔顿对这一颇具争议的神学命题也有话要说。首先，这首诗中的"先在恩典"的概念内涵与之前提到的罗马天主教神学里的概念完全不同。关于恩典的不可抗拒性，《失乐园》主张，"人的心有为救赎做准备的能力，也有抵制救赎的能力"。在第三卷中，神子曾对天父说：

---

[1] Johannes Wollebius. Compendium Theologiae Christianae; in Reformed Dogmatics (10) [M]. trans. John W. Beardslee. Oxford: Oxford University Press, 1965: 1.

第五章 归正——自由对先在恩典的选择

> 父亲啊,您的话一言为定,
> 人将蒙受恩惠;何不想方设法
> 派遣您长翼的使者中飞得最快的
> 去遍访你的一切生灵,叫他们
> 都前来领受幸福,不受阻挠,
> 不等哀求,也不用请愿!
> 这样前来的人们,真值得庆幸!
> 否则,一经判罪而死,而且沉沦,
> 便永远不得救助……
>
> ——3.226-234 ❶

神子的这番话既强调了人的意志在回归上帝时的全然无能为力,也显示了上帝在向人施以恩典时的绝对主动权。堕落的人,失去了意志的自由,甚至失去了主动寻求恩典帮助的能力,但上帝也会赐予这样的人恩典。因此,恩典是无法阻止的,或者说是无法准备的,因罪而死的堕落的人,不能以任何方式为得救赎而做准备。在先在恩典的"不可抗拒性"的问题上,《失乐园》显然是站在改革宗正统神学的立场上反对罗马天主教的反改教派的主张。值得一提的是,当时在英格兰和新英格兰清教徒中正在流行"准备论"(prepa-

---

❶ [英] 弥尔顿. 失乐园 [M]. 朱维之,译. 上海:上海译文出版社,1984:101.

rationism)❶，主张人可以为接受先在恩典做好准备。例如，托马斯·胡克（Thomas Hooker, 1586~1586）❷写道："只要心安定了，准备好了，主耶稣就即刻进到你的心里去"❸；约翰·科顿（John Cotton, 1584~1652）❹说，"如果我们为他铺平道路，那么他就会走进我们心里"❺。尽管弥尔顿是最著名的清教徒神学家之一，但是《失乐园》中"不可抗拒"的恩典观和归正观并没有支持"准备论"，而是延续了改革宗正统神学的观点，主张准备工作只是上帝一个人的工作，"堕落的人已在罪中死去，不能借助自己的力量归正，也不能为去到天国做任何准备"❻。在《失乐园》中，归正始于上帝的施恩，而不是始于人心的自我准备。换言之，恩典本身就预先存在，人接受或者不接受，它都施加在每个人身上，因此不可抗拒。神子耶稣指出，人之所以"真值得庆幸"，正是因为恩典不可抗拒，"否则，判罪而死，而且沉

---

❶ "准备论"17世纪流行于英格兰和新英格兰的清教徒之中，主张堕落的人可以自己采取措施准备归正，而且应该鼓励这样做。"准备论"提倡人们在归正之前先要做一系列的准备工作，如阅读《圣经》、参加崇拜、听布道、祈求圣灵的恩赐等。

❷ 托马斯·胡克是一名杰出的清教徒殖民地领袖，创建了康涅狄格州，被称为康涅狄格之父。

❸ Thomas Hooker. The Soules Implantation [M]. New York: AMS Press, 1981: 170.

❹ 约翰·科顿，清教徒牧师和作家，生于英格兰的德比郡，1633年，科顿为逃避斯图亚特王朝对清教徒的迫害到了美国。在任马萨诸塞波士顿教堂牧师期间，科顿成为新英格兰最受尊敬的领导人之一。著有专门为儿童写的《儿童箴言录》（1646）。

❺ John Cotton. Christ the Fountaine of Life [M]. New York: Arno, 1972: 40-41.

❻ Westminster Assembly. The Westminster Confession of Faith [M]. Loschberg: Jazzybee Verlag, 1994: 623.

第五章 归正——自由对先在恩典的选择

沦，便永远得不到救助了"(3.232-233)。人在堕落的状态下，不能为恩典做准备，所以寻求恩典的举动就是回应恩典的行为。正如路德所说，"对上帝的恩典的希冀、渴望、寻求和响应，不是因我们的意志而生的，而是先在恩典的礼物"。[1] 因此在《失乐园》中，神子耶稣说，"人必蒙恩"，这讲的不是人的自我准备，而是在讲恩典的绝对主动权。可以说在"准备"的问题上，《失乐园》的观点与改教派的观点一致，但在特定恩典和不可抗拒恩典这两个问题上，《失乐园》中的观点又与改革宗正统神学的观点大不相同。改革宗正统神学认为，上帝的恩典有特定性，只针对特定数量的已被选定的堕落的人。在《失乐园》中，"恩典战胜罪恶"这个短语就是用来特指恩典的普遍性，意味着"恩典遍访一切生灵"(3.230)，上帝的"慈爱覆庇他一切的造物，不断地以善胜恶"(12.565-566)。在改教派神学中，普救论也是一个显要的论题。他们认为，恩典是针对所有人普施的，但只有以真诚为回应，才能得到救恩，而且只有被特别选定的人才能完成这样的回应。因此，在改教派的神学中，普救的恩典只不过是假设性的普救论。原则上，上帝对所有人施恩，但事实上，只有那些被特别预定的人才会得到恩典。阿民念神学与之不同之处在于，它肯定上帝"确实想要拯救所有人"，并且，上帝的恩典足够多到可以分给所有人，上帝不会遗弃任何一个人。在《失乐园》中，上帝的恩典更是完全意义上的普救恩典，是对所有种类的每一个人的恩典，赐

---

[1] Martin Luther. Luther's Works (29) [M]. St Louis and Philadelphia: Concordia and Fortress, 1958-1986: 125.

予所有在堕落中被奴役的败坏了的人。在第三卷的这段诗中（3.227-233），神子耶稣将上帝的恩典比喻成"飞得最快的长翼天使"，这就是在表明上帝准备要对"一切生灵"施恩，因为在弥尔顿写的十四行诗的第十九首里面，有"在上帝的万千吩咐中，恩典飞得最快"这样的诗句。将这一句诗与《失乐园》中神子的话对照，就可以明了，上帝的恩惠就是那"飞得最快的长翼天使"。这恩惠的天使迫切想要拯救的，不是特定人选，而是一切造物，是所有"经判罪而死，而且沉沦"的堕落的人。

在《失乐园》中，上帝的普遍救恩与原罪造成的人的普遍败坏直接对应，与撒旦"把受蛊惑的人类全部带到阴间去"（3.161）的计划相抗衡。上帝计划通过恩典"拯救……失坠的全人类"（3.279-280），因此，上帝的先在恩典是对全人类的。正如阿民念所说，"这恩典源自上帝对所有人的爱"[1]。《失乐园》在此基础上对上帝的爱与恩典的作用做了进一步的解释，它认为先在恩典不仅将人从"判罪而死，而且沉沦"的状态中拯救出来，获得了重生，而且把人的意志从受原罪奴役的状态中解放了出来，让人重新获得了自由，也就是说，所有人堕落之后失去的中立的自由通过先在恩典得以恢复。《失乐园》中，天父对所有堕落的人说：

> 我要再一次恢复他失去的权力，
> 虽然因犯罪而被剥夺、被奴役，

---

[1] Jacobus Arminius. The Works of James Arminius（2）[M]. trans. James Nichols and William Nichols. Grand Rapids: Baker, 1986: 722.

第五章 归正——自由对先在恩典的选择

> 因为非分的妄想而蒙受污损。
> 只要他得到我的帮助,就可再次
> 使他能同死敌站在敌对的地位,
> 有我的帮助,他就会知道
> 他坠落的情形是何等的不妙,
> 也会知道他的拯救完全靠我。
> ——3.175-182[1]

这段话表明,人因为犯罪失去的"权力"和"被奴役"的状态,会因上帝的恩典"再一次恢复"。上帝会将被奴役的意志解放出来,恢复人被剥夺的自由。这说明上帝的施恩行为也是一种恢复行为,旨在转化堕落对人的破坏性影响,恢复原有的人性和自由。阿民念也曾有过类似的论述,他说,"先在恩典让那些被征服的和已堕落的人重新站起来",并"给予了他们新的信心和力量"。[2] 弥尔顿在《教义》一书中说,再生的恩典"恢复了人天赋的正确判断力和自由意志"[3]。因此,在《失乐园》中,上帝的恩典可以拯救所有人,人类"能够"再一次"站稳",意志失去了的自由可以恢复到堕落前的中立状态。这就是《失乐园》中先在恩典的意义。

---

[1] [英] 弥尔顿. 失乐园 [M]. 朱维之, 译. 上海: 上海译文出版社, 1984: 99.

[2] Jacobus Arminius. The Works of James Arminius (2) [M]. trans. James Nichols and William Nichols. Grand Rapids: Baker, 1986: 700.

[3] John Milton. Complete Prose Works of John Milton (6) [M]. New Haven: Yale University Press, 1953: 461.

在《失乐园》中，意志已经失去了"平衡状态"下的中立的自由，再也不能泰然自若地站在善与恶之间，意志如今倾向于恶，虽然有正确的理性引导，但受罪的强烈欲望的控制，因此，意志无法选择向善。但意志这种罪的倾向和被奴役的状态会被上帝的先在恩典征服和解救。人的意志会因为有向善、向义的可能，"再一次"得到解救，并被重新放置在平衡中立的状态。阿民念宗神学家约翰·古德温说，上帝的恩典使人类能够自主决定"愿意得到被拯救可能，或者……不愿意得到这个可能"[1]。阿民念将先在恩典看作对中立自由的恢复，认为恩典让每个人有能力自由地接受或者拒绝恩典。《失乐园》对此也持同样的观点。《失乐园》中，先在恩典将意志的选择能力恢复到平衡中立状态，意志不再受任何外界因素的影响，意志能在善恶之间任意选择。

因此，在《失乐园》中，恩典的拯救行为不是一种对人性的净化或对罪恶意志的转化行为，而是上帝维护人的自由的行为，上帝说，人性的力量"由我所施与……完全靠我"（3.178-180），这句话的意思是说，人在堕落的状态下，只剩下罪恶的"虚弱"（3.180-181），但在脆弱与堕落之中，上帝的恩典"支撑"（uphold）着他们。"支撑"这个隐喻让人联想到人被上帝之手悬于深渊之上的画面，它暗示着人已堕落，并且，他们的本性时刻都有堕落的可能，但同时，上帝的恩典也时刻在阻止他们的继续堕落。改革宗正统神学常用这一画面来描述上帝对造物的护理（providence）。改革宗

---

[1] John Goodwin. The Remedie of Unreasonableness [M]. London: Peter Parker, 1650: 8.

第五章　归正——自由对先在恩典的选择

正统神学认为，上帝创造的这个世界来自"虚空"（nothingness），造物"像一个悬在空中的球，必须靠上帝支撑，失去了这个支撑，他就会像球落在地上一样落回虚无"[1]，它会一直保持着回到虚空的倾向，因此，造物时刻需要依靠上帝的护理的"支撑"以免沉落到"虚无"（non-being）的深渊。威廉·艾姆斯说，"造物掌握在上帝手中，上帝抓住他们以防他们回归虚空，如果没有上帝的支撑，每一个造物都会回到原来的虚空之中"[2]。阿民念神学也强调上帝的护理的作用，认为"如果我们相信所有的一切都从虚无中产生，那么，那创造了这一切的强大的手必须保护和支撑他们以防止他们再回到虚无"[3]。

《失乐园》对上帝起到的护理的作用和护理对象的解释，与改革宗正统神学及阿民念神学都有所不同。在《失乐园》中，上帝的护理旨在维护人的自由而不是维持人的存在。在这首诗中，造物不是来自虚无，而是来自上帝自身的元物质，造物就是上帝本身，因此，既然造物并非出自虚无，也就没有回归虚无的倾向。所以，上帝的护理的主要作用在于维护人的自由而不是维持人的本体存在。不仅如此，在这首诗中，上帝的恩典支撑的对象也不是人的存在而是人性的自由。自堕落以来，人的自由就倾向于恶，若非上帝的恩典支

---

[1] Thomas Boston. Commentary on the Shorter Catechism (1) [M]. Edmonton: Still Waters Revival Books, 1993: 188.
[2] William Ames. The Substance of Christian Religion: or A Plain and Easie Draught of the Christian Catechism [M]. London: H. Middleton, 1659: 69.
[3] Robert Leighton. Theological Lectures [M]. London: Thomas Ward and Co., 1839: 98-99.

撑，它必然会倒向恶的一边。恩典将意志恢复到中立状态，阻止意志向自我奴役的状态倾斜，使它能够"再一次"站立，由自我决定来选择善恶的能力。弥尔顿在《教义》中说，"上帝的恩典赐予我们自由行动的力量，那是堕落后我们已经失去的力量"❶。这就是说，普遍的先在恩典并不是确保救赎的恩典，而是通过恢复人的自由，确保获救的可能性的恩典，正如丹尼斯·丹尼尔森所说，"上帝的恩典告诉了我们人的悔改是可能的……但没有说人最后都悔改了"❷。这意味着，人的意志可以依靠上帝的恩典摆脱原罪的奴役得以"站稳"，就具有了接受或者拒绝恩典救助的能力，但拯救的结果是不确定的。在《失乐园》中，上帝这样解释他的拯救计划：

> 其中有些人，我要赐给特殊恩宠，
> 被挑选来置于其他人等之上。
> 这是我的意志；其他人等，
> 要听我的呼唤，我要时时警告
> 他们犯罪的征兆，警告他们
> 要恰当地趁施恩的时机，止息
> 神的怒气，因为我将充分清除
> 他们阴暗的感觉，软化他们的
> 铁石心肠，能祈祷、悔改、适当的顺从。

---

❶ John Milton. Complete Prose Works of John Milton（6）[M]. New Haven: Yale University Press, 1953: 457;

❷ Dennis R. Danielson. Milton's Good God: A Study in Literary Theodicy [M]. Cambridge: Cambridge University Press, 1982: 88.

第五章 归正——自由对先在恩典的选择

> 这祈祷、悔改、正当的顺从，
> 只要能有真诚，我的耳朵并不迟钝，
> 我的眼睛也不会紧闭的。
>
> ——3.183-194[1]

这番话表明，拯救计划有一个不言而喻的前提——先在恩典。因为恩典先在，所以每个人都有得救的可能。上帝会特别挑出一些人"赐给特殊的恩宠"，但上帝的救赎也召唤所有"其他人等"，上帝对所有人发出邀请，只等他们的回应。在《失乐园》中，亚当和夏娃的归正不是因为"特殊的恩宠"，而是他们回应了上帝的邀请。总之，先在恩典的力量为所有人提供了归正的可能。

虽然一些改革宗正统神学家否认恩典的普遍性，但大部分人都承认，在某种意义上讲，上帝邀请了所有人参加救恩计划。例如，荷列比乌写道，即使是"无赖"，"只要他们信仰上帝，也感受到了热切的召唤，上帝也会拯救他们"[2]。但改革宗正统神学对绝对堕落说的解释意味着，除了被拣选的人，任何人都不符合普救的条件，被拣选的人就是那些蒙不可抗拒的恩典再生的人。根据改革宗正统神学的这一解释，能得到救恩的人数大大地减少了，而且只有上帝知道谁是被拣选的，谁才能得到救赎。阿民念神学普救观与之相反。它认为，上帝会提供足够多的恩典以消除罪的影响，让所有堕

---

[1] [英]弥尔顿. 失乐园[M]. 朱维之, 译. 上海：上海译文出版社，1984：99.

[2] Johannes Wollebius. Compendium Theologiae Christianae: In Reformed Dogmatics (1) [M]. trans. John W. Beardslee. Oxford: Oxford University Press, 1965: 202.

落的人都能得到拯救。就如西蒙·伊皮斯科皮乌斯所写,"上帝以福音召唤罪人,赐给他们足够多的恩典,好让他们信仰和服从"❶,阿民念也说,"所有堕落的人都会被恩典唤醒,被恩典推动,受恩典帮助,但他们中立的自由意味着,他们在依从恩典的那一刻,仍然有拒绝顺从恩典的能力"❷。这样看来,《失乐园》中的"邀请说"与阿民念的"充分恩典说"(sufficient grace)之间有异曲同工之妙,应该说,二者之间有一定的继承关系。

另外,上帝的话中"充分"这个神学术语的原文是"suffice",意思是"足够多的"。"我将充分消除/他们阴暗的感觉"(3.185-186)这句话是在暗示上帝的恩惠足以抵消原罪对人的影响,而且隐含着尽管人的心智已被原罪蒙蔽,意志已被罪奴役,但上帝会施恩给堕落的人,"软化他们的/铁石心肠",只要人"能有真诚",上帝就会听到、看到他们的祈祷和悔改(3.192-193),所有人都有得到拯救的机会。这里出现的明心智和软化心肠的隐喻,常见于后改教派的文献中。例如,理查德·巴克斯特(Richard Baxter, 1615~1691)❸讲,上帝"取走我们的铁石心肠,重新给了

---

❶ Simon Episcopius. The confession or declaration of the ministers or pastors, which in the United provinces are called Remonstrants concerning the chief points of Christian religion [M]. London: Elizabeth Allde, 1676: 201.

❷ Jacobus Arminius. The Works of James Arminius (2) [M]. trans. James Nichols and William Nichols. Grand Rapids: Baker, 1986: 722

❸ 理查德·巴克斯特,英国清教徒教会领袖、诗人、神学家,被称为"英国新教神学的领袖""那一时代清教徒的带路人,是最成功的清教徒牧师",也是清教徒中著作最丰的一位。他的名著《改革宗的牧师》(*The Reformed Pastor*)仍为世界各地牧者重要的参考书。

我们血肉的心"❶，阿民念写过，"坚硬如石的人心被转化成了柔软的血肉之心"❷。在改革宗正统神学中，这样的启迪心智、软化心肠的表述只指代人的悔改，但在阿民念神学和《失乐园》中，这些诗句表示的是恩典与悔改之间的因果关系，即正是因为那顽固不化的心被恩典软化，所以它才能对上帝的救恩做出回应。这里还要注意的是，阿民念神学和《失乐园》很注重人对恩典的回应。这样的回应就是"祈祷、悔改、适当的顺从"（3.193）。被恩典拯救的人，通过祈祷、悔改和顺从就会被解救，恢复最初的能力，自由地回归到上帝的身边，这意味着，他们不仅被动地接受了救恩，也参与了救赎的过程。

第二节 亚当和夏娃的归正是上帝的恩典与人的自由共同作用的结果

"普遍的先在恩典"这个概念，首先出现在第三卷中，但不是那一卷讨论的主要内容。在第十卷和第十一卷中，弥尔顿讨论了亚当和夏娃的归正（conversion），这个概念在这里起到了非常重要的作用。在第十一卷开头，神子看到亚当和夏娃"这样谦卑地站着忏悔"（11.1），于是就将他们的祈

---

❶ Richard Baxter. Aphorismes of Justification [M]. London: Richard Edwards, 1825: 8.

❷ Jacobus Arminius. The Works of James Arminius [M]. trans. James Nichols and William Nichols. Grand Rapids: Baker, 1986, 2: 194-195.

徘徊在自由与救赎之间的魔鬼英雄

祷带给天父,并替他们求情道:

> 看吧,天父,您在人类身上种植的
> 恩惠,在地上生长的初熟果子,
> 这些叹息和祈祷,在这金香炉里
> 搀杂着馨香,由我,您的祭司,
> 捧呈于您。这些果子是天真来落
> 之前,您播种在悔悟的心田里,
> 人手所耕耘的,比乐园中全部
> 树木所结的果实,更加香甜的硕果。
> 因此请您倾耳谛听他这柔声的叹息;
> 他的祈祷语言虽不够巧妙,
> 让我这中保兼救赎者为他解释吧。
> 他的工作好或不好,都由我来接;
> 我的德性使它们完善,我将为
> 这些而付出死的代价。接受我,
> 由我而接受对人类和解的馨香吧。
> 让他在您面前得以和好,至少活到
> 相当的岁数,虽然是悲苦的,
> 要活到肯定的岁月(我的辩护是要
> 减轻刑罚,不是翻案),从今后,
> 让他过较好的生活,和我这个赎罪者
> 一同住在喜乐和幸福中,和我
> 合而为一,好象我和父合而为一。

第五章　归正——自由对先在恩典的选择

——11.22-43[1]

神子说这番话为的是调解人和上帝的关系，替人向上帝求情。《失乐园》里的这段叙述，反映的正是改革宗正统神学对耶稣调解人的身份和调解工作的作用的理解。在这个调解工作中，耶稣充当的是这个救赎仪式的祭祀，把人的"叹息和祈祷""捧呈于"上帝，把人所有的"成果""捧呈"给上帝，并通过奉献自己的德行，让上帝接受始祖的忏悔。斯蒂芬·查纳克说，"耶稣基督是我们在天堂里的律师，他在正义的审判和上帝的仁慈面前为人的得救而辩护"[2]。天父应允了神子代祷，而夏娃和亚当立即就感受到，他们恳求恩典的祈祷得到了天父的回应。于是他们觉得身上"增加了天上来的力量，从失望中/迸出一股新的希望和喜悦"（11.138-139）。对于亚当来说，上帝的回应是他虔诚祈祷、诚心忏悔的结果，他并不知道神子在这个过程中做了工作。重生后的亚当对夏娃讲了祈祷带来的奇迹，并深信这要归功于对上帝忠诚的信仰。他说：

夏娃呀，我们所享受的好处
是从天上来的，这很容易相信、认识；
但是有关至福之神的心思或志向，
这个强大的力量是从我们这儿

---

[1] ［英］弥尔顿. 失乐园［M］. 朱维之, 译. 上海：上海译文出版社, 1984：412.

[2] Stephen Charnock. The Complete Works of Stephen Charnock［M］. London: James Nichol, 1864：101.

> 升上天去的,这点很难相信和认识。
> 须知祈祷,或人的一声短短叹息,
> 都能上达到天神的宝座前。
> 我已经发现,祈求可息神怒,
> 跪在神前,全心全意谦卑虔诚,
> 就会觉得他平心静气,宽宥,
> 倾耳而听;被他善心垂听的信念
> 从我的心中滋长。和平回到了
> 我的胸中,你的种子将击伤敌人
> 的圣约又回到了我的记忆,
> 不要再为当时的忧惊所扰乱,
> 现在确实指明,死的痛苦过去了,
> 我们将要活下去。
>
> ——11.141-157[1]

  这段话与其说是说给夏娃听的,不如说是亚当对之前的祷告、忏悔和上帝的回应的反思。这段话与之前神子耶稣的那段话形成呼应,是对神子的话语的补充。在这一卷,开头的旁白、中介神子为人的代祷和亚当的反思三者之间形成呼应:亚当对上帝回应人的"一声短短的叹息"(11.147)大为赞颂,可他不知是神子恳求天父"倾听谛听他这柔声的叹息"(11.31),这叹息才有机会"到达天神的宝座前"(11.143);亚当祈祷说希望他的祈祷会"上达天神的宝座

---

[1] [英] 弥尔顿. 失乐园 [M]. 朱维之,译. 上海:上海译文出版社,1984:417-418.

第五章 归正——自由对先在恩典的选择

前"并可获得神殿怜悯时（11.148），旁白在这一卷的开头就已经告诉我们赐给亚当的恩惠是"从慈悲的高座上赐下"的（11.2-3）；当亚当对自己的祈祷能够"上达天神的宝座前"（11.147）感到大为诧异时，旁白却早已说过"预期的恩惠"会从"高座上赐下"，使亚当能够悔改，而且祈祷的精灵会促成这次重生（11.6-7）；亚当说上帝的"善心垂听了"他的祈祷（11.152），并赐给了他回应，在之前神子恳求中已出现过"请您倾耳谛听"（11.30）；上帝回应了亚当的祈祷，亚当就觉得"和平回到了我的胸中"（11.153-54），但在神子的请求中已经提出来将他自己奉献给上帝以为代价，换得上帝"对人类和解的馨香"（11.37-38）；亚当说，他的祈祷"打动了至福之神的心思或志向"（11.145），前文中天父与神子的对话里面已经表明神子的求情已经打动了天父的心。更重要的是，亚当认识到了上帝已经撤销了死的判决。对于上帝的福音预告，亚当说，"现在确实指明，死的痛苦过去了，我们将要活下去"（11.157-158）。但事实是，死的判决并没有撤销，只是被执行的对象换成了耶稣，耶稣替人类去死，神子之前站在上帝面前说，"我将为这些付出死的代价"（11.36）。

旁白、神子和亚当的话语中，重复词汇和典故大量出现。这些词汇和典故使得这三段对话相互关联，互为注解，互为补充，还形成了些许讽刺的效果。这三段具有互文性的话，以上帝（主动发起者）和人的回应（人的自由），揭示了参与重生过程的两个因素及其之间的关系。亚当相信是他自由意志下的祈祷和悔改启动了他和夏娃归正的行程，但读者应该在前文中早就看到了救恩计划，应该能够看出上帝在

徘徊在自由与救赎之间的魔鬼英雄

亚当和夏娃之前便先一步开始了计划救恩，也应该看到之后上帝的恩典是如何使得亚当和夏娃从自罪的奴役中解脱出来，回归上帝身边的。亚当说的当然是事实，我们不能否认他在归正过程中起到了触发作用，但作用只有在先在恩典的前提下才能得以实现。萨默斯说，"讽刺总是能触动人"[1]。亚当并没有编造事实，他的确有所行动，只不过在他对自己的认识中，他的那些"以为"和"相信"只是他想象中的真相。亚当高估了自己在归正过程中的作用。亚当不知道是上帝的先在恩典唤醒并鼓舞了他归正的心，给了他归正的能力。亚当的误解凸显了一个事实，在归正的过程中，人是纯粹自由的，人自主地选择了归正，并亲历了归正的全过程。有人也许会提出异议，因为在《失乐园》第三卷中提到的先在恩典是主张上帝的恩典的绝对主权，强调一切取决于上帝的先在恩典。归正的教义和归正的场景应该看作人与上帝共同参与的一件事情的两个方面。简而言之，正如尼尔·福赛斯指出的那样，《失乐园》中"上帝的恩典与人的自由看似相矛盾，但其中隐含着这样一个事实，亚当、夏娃悔改的自由正是他们亲身体验上帝的恩典的表现"[2]。这就是说，先在恩典给了他们归正的机会，没有"确保"他们得到归正的结果，在他们悬于深渊之上的那一刻，是否回归上帝远离地狱便完全取决于他们意志的自由，这才是他们真正的自由。《失乐园》中，上帝自己的话也能揭示恩典与自由之间矛盾

---

[1] Joseph H. Summers. The Muse's Method: An Introduction to Paradise Lost [M]. London: Chatto & Windus, 1962: 192.

[2] Neil Forsyth. The Satanic Epic [M]. Princeton: Princeton University Press, 2003: 293-294.

统一的关系，在第三卷中，上帝说：

> 人不会完全失坠，愿者可以得救；
> 不过拯救不是出于他的意愿，
> 而是由于我所自由施与的恩惠。
> ——3.173—175[1]

丹尼尔森指出，上帝的这几句话既"肯定了人的意志有决定权（虽然不一定有效力），又肯定了救赎的绝对必要性（并没有压制人的意志）"[2]。这就是说，人决定"愿意"被拯救的自由本身要基于上帝的先在恩典才能存在。

总之，亚当、神子和本卷开头旁白的话，三者构成互文性，相互补充，强调了恩典与在救赎过程中人的自由之间的矛盾统一性。

第三节 持续归正是恩典支撑下亚当和夏娃实践自由的表现

在《失乐园》第十一卷中，米迦勒对亚当说：

---

[1] [英]弥尔顿.失乐园[M].朱维之，译.上海：上海译文出版社，1984：99.

[2] Dennis R. Danielson. Milton's Good God: A Study in Literary Theodicy [M]. Cambridge: Cambridge University Press, 1982: 86.

徘徊在自由与救赎之间的魔鬼英雄

> 你的祈祷已被听取，在你犯罪
> 被宣判后，"死"已经多天未得到你，
> 神给你恩惠是因为你悔改了，
> 多种善行可以掩盖一种恶行……
> ——11.252-255❶

这段话表明，亚当的悔改还没完成，他必须终生在上帝恩赐给他的"多天"里悔改，以"多种善行掩盖一种恶行"。亚当和夏娃的归正，不仅仅是用来证明堕落的人可以获得重生的短暂的一次性事件。相反，他们最初的归正行为仅仅是动态的终身归正过程的第一步。在这首诗中，"忠诚并不是一个稳定的状态，而是呈现出波动式的增加的趋势，先在恩典在后施恩典中以各种变体形式出现"。❷

改革宗正统神学基于上帝的永旨、永恒的判决和信徒无法抗拒上帝的恩典这三点，认为归正是一次性行为。一个人的属灵状态和命运就此而定，不再变化。而改教派神学家认为，归正是一个基督徒持续一生的过程。路德在《九十五条论纲》中写道，"当上帝和主耶稣说'忏悔吧'时，他愿意信徒终其一生悔改"❸，加尔文也坚信，悔改不是一次性完成的事，而是"信徒一生追求的目标"，重生不是"一时，一

---

❶ [英] 弥尔顿. 失乐园 [M]. 朱维之, 译. 上海：上海译文出版社, 1984：422.

❷ Georgia B. Christopher. Milton and the Science of the Saints [M]. Princeton：Princeton University Press, 1982：182.

❸ Martin Luther. Luther's Works (31) [M]. St Louis and Philadelphia：Concordia and Fortress, 1958-1986：25.

天或者一年就能完成的，而是一个漫长的过程"❶。在悔改和重生这件事情上，阿民念神学与改教派的主张相似，他们认为归正是一个动态的过程。例如，伊皮斯科皮乌斯把恩典看作"持续的保证归正过程得以完成的行为"❷。只不过阿民念神学夸大了这一动态过程的不确定性，"只要我们（信徒）还活在世上，即使现在站得稳，也有堕落的可能，也会再次从恩典中堕落"。❸在这个问题上，《失乐园》的观点与阿民念神学相同。《失乐园》认为，归正了的人仍然有重新堕落的可能。上帝在讲到人的重生时，强调恩典的至关重要的作用，就是在说明没有了恩典的支撑，人有可能会再次堕落。

工作一停止，
就不动心了，我知道他的心，
他意马心猿，易变而难御。
——11.90-92❹

这段话说明，恩典的"工作一停止"人有可能"意马心

---

❶ John Calvin. Institutes of the Christian Religion (3) [M]. trans. Henry Beveridge. Grand Rapids: Eerdmans, 1989: 9.

❷ Simon Episcopius. The confession or declaration of the ministers or pastors, which in the United provinces are called Remonstrants concerning the chief points of Christian religion [M]. London: Elizabeth Allde, 1676: 207.

❸ Jacobus Arminius. The Works of James Arminius (2) [M]. trans. James Nichols and William Nichols. Grand Rapids: Baker, 1986: 17.

❹ [英] 弥尔顿. 失乐园 [M]. 朱维之，译. 上海：上海译文出版社，1984：415.

猿"地再次选择堕落。

　　改革宗正统神学和阿民念神学都把人的归正归功于上帝的推动（motion）。阿民念说，"圣灵又推动了人的重生"，堕落的人才被带到上帝的面前"忏悔他们的罪，诉说他们想要被拯救的渴望，渴望救世主的愿望"❶。在上帝的"推动"问题上，《失乐园》的侧重点在于，恩典的"推动"不仅开启了人的归正，还支撑了归正的全过程。《失乐园》认为，再生的信徒意志还很脆弱，需要时时依赖上帝的"推动"。如果恩典的影响衰退了，意志就会重新回到被奴役的状态。甚至归正后的意志也需要上帝的恩典不断地支撑，恩典会持续赐予意志自由，以便使得它能随时回归上帝。因此，意志是否选择与恩典合作，是否选择回应上帝的恩典，不仅决定重生是否能够开始，也决定了重生之后的意志是否能够继续生存。阿民念神学把恩典看成是持续归正行为的代理人，是"所有善的开端、持续和终点"❷。在《失乐园》的第三卷，弥尔顿通过天父的话强调了人的意志的决定性作用，同时，也强调了归正是个渐进的过程。

　　　　我还要把公断者的良知安置在
　　　　他们的心里，作为他们的向导；
　　　　如果他们能听从它，而且善用它，
　　　　便会得到一个光明接着一个光明，

---

❶ Jacobus Arminius. The Works of James Arminius（2）[M]. trans. James Nichols and William Nichols. Grand Rapids：Baker, 1986：17.

❷ Jacobus Arminius. The Works of James Arminius（1）[M]. trans. James Nichols and William Nichols. Grand Rapids：Baker, 1986：664.

第五章 归正——自由对先在恩典的选择

忍耐到底,安全地达到目的。

——3.194-198❶

这段话说明,即使对那些归正了的人,恩典也不能确保实现他的得救的目标。他们一生都只是在前往救赎的路上,蒙恩也并非安然无虞,也还没有到达救赎的彼岸。因此,人必须不间断地保持归正的行为,必须依从内心的"良知",以它作为"向导"不断地选择,不断地实践自由,才能得到"一个光明接着一个光明",才能远离罪恶回归上帝。如果人想要得到永恒的救赎,就必须每时每刻牢记归正。所以,亚当和夏娃的一生,从归正开始,是蒙恩的过程,也是体验中立自由的过程。如同他们在伊甸园里面对各种可能性要不断选择一样,需要不断接受各种选择的考验,因此,归正也是实践自由,自我成长和自我发展的过程。所以弥尔顿在《失乐园》的结尾展望自由的未来时,给了它一个开放式的结论:自由由上帝的护理支撑和引导,但同时具有独立选择和实践未来的能力。

> 他们滴下自然的眼泪,但很快
> 就拭掉了;世界整个放在他们
> 面前,让他们选择安身的地方,
> 有神的意图作他们的指导。
> 二人手携手,慢移流浪的脚步,

---

❶ [英] 弥尔顿. 失乐园 [M]. 朱维之,译. 上海:上海译文出版社,1984:99-100.

告别伊甸，踏上他们孤寂的路途。
——12.645-650❶

这一段是整首诗的结尾。最终，"自然的眼泪"被"很快拭掉"，被罪自我奴役的那个"人"被"安（置）"在了身后，也许，从此在归正的路途上，他们不得不"忍耐""孤寂"，但始祖终于成为第一个可以真正自由地面对"整个世界"的自由的人。

小　　结

本章讨论了《失乐园》中弥尔顿的归正观。归正神学观，是加尔文基于奥古斯丁和马丁·路德的神学思想发展出来的神学观，在17世纪极为清教徒推崇，也是20世纪福音派神学的源头之一。归正神学观认为教义应当回归《圣经》，遵循"独尊《圣经》"（Sola Scriptura）的原则，即认为《圣经》是唯一最高权威。支持"神恩独作说"，反对"神人合作说"。改革宗正统归正神学强调上帝主权的权威性，核心主张有三：第一，人的自我认识只能在神的知识之光下获得，只有透过圣灵与《圣经》，人才能认识自己和自己的罪；第二，救赎完全靠上帝的恩典，人无力自救；第三，无

---

❶ [英]弥尔顿.失乐园[M].朱维之,译.上海：上海译文出版社，1984：480.

第五章 归正——自由对先在恩典的选择

论个人还是群体都必须接受神的管治，人的生活和制度应该以《圣经》为依据并向上帝负责。弥尔顿作为一名虔诚的清教徒，本应该支持加尔文的归正观，但事实上，弥尔顿在《失乐园》最后两卷中呈现的归正观和加尔文的并不尽相同。

弥尔顿认为上帝的恩典和人的意志的合作都会对归正的效果产生影响。原罪的本质在于人的自由对上帝意志的违逆，而上帝的恩典是所有善的开端、延续和成就，没有人与恩典的合作，就没有人能想到、愿意或实践任何善的事物，也就无法归正。在这一点上，弥尔顿显然继承了阿民念神学的归正观。在是否可以拒绝上帝的救恩这一点上，《失乐园》的主张是救赎的恩典是先在的，是上帝对所有人的恩典，堕落的人已在罪中死去，不能借助自己的力量归正，也不能为去到天国做任何准备。这一观点延续了改革宗正统神学的思想，但《失乐园》的侧重点在于凸显了恩典的推动作用，即恩典不仅开启了人的归正，还支撑了归正的全过程。弥尔顿在《失乐园》中解释了先在恩典不仅将人从"判罪而死，而且沉沦"的状态中拯救出来，使人获得了重生，而且把人的意志从受原罪奴役的状态中解放了出来，让人重新获得了自由，也就是说，所有人堕落之后失去的中立的自由通过先在恩典而得以恢复，因此人才可以自由地选择是否归正和是否持续归正。改革宗正统神学基于上帝永恒的判决和信徒无法抗拒上帝的恩典，认为归正是一次性行为。弥尔顿却认为归正是一个动态的过程，亚当和夏娃一直都处在归正的持续过程中。在这一点上，弥尔顿似乎继承了阿民念的神学主张但又有些不同，因为阿民念神学夸大了这一动态过程的不确定性，而弥尔顿坚信归正的可能性。这样看来，弥尔顿更在意的是人的意志的自由抉择。

在强调上帝的绝对主权方面,弥尔顿并不认为救赎要完全依靠上帝。他认同改革宗正教神学的观点,即人只能在上帝的知识之光的照亮下才能认识自己,并认识自己的罪,因此,必须接受上帝的管治。《失乐园》中,亚当相信是他自由意志下的祈祷和悔改启动了亚当和夏娃的归正,但读者在前文中应该能够看出上帝在亚当和夏娃之前先一步开始了救恩计划,亚当和夏娃才得以从罪的奴役中解脱出来,从而归正。而在这个过程中,耶稣充当了亚当和上帝之间的调解人,并通过奉献自己的德性,让上帝接受了亚当的忏悔,并且,亚当和夏娃的归正不完全是被动接受的结果,自由意志的选择也有决定性的作用。因此,在弥尔顿看来,一方面,上帝对人的确有绝对主权,创造了人类,并赋予人自由——意志的自由;另一方面,人的归正是神人合作的结果。从这一点上看,弥尔顿的神学观明显有阿民念神学的影子。

总之,在归正这一问题上,弥尔顿对加尔文神学有继承也有发扬,对阿民念神学有批判也有继承。《失乐园》呈现了一种弥尔顿式的归正观,即自由是上帝赋予人的不可抗拒的救恩,归正是意志自由选择的结果。

结 论

17世纪宗教改革运动后期，经过激烈的宗教和政治上的斗争，通过两个声明：多特会议（Synod of Dort）的《多特信经》（Canons of Dort）与威斯敏斯特议会（Westminster Assembly）的《威斯敏斯特信条》（Westminster Confession of Faith），确立了加尔文神学的"改革宗正统"（Reformed Orthodoxy）地位。从内容以及其严谨正统的细节不难看出，《多特信经》和《威斯敏斯特信条》的神学主张非常相似，它们都彰显了17世纪"正统神学"的特征。加尔文派最激进的争论对手是阿民念派。由争论至召开多特会议，在宗教和政治的双重作用下，阿民念派最终被定为异端邪教。

阿民念的神学主张和加尔文神学的主要分歧在于以下几点。

救赎的恩典是普施的还是给特定人的；拣选是否有条件，是否只给"注定"的人；人是否有拒绝恩典的能力和自由；人是否有在恩典中堕落的自由。其实加尔文神学和阿民念神学只是从不同的角度出发，对恩典、救赎、拣选和自由意志进行了诠释。加尔文神学主张上帝的绝对主权，强调"无条件的拣选"和"不可抗拒的恩典"，认为人的堕落是预定的，上帝在创世之前，就已经预先拣选了一部分人使其得救，另一些人是必然要堕落灭亡的。人类是"全然败坏"的，自己没有能力选择相信基督，因此恩典只给"特定的"人，人是没有"意志的自由"选择接受还是拒绝。阿民念神学反对"堕落前预定论"那种绝对预定观，主张预定和拣选是有条件的；反对"注定"的救赎观，主张普救论。他们认为，预定只是人的命运的前提条件，上帝拣选得救的人是基于上帝对人的作为的预见，但没有预定人的作为，也就是说上帝预先看到了相信上帝和基督的人，只据此拣选出有资格得到救赎的人，但是否能最终得到救赎是一个偶然的事情，取决于人的自由决定是否和上帝的恩典合作，而不是上帝在人类堕落之前就预定好了能得到救赎的人。即使救恩是普施的，人也有拒绝"归正"的自由，依然有自由选择继续堕落，不接受救赎，因此，是否得到救赎不是预定的必然结果，得救赎是上帝意志的偶然行为带来的人的自由意志的必然结果。

1619年，改革宗在多特召开了宗教改革运动有史以来最大的会议，会上阿民念神学被改革宗正统判为异端，之后遭到迫害和驱逐。但在英格兰，阿民念神学的一部分传统保持了下来，一直贯穿整个18世纪。圣公会和循道会就深受其影响，直到今日。

弥尔顿虽然是清教徒，但支持阿民念神学观中关于人的自由意志的主张。这一点我们可以在他写的《教义》中得到明确的答案。在阿民念神学被定为异端学说的前提下，弥尔顿只能通过隐晦委婉的方式来讨论正统神学与异端邪说的分歧。《失乐园》就是他用来讨论加尔文神学与阿民念神学问题的一部作品，他通过撒旦、诸魔、诸天使、亚当、夏娃和上帝之口，将自己对上述问题的观点一一表达出来。将《失乐园》中表述的弥尔顿的观点简单冠以"正统"或"异端"的头衔，颇有不妥。弥尔顿的观点，特别是诗中所表达的自由神学观，糅合了不同神学流派的概念和传统，表现出比以往更复杂的神学含义。因此，为了识别《失乐园》中的弥尔顿对各种后改革宗神学流派和理论传统的继承和分歧，本书将这首长诗置于后改革神学的背景下进行分析。本书首先简单介绍了与弥尔顿的观点相关的一些神学流派的历史和教义，接下来的讨论始终以自由神学观为主线，因为这一问题贯穿《失乐园》全篇。

弥尔顿在《失乐园》中，批评了改革宗正统神学对于上帝的认识和他们的自由神学观，从这一点上来看，弥尔顿继承了阿民念神学的反加尔文主义的传统。在《失乐园》第一卷、第二卷中，弥尔顿以撒旦和堕落天使的口吻，模仿加尔文神学中的宿命论，塑造了《失乐园》中的魔鬼神学，揭示了魔鬼神学如何通过削弱上帝的善和否定人的自由，从而扭曲了上帝的形象。在接下去的十卷中，弥尔顿通过天使、亚当和夏娃的叙述，不断修正第一卷、第二卷中的魔鬼描述的上帝形象。上帝在后续的诗篇中逐渐被描绘成一个自由的存在，一个最关注造物真正自由的神。为此，上帝将自己的形象赋予了人，并将自由预先注入人性中，他允许这种自由预先决定并实现自己的未来。《失乐园》中的上帝并不否定造物的自由，他在创造行为中，通过从造物中自我"引退"，为造物留下了足够多自主的空间，因此造物拥有了上帝一样的自主权，被自我限制了的造物主也无法介入人的自由决策。弥尔顿借鉴了阿民念神学中"自我限定"的概念，并创造性地发展了此概念，他对人的自由的"异端"式的阐释，与后改革宗神学"严格限制下的造物的自由"这一观念大不相同。在《失乐园》中，造物的自由具有偶然性/随意，即能够以完全自主的方式在各种可能性之间选择，这一特征尤为重要。《失乐园》中，关于意志的随意性和偶然性的观点正是继承自阿民念神学。诗中表达，人的自由是人的选择能力的根本要素。这是与改革宗正统神学相对立的观点，而与阿民念神学很相似。选择的随意性并不自愿地受意志的支配，而是理智地受理性的支配，这一观点在阿民念神学和亚目拉督神学中也能找到类似的表述。《失乐园》中描绘亚当和夏娃的堕落时，人的自由观成为"堕落事件"至关重要的神学基础，人的堕落行为实际上是被看作了可能不会也不需要发生的事，可以说，这一情节是弥尔顿为支持阿民念神学的随意自由观而精心设计的。

虽然《失乐园》在"堕落的自由"这一问题上持阿民念神学的观点，但对于堕落的意志的解释继承了改革宗正统神学的人性本恶说，认为人的意志虽生而自由，但因为堕落而被恶所奴役。《失乐园》认为，人已经失去了真正的自由，包括保持中立的自由，不是因为上帝已经否定它，而是因为人作为自由的代理人，自己放弃了这种自由，因此成为自己的奴隶。在这一点上，《失乐园》采用了神学中普遍认可的原罪观，坚持认为所有人，在首次决定违逆上帝时就已经变成了自我的奴隶。

在这首诗中，弥尔顿通过确立罪的普遍奴役论，特别凸显了普遍救赎的恩典。他坚信，通过上帝的恩典会将所有人从罪的专制中解放出来。人的意志会回到随性的中立状态，能够自由地在善与恶之间选择。虽然在某些方面，弥尔顿的普救论继承了阿民念和亚目拉督神学的恩典观，但在《失乐园》中，救赎不仅仅是一种预先的假定，救赎对每个人来说都是一种真实的可能。在《失乐园》第三卷中，弥尔顿通过否定"注定的遗弃"的宿命论，通过强调人自由拒绝救恩的临时起意，阐明了这一点。对遗弃的这一解释，背离了后改革宗神学框架中的宿命论神学观，后改革宗神学的命定论一直由"拣选"和"遗弃"两种宿命构成。而弥尔顿的普救论否定了"预定的遗弃"。他认为因为所有人都是被拣选的,所有人都能够自由地接受预定的救恩,所以所有的人都有可能得到救赎。因此,《失乐园》通过普遍拣选的恩典和相对遗弃的概念,强调了人的自由代理人的身份。这是弥尔顿的一大创见。《失乐园》中的救赎观虽然主要继承了后改革宗神学传统,但也强调一些人最终会灭亡。这似乎是倾向于完全普救论,但是在这首诗中,一些人最后的灭亡,是为了反映人非凡的自由力量,说明这个自由甚至可以拒绝上帝拣选的恩典,不像在改革宗正统神学中是为了反映救恩的本质。

此外,《失乐园》中的拣选观,其另外一个特点是强调选择的过程和自由在其中的发展。上帝创造了第一个人类,赋予了他自主的自由,并把他放在一个需要选择的场景中,这样,亚当和夏娃就一直处于一种需要不断选择和持续发展的状态。夏娃和亚当生活在伊甸园时,面对的是大量的选择,并且他们拥有随意的自由,这使得他们可以自由决定各种选择的可能性。可是人在堕落之后,这种选择的开放性和可能性就丧失了,人陷入狭隘的自我关注和缺失自主选择能力的困境之中。在《失乐园》中,是转化的恩典使人得以恢复了这种自由。上帝对人施以恩典,让人得以回到上帝身边,人类堕落前拥有的大量的可选择的机会也以恢复。《失乐园》中的这个转化,与改革宗正统神学中的并不相同,改革宗神学主张这是个短暂的一次性事件,阿民念神学认为这是一个持续的过程,人逐步获得自由,在面对选择时,不断实现他们的未来。弥尔顿显然支持后者。

《失乐园》以非常巧妙的方式借用了正教神学的概念来从根本上反对后改革宗正统神学的观点，可谓匠心独具。在描写堕落的意志时，弥尔顿借用了后改革宗正统神学"被奴役的意志"的概念，但以普救观彻底地否定了它。弥尔顿认为，所有人有接受或拒绝救赎的自由，因此人的意志并非被奴役的，因此，堕落的意志也并非被奴役的意志。同样，《失乐园》中描绘的"上帝创造观"很大程度上继承了改革宗正统神学的"绝对自由"这一观念。但是弥尔顿在《失乐园》中发展了这一观念，通过天父生成神子的自由，说明了神子的存在就是救赎的存在，从根本上体现了自由的随意性，解释了"纯粹的自由"这一概念。《失乐园》的这些特性说明，这首诗没有死板地继承既有的神学概念，而是转化和超越了它们，从而最大可能地突出了弥尔顿自己的神学观。

因此，不能简单地说《失乐园》中表达的神学观就是某种正统神学或异端邪说，也不能说它是各种神学理论的大杂烩。弥尔顿以一种复杂和微妙的方式，广泛利用了可用的神学传统，最终构建出自己的神学体系，并与他写的《教义》互为注解，互相支撑。他利用史诗的形式表达神学观点的方式，本身就是一种创造性活动，是人实践自由的示范。他利用每一个重要的场景，极具个性地表达并发展了新教神学。《失乐园》中对自由的承诺，是这首诗最引人注目和最根本的维度。更重要的是，这种隐形的承诺，在弥尔顿式的上帝对人的救赎过程中，派生出多元化和多维度解读《失乐园》的各种可能性，也恰恰体现了自由的终极意义。

参考文献

参考文献

[1] Adamson, Jack Hale. Milton's Arianism[J]. Harvard Theological Review,1960,53(4):269-276.

[2] Addison,Joseph.The Tatler[M].Glasgow:Robert Urie,1754.

[3] Ainsworth, David. Milton and the Spiritual Reader: Reading and Religion in Seventeenth century England[D].Madison: University of Wisconsin Madison,2005.

[4] Almond,Philip C. Demonic Possession and Exorcism in Early Modern England:Contemporary Texts and Their Cultural Contexts[M].Cambridge:Cambridge University Press,2004.

[5] Ambrose,Isaac. The Complete Works of that Eminent Minister of God's Word to Turn to God [M]. London: Gale Ecco,1701.

[6] Ames, William. The Marrow of Theology [M]. trans. John D. Eusden Grand Rapids:Baker,1968.

[7] Ames, William. The Substance of Christian Religion: or A Plain and Easie Draught of the Christian Catechism [M]. London:H Middleton,1659.

[8] Amyraut, Mose. A Discourse Concerning the Divine Dreams Mention'd in Scripture[M].London:A C for Walter Kettilby,1676.

[9] Amyraut, Mose. Treatise Concerning Religions [M]. London: M. Simmons,1660.

[10] Annabel M. Patterson. John Milton Longman Critical Readers[M].London:Rutledge,2014.

[11] Anselm. Cur deus homo[M].trans. Sidney Norton Deane. North Carolina:Lulu Press,Inc. ,2005.

[12] Anselm. De Libertate Arbitrii [J]. Opera omnia, 1992: 201-226.

[13] Anselm. Truth, Free, and Evil: three Philosophical Dialogue [M]. trans. J. Hoppkins and H. Richardson. New York: Harper & Row, 1967.

[14] Arminius, Jacobus. The Works of James Arminius [M]. trans. James Nichols and William Nichols. Grand Rapids: Baker, 1986.

[15] Augustine. The City of God [M]. trans. Marcus Dods. New York: Gro University Press, 2010.

[16] Balla, Angela Joy. Immaterial Evidence: Piety and Proof in Early Modern England [D]. Michigan: University of Michigan, 2003.

[17] Barth, Karl. Church Dogmatics [M]. Edinburgh: T & T Clark, 1956.

[18] Bauman, Michael. Milton's Arianism [M]. Frankfurt: P. Lang, 1986.

[19] Baxter, Richard. Aphorismes of Justification [M]. London: Richard Edwards, 1825.

[20] Bennett, Joan S. Reviving Liberty: Radical Christian Humanism in Milton's Great Poems [M]. Cambridge: Harvard University Press, 1989.

[21] Bergquist, Carolyn Jane. Fictions of Belief in the World Making of Geoffrey Chaucer, Sir Philip Sidney and John Milton [D]. Eugene: University of Oregon, 2003.

[22] Berkouwer, G. C. Divine Election [M]. trans. Hugo Bek-

ker. Grand Rapids:Eerdmans,1960.

[23] Berry, Boyd M. Process of Speech: Puritan Religious Writing and Paradise Lost[M]. Baltimore: John Hopkins University Press,1976.

[24] Beza,Theodore. A book of Christian questions and answers wherein are set joorth the cheef points of the Christian religion [M].London:William How for Abraham Veale,1574.

[25] Blake,William. The Marriage of Heaven and Hell[M].Oxford:The Bodleian Library,2011.

[26] Boston, Thomas. Commentary on the Shorter Catechism [M].Edmonton:Still Waters Revival Books,1993.

[27] Brady M. Space and the persistence of place in "Paradise Lost"[J].Milton Quarterly,2007,41(3):167-182.

[28] Brierley C, Atwell E. Holy Smoke: Vocalic Precursors of Phrase Breaks in Milton's Paradise Lost[J]. Literary and Linguistic Computing,2010,25(2):137-151.

[29] Broadbent, John B. Some Graver Subject: An Essay on Paradise Lost[M].London:Chatto & Windus,1960.

[30] Brunner, Emil. Man in Revolt: A Christian Anthropology [M].trans. Olive Wyon. London:Lutterworth,1939.

[31] Bunyan, John. A Holy Life the Beauty of Christianity: or, an Exhortation to Christians to be Holy [M]. Oxford: Oxford University Press,1684.

[32] Burden, Dennis H. The Logical Epic: A Study of the Argument of Paradise Lost[M]. London: Routledge & Kegan Paul,1967.

[33] Burton, Kurth O. Milton and Christian Heroism: Biblical Epic Themes and Forms in Seventeenth Century England [M].Berkeley:University of California Press,1959.

[34] Bush,Douglas. English Literature in the Earlier Seventeenth Century,1600-1660[M].Oxford:Clarendon,1962.

[35] Butler,George F. Milton's Pandora:Eve,Sin,and the Mythographic Tradition[J].Milton Studies,2005(44):153.

[36] Butler G F. Satan and Briareos in Vida's "Christiad" and Milton's "Paradise Lost" (Marco Girolamo Vida) [J]. Anq-a Quarterly Journal of Short Articles Notes and Reviews,2007 (2):11-16.

[37] Calloway K. Beyond parody:Satan as Aeneas in "Paradise Lost"[J].Milton Quarterly,2005 (2):82-92.

[38] Calvin, John. Institutes of the Christian Religion [M]. trans. Henry Beveridge. Grand Rapids:Eerdmans,1989.

[39] Cameron,John. An examination of those plausible appearances which seem most to commend the Romish Church and to prejudice the Reformed [M].Oxford:Oxford Press, 1626.

[40] Catherine Gimelli Martin. Milton among the Puritans:The Case for Historical Revisionism [M]. Ashgate Publishing Ltd. ,2013.

[41] Chaplin G. Beyond Sacrifice:Milton and the Atonement [J]. Pmla - Publications of the Modern Language Association of America,2010 (2):354-369.

[42] Charnock, Stephen. The Complete Works of Stephen

Charnock [M]. London: James Nichol, 1864.

[43] Charnock, Stephen. The Existence and Attributes of God [M]. Mulberry: Sovereign Grace Publishers, 2001.

[44] Christopher, Georgia B. Milton and the Science of the Saints [M]. Princeton: Princeton University Press, 1982.

[45] Cicero. De Fato [M]. Cambridge: Harvard University Press, 1942.

[46] Cotton, John. Christ the Fountain of Life [M]. New York: Arno, 1972.

[47] Cowley, Abraham. "Of Solitude." The Complete Works in Verse and Prose of Abraham Cowley [M]. New York: AMS, 1967.

[48] Crosman, Robert. Reading Paradise Lost [M]. Bloomington: Indiana University Press, 1980.

[49] Cummins, Juliet Lucy. The metaphysics of authorship in Paradise Lost[D]. Sydney: University of Sydney, 2000.

[50] Cunningham, William. The Reformers and the Theology of the Reformation [M]. Edinburgh: T. & T. Clark, 1862.

[51] Cyzewski J. Heroic Demons in Paradise Lost and Michael Madhusudan Datta's Meghanadavadha kavya: The Reception of Milton's Satan in Colonial India[J]. Milton Quarterly, 2014, 48(4): 207-224.

[52] Danielson Dennis R. The fall and Milton's theodicy[J]. The Cambridge Companion to Milton, 1999: 144-159.

[53] Danielson, Dennis R. Milton's Good God: A Study in Literary Theodicy [M]. Cambridge: Cambridge University

Press,1982.

[54] Derrida, Jacques. Speech and Phenomena and Other Essays on Husserl's Theory of Signs [M].Evaston:Northwestern University Press,1973.

[55] Donnelly, Phillip Johnathan. Interpretation and Violence: Reason Narrative and Religious Toleration in the Works of John Milton[D].Ottawa:University of Ottawa,2001.

[56] Downham, John. The summe of sacred divinitie first briefly and methodically propounded and then more largely and cleerly handled and explained [M]. London: Peter Parker,1630.

[57] Durham, Charles W. Kristin A. Pruitt. "All in all":Unity, diversity and the Miltonic perspective [M].Selinsgrove: Susquehanna University Press,1999.

[58] Eichrodt, Walther. Theology of the Old Testament [M]. trans. J. A. Baker. London:SCM,1961-1967.

[59] Eliot, T. S. "A Note on the Verse of John Milton." Milton: A Collection of Critical Essays [M]. Ed. Louis Martz. Englewood. New Jersey:Prentice-Hall,1966.

[60] Empson, William. Milton's God [M]. London: Chatto & Windus,1961.

[61] Episcopius, Simon. Opera Theologica [M]. Amsterdam: Janssonio-Waesbergiam,1985.

[62] Episcopius, Simon. The confession or declaration of the ministers or Pastors, which in the United provinces are called Remonstrants concerning the chief points of

Christian religion [M].London:Elizabeth Allde,1676.

[63] Erasmus. Collected Works of Erasmus [M].Toronto: University of Toronto Press,1974-1993.

[64] Fallon, Stephen M. "To Act or not": Milton's Conception of Divine Freedom [J]. Journal of the History of Ideas, 1988:425-449.

[65] Fallon, Stephen M. Milton among the Philosophers: Poetry and Materialism in Seventeenth-Century England [M]. Ithaca: Connell University Press,1991.

[66] Fallon, Stephen M. Paradise Lost in Intellectual History: A Companion to Milton [M].Oxford:Blackwell,2001.

[67] Farwell, Marilyn R. Eve, the Separation Scene, and the Renaissance Idea of Androgyny [J]. Milton Studies, 1982(16):3-20.

[68] Feuerbach, Ludwig. the Essence of Christianity [M]. trans. George Eliot. New York: Harper & Row,1957.

[69] Fiore, Peter A. Milton and Augustine: Patterns of Augustinian Thought in Paradise Lost [M]. University Park: Pennsylvania State University Press,1981.

[70] Fish, Stanley E. Discovery as Form in Paradise Lost in New Essays on Paradise Lost [M].Berkeley: University of California Press,1969.

[71] Fish, Stanley E. How Milton Works [M]. Cambridge, Mass: Harvard University Press,2001.

[72] Flannagan, Roy. "Comus." The Cambridge Companion to Milton [M].Cambridge:Cambridge University Press,1989.

［73］ Flannagan, Roy. John Milton: A Short Introduction ［M］. Oxford: Blackwell, 2002.

［74］ Flavel, John. The Whole Works of the Reverend Mr. John Flavel ［M］. London: John Orr, 1754.

［75］ Forsyth, Neil. The Old Enemy: Satan and the Combat Myth ［M］. Princeton: Princeton University Press, 1987.

［76］ Forsyth, Neil. The Satanic Epic ［M］. Princeton: Princeton University Press, 2003.

［77］ Frye, Roland M. God, Man, and Satan: Patterns of Christian Thought and Life in Paradise Lost, Pilgrim's Progress, and the Great Theologians ［M］. Princeton: Princeton University Press, 1960.

［78］ Gay, David. The Endless Kingdom: Milton's Scriptural Society ［M］. Newark: University of Delaware Press, 2002.

［79］ Gee, Sophie Graham. Waste and restoration: The politics of discarding from "Paradise Lost" to the "Dunciad" ［D］. Cambridge: Harvard University, 2002.

［80］ Gillies J. Space and place in "Paradise Lost" (John Milton) ［J］. Elh, 2007, 74(1): 27-57.

［81］ Goad, Thomas. A Collection of Tracts Concerning Predestination and Providence, and the Other Points Depending on Them(1719) ［M］. Whitefish MT: Kessinger Publishing, 2008.

［82］ Good, John Walter. Studies in the Milton Tradition ［D］. Illinois: University of Illinois, 1913.

［83］ Goodwin, John. An Exposition of The Ninth Chapter of the Epistle to the Romans with the Banner of Justification Displayed [M].London:Baynes and Son,1835.

[84] Goodwin, John. The Agreement and Distance of Brethren [M].London:Peter Parker,1652.

[85] Goodwin, John. The Remedie of Unreasonableness [M]. London:Peter Parker,1650.

[86] Gordon Campbell, Thomas N. Corns. John Milton: Life, Work and Thought [M].Oxford:Oxford University Press, 2008.

[87] Gregg, Robert C. , and Dennis E. Groh. Early Arianism: a view of salvation [M].London:Fortress Press,1981.

[88] Grierson, Herbert J. C. Cross Currents in English Literature of the Seventeenth Century [M]. London: Chatto & Windus,1958.

[89] Hall J M. A Darkly Bright Republic: Milton's Poetic Logic [J].South African Journal of Philosophy,2018,37(2): 158-170.

[90] Hamlin H. How Far Is Love From Charity?:The Literary Influence of Reformation Bible Translation [J]. Reformation, 2020,25(1):69-91.

[91] Hanford, James Holly. A Milton Handbook [M]. New York:Appleton,1961.

[92] Hao T. John Milton's Idea of Kingship and Its Comparison with Confucianism [J]. Comparative Literature Studies, 2017 (1):161-176.

[93] Hao T. Scientific Prometheanism and the Boundaries of Knowledge: Whither Goes AI? [J]. European Review,

2018（2）:330-343.

[94] Hayes B, Wilson C, Shisko A. Maxent Grammars for The Metrics of Shakespeare and Milton[J]. Language, 2012, 88(4):691-731.

[95] Heidegger, Johann Heinrich. Corpus theologiae [M]. Tiguri: Literis Davidis Gessneri, 1700.

[96] Held J R. Eve's "paradise within" in Paradise Lost: A Stoic Mind, a Love Sonnet, and a Good Conscience[J]. Studies in Philology, 2017 (1):171-196.

[97] Hillier R M. "So Shall the World Goe on": A Providentialist Reading of Books Eleven and Twelve of Paradise Lost[J]. English Studies, 2011, 92(6):607-633.

[98] Hillier R M. Adam's Error (Paradise Lost 11.315-33) [J]. Explicator, 2012, 70(2):128-132.

[99] Hillier R M. Doped Malice in John Milton's Paradise Lost [J]. Notes and Queries, 2012, 59(2):176-178.

[100] Hillier R M. Milton's Dantean Miniatures: Inflections of Dante's Inferno and Purgatorio Within the Cosmos of Paradise Lost [J]. Notes and Queries, 2009, 56 (2): 215-219.

[101] Hillier R M. Spatial Allegory and Creation Old and New in Milton's Hexaemeral Narrative[J]. Studies in English Literature 1500-1900, 2009, 49(1):121-143.

[102] Hillier R M. The Good Communicated: Milton's Drama of The Fall and The Law of Charity[J]. Modern Language Review, 2008, 103:1-21.

[103] Hillier R M. To Say It with Flowers: Milton's "Immortal Amarant" Reconsidered ("Paradise Lost", III. 349 – 361) [J]. Notes and Queries, 2007, 54(4): 404–408.

[104] Hillier R M. Two Patristic Sources for John Milton's Description of The Sun ("Paradise Lost", III. 591–595) [J]. Notes and Queries, 2006, 53(2): 185–187.

[105] Hooker, Thomas. The Soules Implantation [M]. New York: AMS Press, 1981.

[106] Hopkins, Ezekiel. The Works of the Right Reverend and Learned Ezekiel Hopkins [M]. London: Jonathan Robinson, 1701.

[107] Hunter, George K. Paradise Lost [M]. London: George Alien & Unwin, 1980.

[108] Irenaeus. Against Heresies [C] //Fathers. New York: Cosimo, Inc, 1956: 62–69.

[109] Ittzes G. Satan's journey through darkness: "Paradise Lost" 9. 53–86 (Milton) [J]. Notes and Queries, 2007 (1): 12–21.

[110] Jackson, Thomas. The Works of Thomas Jackson [M]. Oxford: Oxford University Press, 1844.

[111] Driscoll James P. The Unfolding God of Jung and Milton: Studies in the English Renaissance [M]. Lexington: University Press of Kentucky, 2015.

[112] Joseph Ellis Duncan. Milton's Earthly Paradise: A Historical Study of Eden [M]. Minnesota: University of Minnesota Press, 1972.

[113] Jost-Fritz J O. Aesthetics of the Holy. Functions of Space in Milton and Klopstock[J]. Oxford German Studies, 2018,47(4):417-438.

[114] Kelly M H. Word onset patterns and lexical stress in English[J]. Journal of Memory and Language, 2004, 50(3):231-244.

[115] Kierkegaard, Soren. The Concept of Dread[M]. trans. Waiter Lowrie. Oxford:Oxford University Press,1944.

[116] Kim H Y. "Self-Begotten" Satan and Broken Images in The Waste Land: T. S. Eliot's The Waste Land and Milton's Paradise Lost[J]. The Journal of English Language and Literature,2012,58(3):475-490.

[117] Kim H Y. Creative Memory in Book 11 and 12 of Paradise Lost[J]. The New Korean Journal of English Language & Literature,2015,57(1):109-131.

[118] Kim H Y. John Martin's Illustration of Paradise Lost and Satan[J]. Journal of English Studies in Korea,2018,35:5-28.

[119] Kim H Y. Subtlety as Evil and Milton's Enemies[J]. Journal of Medieval and Early Modern English Studies, 2008,18(2):325-344.

[120] Kim H Y. The "Non-Language" of Satan and Christabel: Milton's Paradise Lost and Coleridge's "Christabel"[J]. Journal of English Studies in Korea,2015,28:5-28.

[121] Kranidas, Thomas. The Fierce Equation: A Study of Milton's Decorum[M]. London: Walter de Gruyter

GmbH & Co. KG,1965.

[122] Kyd, Thomas. The Spanish Tragedy [M]. London: Methuen,1959.

[123] Lee J-W. "Nature hath done her part": Milton's Restoration of Imagination and Adam's Formation of Self-identity [J]. Journal of Medieval and Early Modern English Studies,2004,14(2):339-359.

[124] Lee J-W. "Through Pangs to Felicity": Milton's Early Elegies and Death [J]. Journal of Medieval and Early Modern English Studies,2011,21(2):207-241.

[125] Lee J-W. Andrew Marvell and Poetic Imagination[J]. Journal of Medieval and Early Modern English Studies, 2008,18(1):95-150.

[126] Lee J-W. High Justice in Milton's Paradise Lost[J]. Journal of Medieval and Early Modern English Studies, 2010,20(2):293-321.

[127] Lee J-W. Milton's Ecological Discourse and Its Historical Vision: A Reading of Milton's Paradise Lost [J]. The Journal of English Language and Literature, 2006, 52(4):807-833.

[128] Lee J-W. Teaching Milton's Sonnet on Blindness[J].The Journal of Teaching English Literature, 2016, 20(2): 129-163.

[129] Leighton, Robert. Theological Lectures [M]. London: Thomas Ward and Co. ,1839.

[130] Leonard, John. Naming in Paradise: Milton and the Lan-

guage of Adam and Eve [M].Oxford:Clarendon,1990.

[131] Lewalski, Barbara K. Milton on Women—Yet Once More [J].Milton Studies,1974:3-20.

[132] Lewalski, Barbara K. The Life of John Milton: A Critical Biography [M].Oxford:Blackwell,2000.

[133] Lewin, Jennifer Beth. Wailing Eloquence: Sleep and Dreams in Early Modern English Literature [D]. New Haven: Yale University,2002.

[134] Lewis,C. S. A Preface to Paradise Lost [M].Oxford:Oxford University Press,1942.

[135] Locke, John. An Essay Concerning Human Understanding [M].Ed. John W. Yolton. London:Dutton,1978.

[136] Lovejoy,Arthur. Milton and the Paradox of the Fortunate Fall[J].ELH,1937(4):161-179.

[137] Lowell, Amy. "A Decade". The Image Poem [M]. Ed. William Pratt. New York:Dutton,1963.

[138] Luther, Martin. Luther's Works [M].St Louis and Philadelphia:Concordia and Fortress,1958-1986.

[139] Madsen, William G. Earth the Shadow of Heaven: Typological Symbolism in Paradise Lost[J]. Publications of the Modern Language Association of America, 1960: 519-526.

[140] Maimbourg, Louis.The History of Arianism [M]. London: Nabu Press,2010.

[141] Manton,Thomas. The Complete Works of Thomas Manton [M].London:Nisbet,1870-1874.

[142] Martyr, Justin. The First Apology [C]//Fathers. New York: Cosimo, Inc, 2007:180-192.

[143] Marvell, Andrew. The Garden[C]//The Poems of Andrew Marvell. Harmondsworth Baltimore: Penguin Books, 1981: 100-102.

[144] Maurer, Armand A. Medieval Philosophy [M]. New York: Random House, 1962.

[145] Maxwell, Ronald Kimberley. Reading Adam Reading: A Study of Literary Meaning through Paradise Lost [D]. Stanford: Stanford University, 2007.

[146] Mckenzie, George. A Moral Essay, Preferring Solitude to Publick Employment: And All it's Appanages; Such as Fame, Command, Riches, Pleasures, Conversation [M]. London: Robert Broun, 1666.

[147] Milton, John. A Treatise on Christian Doctrine: Compiled from the Holy Scriptures Alone [M]. Tr. By Charles R. Sumner. Cambridge: Cambridge University Press, 1825.

[148] Milton, John. Complete Prose Works of John Milton [M]. New Haven: Yale University Press, 1953.

[149] Milton, John. De doctrina christiana[C]//The Works of John Milton. 18 vols. New York: Columbia University Press, 1993:1-262.

[150] Milton, John. Paradise Lost[C]//The Works of John Milton. 10 vols. New York: Columbia University Press, 1993:1-475.

[151] Milton, John. The Complete Poetical Works of John

Milton [M]. Boston: Houghton Mifflin, 1899.

[152] Milton, John. The Works of John Milton [M]. New York: Columbia University Press, 1931.

[153] Mollenkott, Virginia R. "Free Will" in A Milton Encyclopedia [M]. Lewisburg: Bucknell University Press, 1978-1983.

[154] More, Henry. Divine Dialogues: Containing Sundry Disquisitions and Instructions Concerning the Attributes and Providence of God [M]. London: Joseph Downing, 1713.

[155] Mount, John David. Milton's Divine Comedy: the Structure of Paradise Lost [D]. Sydney: University of Sydney, 1974.

[156] Muller Richard A. God, Creation, and Providence in the thought of Jacob Arminius: Sources and Directions of Scholastic Protestantism in the Era of Early Orthodoxy [M]. Michigan: Baker Publishing Group (MI), 1991.

[157] Muller, Richard A. After Calvin: Studies in the Development of a Theological Tradition [M]. Oxford: Oxford University Press, 2003.

[158] Murry, John Middleton. The Problem of Style [M]. Oxford: Oxford University Press, 1960.

[159] Musgrove, S. Is the Devil an Ass? [J]. The Review of English Studies, 1945, 21(84): 302-315.

[160] Myers B. Predestination and freedom in Milton's "Paradise Lost" [J]. Scottish Journal of Theology, 2006, 59(1): 64-80.

[161] Nyquist, Mary. "The Genesis of Gendered Subjectivity in

参考文献

the Divorce Tracts and in Paradise Lost."Remembering Milton [M]. New York: Methuen, 1988.

[162] Olderidge D. Protestant Conceptions of the Devil in Early Stuart England[J]. History, 2000, 85(278): 232-246.

[163] Owen, John. Pneumatologia: or, A Discourse Concerning the Holy Spirit [M]. London: Towar and Hogan, 1827.

[164] Owen, John. Theomachia autexousiastike: or, A display of Arminianism. being a discovery of the old Pelagian idol fre will, with the new goddess contingency [M]. London: printed for Marshall, 1721.

[165] Parker, William Riley. Milton: A Biography [M]. Oxford: Clarendon, 1968.

[166] Pascal, Blaise. Pensées [M]. trans. W. F. Trotter. New York: Dover Publication Inc., 2013.

[167] Patrides, C. A. Milton and the Christian Tradition [M]. Oxford: Clarendon, 1966.

[168] Perkins, William. A Golden Chaine, or the Description of Theologie [M]. Cambridge: University of Cambridge, 1592.

[169] Perkins, William. A Treatise of Gods Free Grace and Man's Free Will [M]. Cambridge: University of Cambridge, 1601.

[170] Perkins, William. An Exposition of the Symbole or Creed of the Apostles [M]. Cambridge: University of Cambridge, 1595.

[171] Perkins, William. The Workes of that Famous and Worthie Minister of Christ [M]. Cambridge: University of Cam-

bridge,1608-1609.

[172] Philip Schaff & David Schley Schaff. History of the Christian Church [M]. Michigan: Press of Michigan University,1910.

[173] Philips,Katherine. La Solitude de St Amant. Minor Poets of the Caroline Period [M]. Oxford: Clarendon Press, 1905.

[174] Poole, William. Milton and the Idea of the Fall [M]. Cambridge: Cambridge University Press,2005.

[175] Pope,Alexander. The First Epistle of the Second Book of Horace Imitated [M]. London: T. Cooper, at the Globe in Pater noster Row,1737.

[176] Prynne,William. God no impostor nor deluder, or an answer to a Popish and Arminian Cauil in the defence of free-will and vniuersall grace [M]. London: Elizabeth Allde,1630.

[177] Raleigh, Waiter. Milton [M]. London: Edward Arnold, 1900.

[178] Raleigh,Waiter. The History of the World [M]. Philadelphia: Temple University Press,1971.

[179] Rawson C. War and the Epic Mania in England and France: Milton, Boileau, Prior and English Mock-Heroic (1) [J]. Review of English Studies, 2013 (265): 433-453.

[180] Reimarus, H S. The Goal of Jesus and His Disciples [M]. Boston: Brill Archive,1970.

[181] Ricks, Christopher. Milton's Grand Style [M]. Oxford: Clarendon, 1963.

[182] Robins, Harry F. If This Be Heresy: A Study of Milton and Origen [M]. Illinois: University of Illinois Press, 1963.

[183] Rogers, John. The Matter of Revolution: Science. Poetry and Politics in the Age of Milton [M]. New York: Cornell University Press, 1996.

[184] Rumrich, John P. Milton Unbound: Controversy and Reinterpretation [M]. Cambridge: Cambridge University Press, 1996.

[185] Sammons, T. H. A Note on the Milton Criticism of Ezra Pound and T. S. Eliot [J]. Paideuma, 1988(1): 87-97.

[186] Samuel Clarke. The Works of Samuel Clarke [M]. London: Arkose Press, 2015.

[187] Sandys, Edwin. The Sermons of Edwin Stmdys [M]. Cambridge: Cambridge University Press, 1841.

[188] Saurat, Denis. Milton. Man and Thinker [M]. London: J. M. Dent, 1944.

[189] Savage J B. Freedom and Necessity in Paradise Lost [J]. ELH, 1977(2): 286-311.

[190] Schinz, Albert, Greenlaw, Edwin. The Province of Literary History [J]. Modern Language Journal, 1931 (2): 163.

[191] Schleiermacher, Friedrich Daniel Ernst. The Christian Faith [M]. Edinburgh: T & T Clark, 1928.

[192] Schwartz, Regina M. Remembering and Repeating: Biblical Creation in Paradise Lost [M]. Cambridge: Cambridge University Press, 1988.

[193] Scotus, John Duns. Philosophical Writings: A Selection [M]. trans. Allan Wolter. Edinburgh: Thomas Nelson, 1962.

[194] Scotus, John Duns. Quaestiones Disputatae de Rerum Principio [M]. Florence: Collegium S. Bonaventurae, 1910.

[195] Sharp, John. Fifteen Sermons Preached on Several Occasions [M]. London: Walter Kettilby, 1709.

[196] Shelley, Percy Bysshe. A Defense of Poetry [M]. Albuquerque: University of New Mexico Press, 1954.

[197] Shelley, Percy Bysshe. The Second Defence of the English People [M]. Albuquerque: University of New Mexico Press, 1954.

[198] Sherry B. Milton, Materialism, and the Sound of Paradise Lost[J]. Essays in Criticism, 2010 (3): 220-241.

[199] Silver, Victoria. Imperfect Sense: The Predicament of Milton's Irony [M]. Princeton: Princeton University Press, 2001.

[200] Stallard, Matthew S. John Milton's Bible: Biblical Resonance in Paradise Lost[D]. Ohio: Ohio University, 2008.

[201] Stavely, Keither F. Satan and Arminianism in "Paradise Lost"[J]. Milton Studies, 1989(25): 125-139.

[202] Steadman, M. John Milton and the Paradoxes of Renaissance Heroism [M]. Baton Rouge: Louisiana State Uni-

versity Press,1987.

[203] Steggle, Matthew. Paradise Lost and the Acoustics of Hell [J].Early Modern Literary Studies,2001,7(1):1-17.

[204] Steiner J. The ideal and the real in Klein and Milton: some observations on reading Paradise Lost[J].Psychoanal Q,2013 (4):897-923.

[205] Stenson,Matthew Scott. Lifting the Serpent in the Wilderness:The Reader's Journey through John Milton's "Paradise Lost"an Intertextual Study[D].Nebraska:The University of Nebraska-Lincoln,2009.

[206] Stephen M. Fallon. Milton's Peculiar Grace:Selfrepresentation and Authority [M]. Ithaca: Cornell University Press,2008.

[207] Summers,Joseph H. The Muse's Method:An Introduction to Paradise Lost [M].London:Chatto & Windus,1962.

[208] Sunwoo J. Discourse on the Dangers of Rampant Individualism in Paradise Lost[J].Journal of Medieval and Early Modern English Studies,2015 (1):93-107.

[209] Tanner, John S. Anxiety in Eden: A Kierkegaardian Reading of Paradise Lost [M].Oxford:Oxford University Press,1992.

[210] Taylor, John. A Narrative of Mr. Joseph Rawson's Case [M].London:J. Waugh,1742.

[211] Tertullian. Adversus Praxeam [M]. trans. Cornelia Bernadete Horn. Austin:University of Texas,1992.

[212] The Bible:Authorized King James Version [M].Ed. Robert

Carroll and Stephen Prickett. Oxford: Oxford University Press,1998.

[213] Thomas P. Flint. Divine Providence: The Molinist Account [M].Ithaca:Cornell University Press,1988.

[214] Thorpe, James. Milton Criticism: Selections from Four Centuries [M].New York:Octagon Books Inc. ,1966.

[215] Tillyard,E. M. W. Milton [M].London:Chatto & Windus, 1930.

[216] Tillyard,E. M. W. Studies in Milton [M].London:Chatto & Windus,1951.

[217] Torrance,T. F. Divine and Contingent Order [M].Oxford: Oxford University Press,1981.

[218] Treip, Mindele Anne. Allegorical Poetics and the Epic: The Renaissance Tradition to Paradise Lost [M].Lexington:Kentucky University Press,1994.

[219] Tsao T. The Tyranny of Purpose: Religion and Biotechnology in Ishiguro's Never Let Me Go [J]. Literature and Theology,2012 (2):214-232.

[220] Turrentin, Francis. Institutes of Elenctic Theology [M]. trans. George Musgrave Giger. Phillipsburg: P & R, 1992-1997.

[221] Twisse,William. The riches of Gods love unto the vessels of mercy consistent with his absolute hatred or reprobation of the vessels of wrath [M].Oxford:Oxford University Press,1653.

[222] Urban D V. A Variorum Commentary on the Poems of

John Milton, vol 5, pt 4, Paradise Lost [J]. Review of English Studies, 2012, 63(262): 851-853.

[223] Urban D V. A Variorum Commentary on the Poems of John Milton. vol 5, Paradise Lost [J]. Notes and Queries, 2015, 62(3): 478-479.

[224] Urban D V. Allusion To 1 Timothy 5: 17 In John Milton's Paradise Lost 9.332 [J]. Notes and Queries, 2016, 63(1): 59.

[225] Urban D V. John Milton, Paradox, and the Atonement: Heresy, Orthodoxy, and the Son's Whole-Life Obedience [J]. Studies in Philology, 2015, 112(4): 817-836.

[226] Urban D V. Milton's Socratic Rationalism: The Conversations of Adam and Eve in Paradise Lost [J]. Milton Quarterly, 2019, 53(4): 203-207.

[227] Urban D V. The Lady of Christ's College, Himself a "Lady Wise and Pure": Parabolic Self-Reference in John Milton's Sonnet IX [J]. Milton Studies, 2008, 47: 1-23.

[228] Ussher, James. A Body of Divinitie, or the Summer and Substance of Christian Religion [M]. London: T. Downes and G. Badger, 1653.

[229] Venema, Cornelis P. Heinrich Bullinger and the Doctrine of Predestination: Author of "the Other Reformed Tranditon?" [M]. Grand Rapids: Baker, 2002.

[230] Watson, Thomas. A Body of Practical Divinity [M]. London: Formerly Minister at St. Stephen's, 1692.

[231] Werblowsky, Zwi R. J. Lucifer and Prometheus: A Study of Milton's Satan [M]. London: Rutledge & Kegan Paul,1952.

[232] Westminster Assembly. The Westminster Confession of Faith [M].Loschberg:Jazzybee Verlag,1994.

[233] Whissell C. Sound and Emotion In Milton's Paradise Lost [J].Percept Mot Skills,2011,113(1):257-67.

[234] Wilding, Michael. Milton's Paradise Lost [M]. Sydney: Sydney University Press,1969.

[235] Wiley, H. O. Christian Theology [M]. Kansas City: Beacon Hill,1940-1943.

[236] Wilkes,Gerald A. The Thesis of Paradise Lost [M].Melbourne:Melbourne University Press,1961.

[237] William Lane Craig. The Problem of Divine Foreknowledge and Future Contingents:Aristotle to Suarez [M].Leiden:E. J. Brill,1988.

[238] Winship, Michael P. Making Hereics: Militant Protestatism and Free Grace in Massachusetts. 1636-1641 [M].Princeton:Princeton University Press,2002.

[239] Wittreich, Joseph. Shifting Contexts [M].Pittsburgh: Duquesne University Press,2002.

[240] Wollebius, Johannes. Compendium Theologiae Christianae: In Reformed Dogmatics [M].trans. John W. Beardslee. Oxford: Oxford University Press,1965.

[241] Woodhouse,A. S. P. Notes on Milton's Views on the Creation: The Initial Phases [J]. Philological Quarterly,

1949(28):211.

[242] Yim S-K."With Monarchical Pride":Mutabilitie and Satan[J].Journal of Medieval and Early Modern English Studies,2012（1）:21-39.

[243] [德]朋霍费尔.第一亚当与第二亚当[M].朱雁冰,王彤,译.北京:华夏出版社,2007.

[244] [法]阿兰·德利贝拉.中世纪哲学[M].姜志辉,译.北京:商务印书馆,2004.

[245] [古罗马]奥古斯丁.论信望[M].许一新,译.北京:生活·读书·新知三联书店,2009.

[246] [古罗马]奥古斯丁.上帝之城:驳异教徒[M].吴飞,译.上海:上海三联书店,2007.

[247] [荷]斯宾诺莎.伦理学[M].贺麟,译.北京:商务印书馆,2009.

[248] [美]M.S.伯克哈特.约翰·弥尔顿的失乐园及其他著作[M].徐克容,译.北京:外语教学与研究出版社,1997.

[249] [美]威利斯·沃尔克.基督教会史[M].孙善玲,段琦,朱代强,译.北京:中国社会科学出版社,1992.

[250] [英]戴维·福特.基督教神学[M].吴周放,译.南京:译林出版社,2011.

[251] [英]蒂里亚德,等.弥尔顿评论集[M].殷宝书,选编.上海:上海译文出版社,1992.

[252] [英]弗格森.幸福的终结[M].徐志跃,译.北京:中国人民大学出版社,2003.

[253] [英]戈登·坎贝尔.弥尔顿[M].刘芳,译.上海:上

海译文出版社,2008.

[254] [英]马克·帕蒂森.弥尔顿传略[M].金发燊,颜俊华,译.北京:生活·读书·新知三联书店,1992.

[255] [英]弥尔顿,维里蒂.弥尔顿十四行诗集[M].金发燊,译.北京:人民文学出版社,1989.

[256] [英]弥尔顿.复乐园附弥尔顿短诗选[M].朱维之,译.上海:上海新文艺出版社,1957.

[257] [英]弥尔顿.弥尔顿诗选[M].殷宝书,译.北京:人民文学出版社,1958.

[258] [英]弥尔顿.弥尔顿诗选[M].朱维之,译.北京:人民文学出版社,1998.

[259] [英]弥尔顿.弥尔顿抒情诗选[M].金发燊,译.长沙:湖南文艺出版社,1996.

[260] [英]弥尔顿.弥尔顿抒情诗选[M].朱维之,译.上海:上海译文出版社,1993.

[261] [英]弥尔顿.失乐园[M].朱维之,译.上海:上海译文出版社,1984.

[262] [英]弥尔顿.复乐园斗士参孙[M].朱维之,译.上海:上海译文出版社,1981.

[263] 安志宏.弥尔顿《失乐园》中的张力[D].石家庄:河北师范大学,2011.

[264] 曹山柯.宗教意识观照下的英诗魅力:对失乐园、复乐园、解放了的普罗米修斯和荒原的研究[D].广州:中山大学,2003.

[265] 常艳莉.论约翰·弥尔顿《失乐园》的主题——人文主义[D].哈尔滨:哈尔滨工程大学,2005.

[266] 常艳莉.浅析约翰·弥尔顿《失乐园》的创作目的和革命主题[J].东北农业大学学报(社会科学版),2007(5):55-56.

[267] 陈碧园.一个个性灵魂的张扬——论弥尔顿文学创作中的政治理性主张[J].长沙铁道学院学报(社会科学版),2008(2):90-91.

[268] 陈碧园.约翰·弥尔顿政治思想研究[D].济南:山东大学,2008.

[269] 陈斌敏.环境因素对弥尔顿创作《失乐园》的影响[J].福建师大福清分校学报,2009(6):41-44.

[270] 陈璟霞.评弥尔顿的女性意识与婚姻观[J].外语与外语教学,2003(5):44-47.

[271] 陈敬玺."真正的自由"不是"放纵"——论弥尔顿的自由观[J].世界文学评论,2015(1):60-64.

[272] 陈敬玺.古朴典雅的洪钟巨吕——论弥尔顿的"庄严体"[J].西北大学学报(哲学社会科学版),2011(4):137-141.

[273] 陈敬玺."空缺"之美——论弥尔顿的"无韵诗体"[J].世界文学评论,2011(2):51-54.

[274] 陈敬玺.弥尔顿与英语史诗简论[J].长安大学学报(社会科学版),2012(1):104-108.

[275] 陈莹.继承与创新——论弥尔顿与基督教文化的关系[D].郑州:河南大学,2007.

[276] 陈莹.类型学与传统:弥尔顿的《失乐园》对圣经的再现[J].圣经文学研究,2007(1):67-93.

[277] 戴婉平.弥尔顿的早期诗歌与《力士参孙》[J].湖南

工程学院学报(社会科学版),2003(1):56-58.

[278] 丁亚一.约翰·弥尔顿简论[M].开封:河南大学出版社,1990.

[279] 杜可富.威廉·布莱克——反帝的狂人[J].山东外语教学,2005(2):96-99.

[280] 杜艳红.弥尔顿《失乐园》的创作心理动机分析[D].贵阳:贵州大学,2008.

[281] 段庆春.妙笔藏深机拨云见明月:《失乐园》中的撒旦形象与弥尔顿的创作动机探微[D].保定:河北大学,2004.

[282] 段晓芳.弥尔顿《失乐园》中的基督教人文主义[D].北京:对外经济贸易大学,2005.

[283] 范璀莹.弥尔顿的自由观论析:以政论性小册子为核心[D].长春:吉林大学,2009.

[284] 范德龙.欧洲史诗传统视野下的《失乐园》[D].哈尔滨:黑龙江大学,2007.

[285] 冯莉.史诗的支点:弥尔顿《失乐园》中的亚必迭故事[D].重庆:西南大学,2010.

[286] 付瑶.论弥尔顿十四行诗的多重主题[J].世界文学评论,2011(1):82-84.

[287] 高冰,张尚莲.近5年国内语言文学领域下弥尔顿研究述评[J].河北北方学院学报(社会科学版),2018(4):36-39.

[288] 高嘉正.不衰的革命精神——从两首有关失明诗看弥尔顿[J].吉首大学学报(社会科学版),1984(1):116-120.

[289] 郭丽.试析弥尔顿《失乐园》中戏剧化的"理性"的概念[D].北京:北京大学,2003.

[290] 郝田虎.跨越东西方:辜鸿铭与吴宓对弥尔顿的接受[J].外国文学评论,2014(1).

[291] 郝田虎.弥尔顿在中国:1837—1888,兼及莎士比亚[J].外国文学,2010(4):66-74.

[292] 郝田虎.弥尔顿在中国:一项初步研究[D].北京:北京大学,1999.

[293] 侯胤.试论弥尔顿的自由意识[J].锦州师范学院学报(哲学社会科学版),2001(4):87-88.

[294] 胡光.弥尔顿心中的上帝[J].重庆三峡学院学报,2002,18(1):42-46.

[295] 胡家峦.读弥尔顿的一首十四行诗[J].名作欣赏,1989(8):9.

[296] 胡家峦.论弥尔顿的《黎西达斯》[J].北京大学学报(哲学社会科学版),1990(4):77-82.

[297] 胡玲玲. On the Image of Satan in John Milton's Paradise Lost: A Historical Perspective [D]. 昆明:云南大学,2009.

[298] 胡小莹.论弥尔顿《复乐园》中的诱惑主题[D].长沙:湖南师范大学,2005.

[299] 黄德林.《失乐园》中撒旦形象的重新审视[J].上海大学学报(社会科学版),2004,11(5).

[300] 黄德林.与天地抗争的悲剧英雄[J].安徽农业大学学报(社会科学版),2006(1):113-116.

[301] 黄嘉音.把"异域"的明见告"乡亲":弥尔顿与失乐

园在二十世纪初中国的翻译与重写[D].台北:台湾大学,2010.

[302] 黄嘉音.弥尔顿《失乐园》的空间与地方[J].英美文学评论,2008(12):1-34.

[303] 黄文贵,金发燊."存在"的启示:萨特及其作品/弥尔顿和《失乐园》[M].长春:时代文艺出版社,2001.

[304] 黄宗英.英国十四行诗艺术管窥——从华埃特到弥尔顿[J].国外文学,1994(4):42-51.

[305] 贾延红.试论弥尔顿三部长诗中的救赎主题[D].湘潭:湘潭大学,2008.

[306] 蒋红.清教思想与弥尔顿三大史诗[D].济南:山东大学,2009.

[307] 金发燊.鸿鹄翱翔:弥尔顿和《失乐园》[M].海口:海南出版社,1993.

[308] 孔宪倬.独立的代价——试析《失乐园》中夏娃的双重人格[J].国外文学,1993(4):78-83.

[309] 兰红梅,李珊.弥尔顿作品中的清教主义元素解读[J].成都理工大学学报(社会科学版),2010(1):30-35.

[310] 李进超.撒旦:丑恶的魔鬼与叛逆的英雄——从《圣经》到弥尔顿的《失乐园》[J].天津大学学报(社会科学版),2010(4):22.

[311] 李珊,兰红梅,周可戈.基督教文化传统与弥尔顿人学观[J].成都理工大学学报(社会科学版),2009(1):36-40.

[312] 李万立.弥尔顿《失乐园》的文学特征[J].合肥工业

大学学报(社会科学版),2007(3):132-135.

[313] 李晓丹.论弥尔顿叙事长诗中的罪恶观[D].上海:华东师范大学,2008.

[314] 李雪芹.弥尔顿十四行诗中人文主义思想研究[D].大连:大连外国语学院,2006.

[315] 李颖.《失乐园》研究:"雄辩"与双重撒旦[D].昆明:云南师范大学,2006.

[316] 梁一三.弥尔顿和他的《失乐园》[M].北京:北京出版社,1987.

[317] 廖飞.从《失乐园》浅析约翰·弥尔顿的婚姻爱情观[J].作家,2011(18):88-89.

[318] 刘城.英国中世纪教会研究[M].北京:首都师范大学出版社,1996.

[319] 刘立辉.弥尔顿的诗学观[J].外国文学评论,2001(3):109-117.

[320] 刘立辉.弥尔顿两首早期诗歌的宗教解读[J].外国文学研究,2001(2):45-50.

[321] 刘立辉.弥尔顿早期诗歌中的神秘主义倾向[J].国外文学,2001(2):77-82.

[322] 刘小枫.圣灵降临的叙事[M].北京:华夏出版社,2008.

[323] 刘小枫.当代政治神学文选[M].长春:吉林人民出版社,2002.

[324] 刘小枫.古典诗文译读:西学卷·现代编[M].北京:华夏出版社,2009.

[325] 刘小欣.走向和谐:弥尔顿对自由的思考[D].重庆:

西南大学,2011.

[326] 刘燕.耶稣形象的改写:从救世主到无产者——对朱维之《耶稣基督》与《无产者耶稣传》的比较研究[J].道风:基督教文化评论,2016(45):254-279.

[327] 卢龙光.基督教圣经与神学词典[M].香港:宗教文化出版社,2007.

[328] 罗明嘉.奥古斯丁上帝之城中的社会生活神学[M].北京:中国社会科学出版,2008.

[329] 罗诗旻.《失乐园》创作与圣经叙事探析[J].浙江工业大学学报(社会科学版),2014(3):350-354.

[330] 毛淑华.约翰·弥尔顿的婚姻观[D].石家庄:河北师范大学,2007.

[331] 蒙颖.弥尔顿的人生体验对创作《力士参孙》和《失乐园》的影响[D].贵阳:贵州大学,2008.

[332] 孟冬屏,李倩.从弥尔顿、白朗宁夫人诗歌看英语诗歌的风格设计[J].淮海工学院学报(社会科学版),2011(4):103-105.

[333] 牛亚敏,李杰.论弥尔顿在《失乐园》中对待女性的态度[J].北京第二外国语学院学报,2009(2):17.

[334] 彭涛.死亡—永生之门——弥尔顿《黎西达斯》和雪莱《安东尼斯》对比研究[D].重庆:西南大学,2007.

[335] 彭晓娥,吴玲英.论《失乐园》的末三卷[J].中南大学学报(社会科学版),2014(2):172-178.

[336] 齐宏伟.论弥尔顿《失乐园》中的撒但形象及长诗主题[J].南京师范大学文学院学报,2009(1):109-113.

[337] 齐军.试析《失乐园》中撒旦的艺术形象[J].江西科技师范学院学报,2007(2):91-93.

[338] 钱乘旦,许洁明.英国通史[M].上海:上海社会科学院出版社,2007.

[339] 乔莉萍.三百年来的《失乐园》评论史及其焦点问题评述[D].长春:吉林大学,2003.

[340] 裘小龙.论《失乐园》和撒旦的形象[J].外国文学研究,1984(1):27-33.

[341] 沈弘,郭晖.最早的汉译英诗应是弥尔顿的《论失明》[J].国外文学,2005(2):44-53.

[342] 沈弘.弥尔顿的撒旦与英国文学传统[M].北京:北京大学出版社,2010.

[343] 沈弘.新中国60年弥尔顿《失乐园》研究的回顾与展望[J].山东外语教学,2013(6):73-78.

[344] 斯陈雁.从弥尔顿的《失乐园》探讨人与上帝的关系[J].世界文学评论,2016(3):129-134.

[345] 孙殿波.从失乐园对圣经题材的传承与超越解读米尔顿的宗教思想[D].合肥:安徽大学,2013.

[346] 孙继静.弥尔顿自由主义浅析[D].湘潭:湘潭大学,2005.

[347] 孙树彪,孙丽华,李洪梅.简析约翰·弥尔顿的清教革命思想与《失乐园》[J].辽宁行政学院学报,2010(12):141-142.

[348] 孙维民.米尔顿失乐园的解构阅读[D].台南:成功大学,2008.

[349] 唐梅秀.布莱克对弥尔顿的误读[J].天津外国语学

院学报,2005(6):11.

[350] 王辉.《失乐园》布局中的对应与对立[D].上海:上海外国语大学,2009.

[351] 王继辉.古英语《创世记》与弥尔顿的《失乐园》[J].国外文学,1995(2):75-85.

[352] 王建."失去善,得到恶":堕落主题在《失乐园》中的表现[D].北京:北京大学,2006.

[353] 王玲丽.弥尔顿《失乐园》中一次必然的沉睡:米迦勒预言人类未来过程中夏娃的缺场[D].重庆:西南大学,2012.

[354] 王玲丽.伟大的传统:《失乐园》与《神曲·地狱篇》中的地狱比较研究[J].世界文学评论,2011(2):261-264.

[355] 王启民.试论弥尔顿的政治思想[J].河南大学学报(社会科学版),1986(1):94-97.

[356] 王晓秦.《失乐园》创作思想试析[J].外国文学研究,1983(2):80-87.

[357] 王雨玉.理性·情欲·人生——简论弥尔顿长篇史诗《失乐园》[J].国外文学,1992(1):57-70.

[358] 王佐良.英国文艺复兴时期诗歌两大家——马娄与弥尔顿作品选译[J].译林,1987(1):3.

[359] 魏涛.论约翰·弥尔顿的《失乐园》中的上帝形象[D].石家庄:河北师范大学,2007.

[360] 文庸,乐峰,王继武.基督教词典[M].北京:商务印书馆,2005.

[361] 吴玲英,吴小英.论弥尔顿对"精神"的神学诠释——

兼论《基督教教义》里的"圣灵"[J].中南大学学报（社会科学版），2013（1）：30-35.

[362] 吴玲英.《失乐园》里的撒旦与基督教的恶魔传统[J].外国文学，2014（6）：62-71，158.

[363] 吴玲英.基督式英雄：弥尔顿的英雄诗歌三部曲对"内在精神"之追寻[D].长沙：湖南师范大学，2013.

[364] 吴玲英.论《复乐园》里耶稣基督的神性与人性——兼论《基督教教义》中耶稣基督的身份[J].外国文学研究，2013（1）：79-87.

[365] 吴玲英.论弥尔顿"诱惑观"的悖论性[J].中南大学学报（社会科学版），2012（2）：158-164.

[366] 肖明翰.《失乐园》中的自由意志与人的堕落和再生[J].外国文学评论，1999（1）：69-76.

[367] 肖明翰.从古英诗《创世记》对《圣经·创世记》的改写看日耳曼传统的影响[J].外国文学，2008（5）：80-89.

[368] 肖明翰.英国文学传统之形成（上下册）[M].北京：社会科学文献出版社，2009.

[369] 谢玲.迷茫与困惑——一个时代的缩影——评析弥尔顿《失乐园》及其艺术创作特征[J].西南科技大学学报（哲学社会科学版），2012（2）：63-67.

[370] 徐迪彦.弥尔顿诗歌伦理学批评初探[D].上海：华东师范大学，2006.

[371] 徐贵霞.论弥尔顿的美德观[J].四川外语学院学报，2002（3）：29-31.

[372] 徐莉华.启蒙主义的"人学"——弥尔顿的亚当，神子

与歌德的浮士德[J].社会科学研究,1996(1):109-114.

[373] 杨经建.走向弥尔顿命题:中国现代文学中的"失(复)乐园"叙事[J].福建论坛(人文社会科学版),2005(10):49-52.

[374] 杨周翰.国外文学研究丛书——攻玉集[C].北京:北京大学出版社,1983.

[375] 杨周翰.弥尔顿《失乐园》中的加帆车——十七世纪英国作家与知识的涉猎[J].国外文学,1981(4):62-71.

[376] 杨周翰.弥尔顿的悼亡诗——兼论中国文学史里的悼亡诗[J].北京大学学报(哲学社会科学版),1984(6):3-10.

[377] 于海军.英国资产阶级革命一曲赞歌——评弥尔顿的《失乐园》[J].成都大学学报(教育科学版),2007(1):122-123.

[378] 袁广涛.求知之欲与求知之限:试论弥尔顿《失乐园》中关于求知的悖论[D].北京:北京大学,2006.

[379] 张伯香,曹静.《失乐园》中的基督教人文主义思想[J].外国文学研究,1999(1):49-53.

[380] 张隆溪.灵魂的史诗:失乐园[M].北京:文化艺术出版社,2010.

[381] 张隆溪.论《失乐园》[J].外国文学,2007(1):36-42.

[382] 张群.论弥尔顿的自由观[D].上海:上海师范大学,2007.

[383] 张生.《失乐园》中的撒旦形象对《圣经》叙事的继承与发展[J].甘肃理论学刊,2014(1):105-110.

[384] 张生.从《失乐园》看弥尔顿的宗教思想[D].北京:首都师范大学,2011.

[385] 张世耘.弥尔顿的自由表达观的世俗现代意义[J].国外文学,2006(4):53-58.

[386] 赵敦华.基督教哲学1500年[M].北京:人民出版社,1994.

[387] 赵瑞蕻.弥尔顿《欢乐颂》与《沉思颂》译后漫记[J].南京大学学报(哲学.人文科学.社会科学),1989(4):135-137.

[388] 赵星皓.米尔顿与十七世纪英国千禧年思想[D].台北:政治大学,2009.

[389] 赵勋.弥尔顿的诗学理想——对弥尔顿的音乐解读[D].重庆:西南大学,2009.

[390] 赵烨.约翰·弥尔顿《失乐园》中撒旦形象的矛盾性[D].石家庄:河北师范大学,2005.

[391] 赵忠辉.神学名词辞典[M].台北:基督教改革宗翻译社,1998.

[392] 周静.矛盾的和谐——弥尔顿《黎西达斯》中的"死亡"与"爱"[D].重庆:西南大学,2006.

[393] 朱维之.基督教思想史[M].上海:上海书店,1989.

[394] 朱维之.基督教与文学[M].上海:青年协会书局,1941.

[395] 朱维之.马克思论宗教艺术[J].外国文学研究,1984(2):93-99.

［396］　朱维之.弥尔顿和《复乐园》的战斗性［J］.南开大学学报(人文科学),1956(1):12-15.

［397］　朱维之.圣经文学的地位和特质［J］.外国文学研究,1982(4):47-51.

［398］　朱维之.希伯来文化和世界文学［J］.国外文学,1988(2):63-78.

后 记

后　记

一

　　基督教是我国对罗马天主教、基督教新教和东正教的统称。实际上，这样的统称很容易导致误解，先不说基督宗教有2500多年的发展史，其间教派林立，据说出现过2.8万个教派，仅宗教改革运动（又称改教运动）本身就极其复杂，改教期间出现过很多次和很多个教派的分化，又合并，又分化的现象，他们各自信奉不同的教义，有不同的名字，视其他教派为异端。所以，以基督教统称这个宗教很容易造成概念的混乱。中文的"基督教"大体上可以指现在的新教（Protestant），还包括天主教（Catholic）和东正教（the Orthodox）。

　　对于不太熟悉始于中世纪的宗教改革运动的读者，可能会觉得书中的教派关系有些难以厘清。比如书中出现的改革宗（Reformed）、改革宗正统（Reformed Orthodoxy）、加尔文宗（Calvinism）、阿民念派（Arminianism）、后改革宗（Post-Reformed）、后改革宗正统（Post-Reformed Orthodoxy）等。这些都是宗教派别的名称，各教派的神学思想被称为某某宗神学，如改革宗神学（Reformed Theology）、改革宗正统神学（Reformed Orthodoxy Theology）等。

　　就本书中出现的这些概念而言，所谓正教/正统是与邪教相对的，因为自基督宗教产生之初，就有与之相对的学说，罗马天主教成为国教之后，就把一些对立的宗教或不认同罗马天主教教义但信仰上帝的教派定为"异教/异端邪说"，将其信徒称为"异教徒"，比如魔鬼神学中的撒旦，又常常被称为"异教徒撒旦"。由此,在基督宗教的发展史中,一直有"异端"和"异教徒"的影子与之相随,比如本书中提到的早期的柏拉纠派和宗教改革时期的阿民念派,都被判定为"异端",是被正教打击的对象,这些异教徒有的被判处监禁、被杀害,有些则被逐出正教,流放到其他国家。

弄清楚了这一点,其他一些概念也就容易理解了。改革宗是指主张宗教改革的教派,其中既有正统教派也有不正统的教派,比如罗拉德派。改革宗正统是指一直居于正统地位的主张改革的教派,比如路德宗以及后来的加尔文宗、浸信宗等。后改革宗实际上是一个时间上的划分,主要是指宗教改革运动后期的一些教派,而后改革宗正统是指这个时期处于正统地位的一些教派,比如贵格会等。

这些概念之间的关系,大致可以用附图1来表示。

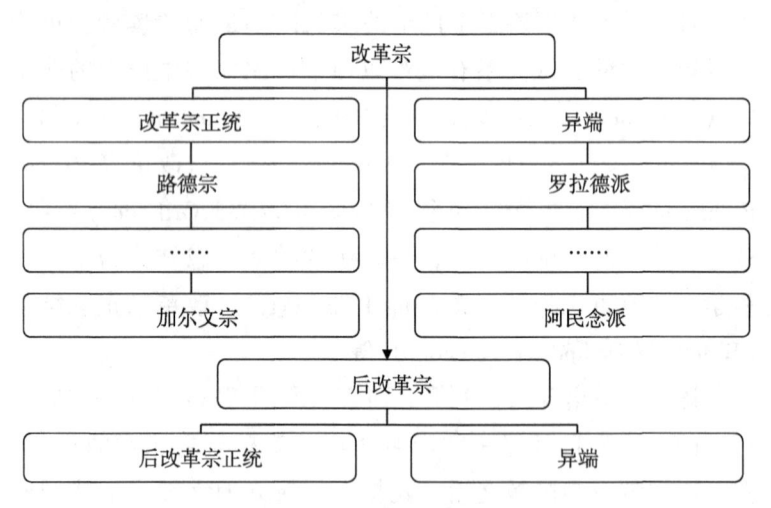

附图1 基督教各派关系

读者之所以会觉得概念混乱，还与中文的译名有关。在阅读相关文献时，常常会碰到同一个英文宗教术语或人名，在不同的文献中被翻译成不同名字的情形，港澳台地区的中文译名也各不相同，比如 Calvinism，有译成加尔文宗的，也有译成加尔文主义、克尔文主义、加尔文派的，又如 Arminian，就有阿民念斯、阿民念、亚米念、阿米念、亚米纽斯（因为其原名拼写为 Arminius）、阿米尼乌斯、阿明尼乌斯等译名。译名的不统一也会让读者一头雾水，搞不清其他文献中提到的那个人和刚刚看到的这个名字是否指同一个人。目前，港台地区和内地（大陆）的学者都已经编辑出版了相关的术语词典[1]，因此，学界急需的是统一译名，以方便学术研究和文献阅读。

二

拙作的完成，要感谢的人很多。首先，感谢先师孙景尧教授，是他将我引入学术这片美妙的乐土，让我有机会得以领略学问中的酸甜苦辣，至今犹记他缠绵病榻之际对我的谆谆教导，对我学业的殷殷叮嘱。

其次，感谢上海师范大学刘耘华教授，他于我学业上的指引与教诲，都使我受益匪浅；感谢台湾"中央研究院"李奭学教授，他在百忙之中，对我总是有问必答，不仅给我提供了重要的文献资源，还对拙作从结构到内容提出了非常中

---

[1] 卢龙光. 基督教圣经与神学词典 [M]. 香港：宗教文化出版社，2007；文庸，乐峰，王继武. 基督教词典 [M]. 北京：商务印书馆，2005；赵忠辉. 神学名词辞典 [M]. 台北：基督教改革宗翻译社，1998.

肯及重要的建议，并且不厌其烦地修改拙作。先生严谨的治学态度，高屋建瓴的治学方法，学贯中西的学识眼界，虽望尘莫及，却是我终身追求之目标。

感谢温州大学李新德教授、易永谊教授，以及温州大学的同人，感谢他们给了我亦师亦友，家人般的支持和关爱，感谢他们在工作、生活和学业上的教导和鼎力相助。

感谢善良的各位同门，孙琪、姚连兵、陈冬梅、张建峰、孙冶青、吴振宇、张书圣、杨仕斌等同学，感谢他们陪我度过那段艰难的岁月，感谢他们无私的爱与付出。

感谢我的家人，感谢父母和公婆，他们一直像山一样站在我的背后，为我和我的家庭默默地付出一切，让我能安心地埋头书斋，心无旁骛地做研究。感谢我的爱人，他在文献搜集上的卓越才能，助我的研究工作得以顺利进行，事半功倍。感谢我的儿子，感谢他给我鼓励和温暖，让我每每在想要放弃的时候总能寻求到继续下去的勇气和力量。

感谢我的朋友们，杜伦大学的曼迪（Mandy Green）教授、密歇根大学的理查德（Richard Pearl）教授、上海法国领事馆的伊万（Ivan Tzatzov Dimitrov）、俄亥俄州立大学的乔治（George Manin）和尼古拉（Nicola Schreurs）博士，感谢他们在学术上和生活态度上带给我的启迪和帮助。我在这遥远的大洋此岸，深深地怀念那些与他们在大洋彼岸分享的日子。

要感谢的人还有很多很多，恕我不能一一赘述。他们给予我的爱与帮助，总会在我的心里燃起一枚又一枚小小的蜡烛，照亮我的心灵，温暖着我的世界。这篇小小的论文，虽是出自我之手，却凝聚着众人的努力和关爱，希望它也能在黑暗处燃起一点光亮，温暖一点他人。

于温州大学博雅轩
2019 年 12 月 25 日